Le Club des Baby-Sitters

Quelle famille !

Ann M. Martin

Traduit de l'anglais
par Camille Weil, Sophie Merlin,
et Nouannipha Simon

Illustrations d'Émile Bravo

GALLIMARD JEUNESSE

La lettre de KRISTY

Présidente du Club des Baby-Sitters

Le Club des Baby-Sitters, c'est une histoire de famille. On se sent tellement proches les unes des autres... comme si on était sœurs. Comme vous allez le voir dans ce livre, au sein de toutes les familles, il y a parfois des épreuves un peu difficiles à surmonter. Mais avant de commencer, nous allons tout d'abord nous présenter. Même si nous sommes tout le temps ensemble et que nous nous ressemblons beaucoup, nous avons chacune notre personnalité et nos goûts, dans lesquels vous allez peut-être d'ailleurs vous retrouver.
Alors pour mieux faire connaissance, lisez attentivement les petits portraits que nous vous avons préparés.
Je vous souhaite de vous amuser autant que nous...

Bonne lecture à toutes !

Kristy

Comme promis, voici le portrait
des sept membres du

Club
des Baby-Sitters...

NOM : Kristy Parker, présidente du club
AGE : 13 ans – en 4e
SA TENUE PRÉFÉRÉE : jean, baskets et casquette.
ELLE EST... fonceuse, énergique, déterminée.
ELLE DIT TOUJOURS : « J'ai une idée géniale... »
ELLE ADORE... le sport, surtout le base-ball.

NOM : Mary Anne Cook,
secrétaire du club
AGE : 13 ans – en 4e
SA TENUE PRÉFÉRÉE :
toujours très classique,
mais elle fait des efforts !
ELLE EST... timide,
très attentive aux autres
et un peu trop sensible.
ELLE DIT TOUJOURS :
« Je crois que je vais pleurer. »
ELLE ADORE... son chat,
Tigrou, et son petit ami, Logan.

NOM : Lucy MacDouglas,
trésorière du club
AGE : 13 ans – en 4e
SA TENUE PRÉFÉRÉE : tout,
du moment que c'est à la mode...
ELLE EST... new-yorkaise
jusqu'au bout des ongles,
parfois même un peu snob !
ELLE DIT TOUJOURS :
« J'♥ New York. »
ELLE ADORE... la mode,
la mode, la mode !

NOM : Carla Schafer, suppléante
AGE : 13 ans – en 4e
SA TENUE PRÉFÉRÉE :
un maillot de bain pour bronzer sur les plages de Californie.
ELLE EST... végétarienne, cool et vraiment très jolie.
ELLE DIT TOUJOURS :
« Chacun fait ce qu'il lui plaît. »
ELLE ADORE... le soleil, le sable et la mer.

NOM : Claudia Koshi, vice-présidente du club
AGE : 13 ans – en 4e
SA TENUE PRÉFÉRÉE :
artiste, elle crée ses propres vêtements et bijoux.
ELLE EST... créative, inventive, pleine de bonnes idées.
ELLE DIT TOUJOURS :
« Où sont cachés mes bonbons ? »
ELLE ADORE... le dessin, la peinture, la sculpture (et elle déteste l'école).

NOM : Jessica Ramsey,
membre junior du club
AGE : 11 ans – en 6e
SA TENUE PRÉFÉRÉE :
collants, justaucorps
et chaussons de danse.
ELLE EST... sérieuse,
persévérante et fidèle en amitié.
ELLE DIT TOUJOURS :
« J'irai jusqu'au bout de mon
rêve. »
ELLE ADORE... la danse
classique et son petit frère,
P'tit Bout.

NOM : Mallory Pike,
membre junior du club
AGE : 11 ans – en 6e
SA TENUE PRÉFÉRÉE : aucune
pour l'instant, elle rêve juste
de se débarrasser de ses lunettes
et de son appareil dentaire.
ELLE EST... dynamique et très
organisée. Normal quand on a sept
frères et sœurs !
ELLE DIT TOUJOURS : « Vous
allez ranger votre chambre ! »
ELLE ADORE... lire, écrire. Elle
voudrait même devenir écrivain.

SOMMAIRE

LE CLUB DES BABY-SITTERS

Une nouvelle soeur pour CARLA

①

Le bouquet de mariage de maman voltigeait au-dessus de nos têtes. Mary Anne, ma nouvelle demi-sœur, et moi sautions en l'air pour essayer de l'attraper...

Et soudain, j'ai eu l'impression que les bras de Mary Anne s'allongeaient de quinze centimètres et, bien qu'elle ne soit pas très adroite, elle s'est emparée du bouquet.

Je n'en croyais pas mes yeux.

C'était le bouquet de ma mère. C'est moi qui aurais dû l'attraper. Bon, d'accord, j'exagère. Il n'y a pas de loi qui précise que le bouquet d'une mère doive revenir à sa propre fille. En plus, il y avait plein de monde derrière nous – d'autres filles qui le voulaient aussi – et nous étions à chances égales. Vous vous demandez sûrement pourquoi nous nous battions pour un bouquet... Parce qu'on dit que celle qui l'attrape sera la prochaine à se marier.

Mary Anne et moi, nous n'avons que treize ans et donc aucun projet de mariage, mais j'aurais quand même aimé avoir le bouquet de ma mère. Mais, si ça se trouve, Mary Anne en avait encore plus envie. Après tout, elle a un petit ami – Logan Rinaldi. Peut-être espère-t-elle qu'ils se marieront un jour, quand ils seront plus âgés...

En tout cas, Mary Anne brandissait triomphalement ce bouquet.

– Je l'ai eu, a-t-elle haleté.

Bon, d'accord. Mais elle nous avait presque toutes écrasées dans la manœuvre, alors ce n'était pas étonnant !

Tout le monde riait et applaudissait.

– Bravo, Mary Anne ! a crié Kristy Parker, une de ses meilleures amies.

Je réfléchissais. Mary Anne est timide – extrêmement timide. Et c'est une des personnes les plus gentilles que je connaisse. C'est ma meilleure amie, et ma demi-sœur désormais, mais elle a un petit ami, et pas moi. Alors autant oublier cette histoire de bouquet. Je me suis tournée vers elle et je l'ai prise dans mes bras.

– Félicitations... p'tite sœur !

Mary Anne, qui est très sensible, a aussitôt fondu en larmes en hoquetant :

– P'tite sœur ! C'est réellement vrai. Nous sommes demi-sœurs maintenant.

– Non, sœurs tout court, ai-je corrigé.

Les larmes de Mary Anne coulaient de plus belle.

– Merci... p'tite sœur.

C'était le jour du mariage de ma mère. En fait, c'était son deuxième mariage. Le premier avait eu lieu seize ans plus tôt, quand elle avait épousé mon père. Et au bout d'environ quatorze ans, ils avaient divorcé. Nous vivions alors en Californie – maman, papa, mon petit frère David et moi. Après le divorce, maman nous a emmenés, David et moi, ici, à Stonebrook, dans le Connecticut. Elle n'a pas choisi ce lieu par hasard. C'est la ville où elle a grandi, et ses parents, mes grands-parents, y vivent encore.

C'est aussi la ville où elle est allée à l'école avec un garçon qu'elle aimait beaucoup (bien que ça n'ait pas joué dans sa décision de revenir ici). Il s'agissait de Frederick Cook, le père de Mary Anne. Ma mère et M. Cook – je veux dire Frederick (Mary Anne et moi avons décidé d'appeler nos beaux-parents par leurs prénoms, Frederick et Sharon) – étaient sortis ensemble quand ils étaient au lycée.

Mais mes grands-parents n'appréciaient pas Frederick. La famille de maman avait beaucoup d'argent; celle de Frederick, non. Ils disaient qu'il ne venait pas d'un bon milieu. Incroyable! Du coup, ils ont veillé à ce que, après son baccalauréat, leur fille (ma mère) se retrouve aussi loin que possible de Frederick. Ils l'ont envoyée dans un établissement d'enseignement supérieur en Californie. C'est là qu'elle a rencontré et épousé mon père.

Pendant ce temps-là, ici, dans le Connecticut, Frederick faisait la connaissance de la mère de Mary Anne. Grâce à ses études de droit, il avait obtenu un bon travail (un pied de nez à mes grands-parents). Malheureusement, il a dû traverser de tragiques épreuves. Il a perdu ses parents, ses beaux-parents, et sa femme, la mère de Mary Anne. C'était affreux. Mary Anne était toute petite quand sa mère est morte et elle s'en souvient à peine. Cela a dû être terrible pour eux deux de se retrouver presque seuls au monde.

Mais le destin s'en est mêlé. (J'ai lu cette expression un jour dans un bouquin. Je la trouve géniale.) Maman, David et moi, nous sommes revenus vivre ici et, très vite, non seulement Mary Anne et moi sommes devenues amies, mais nous avons appris que nos parents avaient été amoureux autrefois. Nous avons fait en sorte qu'ils se rencontrent à nouveau, et hop ! ils se sont mis à sortir ensemble, et maintenant les voilà mariés. Parfois, je me demande ce qui serait arrivé s'ils s'étaient mariés après le lycée. En tout cas, Mary Anne, David et moi ne serions pas là, du moins pas exactement comme ça. Ça fait un drôle d'effet d'y penser.

Je suis sûre que vous aimeriez en savoir un peu plus sur ce mariage. Eh bien, comme c'était des secondes noces pour eux deux, maman et Frederick avaient souhaité une cérémonie simple et intime. Maman ne portait même pas de voile de mariée, seulement une très belle robe neuve. Ils se sont mariés dans la chapelle d'une église locale, sans cortège. (Mary Anne et moi étions terriblement déçues. Nous aurions voulu être demoiselles d'honneur.) Parmi les invités, il y avait trois copains de mon frère (les triplés Pike), tous ceux du Club des baby-sitters (je vous en parlerai plus tard), quelques collègues de travail de maman et de Frederick, et mes grands-parents. Mary Anne et moi, nous avions aussi invité nos amis : Kristy Parker, Lucy MacDouglas, Jessica Ramsey, Mallory Pike (la grande sœur des triplés), Claudia Koshi, et Logan Rinaldi. Bien que la cérémonie ait été courte, on a tout à fait respecté la tradition. L'autel était fleuri ; maman et Frederick ont échangé vœux et alliances ; Frederick a embrassé maman sur la bouche devant tout le monde et maman est passée par toutes les couleurs de l'arc-en-ciel. Puis nous sommes allés dans un restaurant français très chic, *Chez Maurice*. Nous, c'est-à-dire tous les gens dont je viens de vous parler. On nous a servi un « souper somptueux » (en fait, c'était plutôt un déjeuner, et, en plus, j'ai eu beaucoup de mal à trouver un plat végétarien dans le menu).

Bon, donc maman venait de lancer son bouquet et c'était Mary Anne qui l'avait attrapé...

J'essayais de me réjouir pour elle, mais j'aurais été capable de tuer quelqu'un rien que pour avoir ce bouquet.

Bientôt, je n'y ai plus pensé. La réception était finie, et les invités commençaient à partir. Les amis de maman et de Frederick s'en sont allés les premiers, puis mes grands-parents. Ensuite M. Pike est venu chercher les triplés et David. David allait passer la nuit chez les Pike. Il aurait pu dormir chez nos grands-parents, mais il mourait d'envie de rester avec les triplés. (Je pense que j'ai oublié de vous dire que David vit maintenant en Californie chez papa. Il est retourné là-bas parce qu'il n'a pas réussi à s'habituer au Connecticut.)

Pendant ce temps, maman et mon nouveau beau-père devaient aller à l'hôtel *Palacio* pour la plus courte lune de miel jamais vue. Ils revenaient le lendemain, un dimanche, pour le déménagement. Mary Anne, son père et son chaton, Tigrou, emménageaient dans notre maison qui est plus grande que la leur.

Peu après le départ de David, Samuel Parker, le frère aîné de Kristy, est arrivé dans sa vieille voiture pour prendre ceux du club et nous ramener chez Mary Anne. Nous mourions d'envie de parler de ce mariage. Mary Anne et moi allions passer une dernière nuit dans sa chambre, tranquilles. Mary Anne était un peu triste. Moi, j'étais à la fois excitée et inquiète. Je ne suis pas habituée à dormir sans adulte dans la maison.

En montant avec les autres à bord de la voiture de Samuel, j'ai fait un signe de la main à Frederick et à la nouvelle Mme Cook. Eh, oui ! maman changeait de nom. Elle voulait porter le nom de son mari. Pourquoi ? Cela me dépasse. Moi, je préfère le nom sous lequel je suis née, Schafer. Heureusement, maman est tout à fait d'accord pour que David et moi le gardions.

– Tout le monde est là ? a demandé Samuel en jetant un regard dans le rétroviseur intérieur.

– Oui, ont répondu en chœur les huit passagers.

Nous étions là, c'est sûr, serrés comme des sardines.

Le trajet a été calme. Mais une fois installés par terre, dans le salon des Cook, nous nous sommes tous mis à parler en même temps.

C'est Kristy qui a commencé :

– Vos parents se sont embrassés en public ! Ouah, atteinte à la pudeur !

Mary Anne a rougi jusqu'à la racine des cheveux, alors Claudia en a rajouté :

– Tu as vu, tu as tellement pleuré que tout ton maquillage est parti.

Mary Anne est devenue écarlate.

Tout le monde a éclaté de rire.

J'ai regardé mes amis. J'étais heureuse. Ma mère s'était remariée, et j'avais un nouveau beau-père et une nouvelle demi-sœur.

J'ai souri à tous ceux qui étaient là – Kristy, Claudia, Logan, Lucy, Mallory, Jessica, et Mary Anne..

2

Quelle chance d'avoir un groupe d'amis aussi merveilleux! Et tout ça grâce à Mary Anne. C'est elle que j'ai connue en premier quand je suis arrivée à Stonebrook.

Et elle m'a présentée à ses amies du Club des baby-sitters. C'est Kristy qui a créé ce club. Nous travaillons pour les familles du voisinage. Les membres du club ne sont pas seulement des collègues, mais aussi des amies. Je peux dire que je leur suis reconnaissante. Elles m'ont aidée à m'intégrer dans une nouvelle école en plein milieu d'année, plus facilement que je ne m'y attendais. En plus, elles sont très différentes (je veux dire les unes des autres), et j'aime ça. Ce n'est pas une bande de filles qui s'habillent pareil, parlent pareil, pensent pareil et ne s'intéressent qu'aux garçons.

Prenez Kristy Parker, par exemple, la présidente du club. Elle déborde d'imagination. Elle a inventé ce club et toutes ses règles. Elle n'est pas le moins du monde timide et a la langue bien pendue. Du coup, parfois, elle peut se montrer assez autoritaire. Elle est un peu garçon manqué et elle adore le sport. Évidemment, elle aime aussi les enfants (c'est notre cas à toutes, sinon nous n'aimerions pas tant le baby-sitting). Kristy aime tellement le sport et les enfants qu'elle a créé une équipe de base-ball pour ceux qui sont encore trop petits pour jouer dans un vrai club ou qui n'osent pas essayer.

Kristy ne se soucie pas plus de sa façon de s'habiller que de trouver un petit ami. Elle pense que s'occuper de sa tenue, se maquiller et choisir des bijoux est une perte de temps. Aussi porte-t-elle presque tout le temps le même genre de vêtements – jeans, chemise, col roulé (en hiver), baskets et parfois une casquette de base-ball avec un chien colley brodé dessus. Kristy a les cheveux châtains, les yeux marron, et c'est la plus petite de la classe.

Sa vie de famille est compliquée – encore plus que la mienne. Son père est parti peu après la naissance de David Michael, son petit frère. Alors Mme Parker a dû élever seule ses quatre enfants, Kristy, le petit David Michael, Samuel et Charlie (ce sont les grands frères de Kristy ; ils vont au lycée). Heureusement elle avait un bon travail et elle s'est très bien débrouillée.

Puis, il y a deux ans, elle a rencontré Jim Lelland, un homme très riche – il est millionnaire, divorcé lui aussi et un peu chauve, et il a deux enfants, Karen et Andrew. Karen a presque sept ans, maintenant, et Andrew cinq. Au début, Kristy n'appréciait pas beaucoup Jim ni l'idée d'avoir une nouvelle famille. Mais on ne lui demandait pas son avis. Sa mère et Jim étaient amoureux l'un de l'autre et, l'été suivant, ils se sont mariés. Puis, exactement comme pour Mary Anne et moi, la famille de Kristy a déménagé de l'autre côté de la ville, dans la maison de Jim. En réalité, c'est une grande villa : elle est immense et il y a de la place pour tout le monde – y compris pour Karen et Andrew, qui y viennent deux week-ends par mois, et Emily Michelle, la petite Vietnamienne de deux ans que les Lelland ont adoptée ! Plus Mamie, la grand-mère de Kristy, qui s'est installée avec eux pour s'occuper d'Emily et de tout ce petit monde.

La maison de Kristy ressemble aussi un peu à un zoo. Il y a Louisa, le jeune chien de David Michael, et Boo-Boo, le vieux chat obèse de Jim. Kristy était habituée à une vie tranquille juste à côté de chez Mary Anne et en face de Claudia Koshi (toutes trois ont grandi ensemble), mais on peut dire qu'elle s'est parfaitement adaptée à sa nouvelle vie.

La vice-présidente du club est Claudia Koshi. Il n'y a pas de filles plus différentes que Kristy et Claudia. Claudia a horreur du sport. Ce qu'elle aime, c'est l'art, et elle très douée. Elle sait peindre, dessiner, sculpter, faire des bijoux... c'est inimaginable ! Sa chambre est un véritable atelier. Il y a des crayons, des pinceaux, des perles, etc. partout – dans des boîtes, dans son armoire, sous son lit. Et ce n'est pas tout. Il y a aussi des livres d'Agatha Christie et des provisions – des tas de trucs sucrés et salés. Elle cache ses Agatha Christie parce que ses parents pensent qu'elle devrait plutôt lire des classiques ou des livres qu'on étudie à l'école. Mais, justement, Claudia n'est pas très bonne en classe, bien qu'elle soit très intelligente. C'est dommage car sa grande sœur Jane est un vrai génie. Si vous voulez mon avis, M. et Mme Koshi devraient être contents que Claudia lise, même ce genre de livres. Et puis, elle cache ses bonbons et ses chips parce que ses parents ne sont pas d'accord non plus pour qu'elle grignote, mais Claudia ne peut pas s'en passer. C'est un véritable hamster.

Heureusement, elle fait partie de ces gens qui ne prennent jamais un gramme et n'ont jamais de boutons. Elle a de la chance, elle est mince et absolument superbe. Claudia est américano-japonaise et a de longs cheveux noirs soyeux, des yeux noirs en amande et un teint éclatant.

Et ses vêtements ! Claudia a son style à elle, vraiment cool. Elle porte des trucs déments comme des baskets super mode ou des bijoux extra qu'elle fabrique elle-même. Elle fait de la céramique et crée des boucles d'oreilles (elle a un trou dans une oreille et deux dans l'autre) et des colliers ou des bracelets de perles. Claudia a eu plusieurs petits amis, mais elle n'en a pas en ce moment.

Elle vit avec sa sœur et ses parents. Sa grand-mère Mimi, qui habitait avec eux, est morte récemment. Ça a été vraiment triste car Claudia et Mimi étaient très proches.

Ma nouvelle demi-sœur, Mary Anne, est la secrétaire du club, et vous savez déjà quelques petites choses sur elle. Par exemple, vous savez qu'elle est timide, qu'elle pleure et rougit facilement, et que sa famille et la mienne sont en train de « fusionner ».

Elle n'a ni frère ni sœur, juste un petit chat, Tigrou. Et c'est la seule d'entre nous, au club, qui ait un petit ami sérieux.

Vous ne pouvez pas savoir à quel point elle est sensible et attentionnée. Les enfants lui demandent souvent des conseils. Elle sait vraiment écouter les autres. Elle a un solide sens de l'humour, mais ne se moque jamais de personne.

Avant de rencontrer ma mère, le père de Mary Anne se montrait extrêmement sévère avec sa fille. Il avait instauré des règles très strictes. Par exemple, c'est lui qui choisissait ses vêtements ; il l'obligeait à porter des nattes, et il lui dictait ce qu'il fallait faire ou ne pas faire. Il voulait être à la fois un bon père et une bonne mère. Il a fini par s'assouplir, mais Mary Anne est restée aussi sage. Elle s'est mise à s'habiller différemment et, maintenant, elle se lâche les cheveux, mais à part ça, elle n'a pas beaucoup changé. Difficile d'imaginer qu'elle et Kristy s'entendent si bien (et pourtant elles sont pratiquement amies depuis la naissance). Elles sont si différentes ! Kristy est exubérante alors que Mary Anne est timide et réservée. Elle préfère la couture, la broderie et le tricot au sport. Et pourtant, ce sont les meilleures amies du monde !

Je sais que le mariage de nos parents est un peu difficile à vivre pour Mary Anne. Elle va être obligée de quitter le quartier où elle est née (je me demande qui va emménager dans sa maison) et de vivre avec une famille tout à fait différente de la sienne. Maman et moi, nous sommes plutôt décontractées. Mais pour faire comme de vraies sœurs, Mary Anne et moi, nous avons décidé de partager ma chambre, alors qu'elle aurait pu prendre la chambre d'amis.

Bon, revenons au club. Lucy est donc notre trésorière.

Lucy et Claudia sont très amies. Elles se ressemblent tout en étant très différentes. Elles ont le même goût pour les vêtements et les bijoux; elles sont très sophistiquées, et il leur arrive d'avoir un petit ami. Lucy a une coupe de cheveux très mode et les oreilles percées, comme Claudia. Elle est fille unique et, en plus, elle vient de New York. Elle est née et a vécu à New York jusqu'à ce que ce que son père soit muté dans le Connecticut. Elle est arrivée juste avant la rentrée de cinquième. Lucy a vécu ici environ un an, avant que son père soit de nouveau nommé à New York. Moins d'un an après, ses parents ont divorcé. Son père voulait rester à New York, pour son travail, mais sa mère voulait revenir à Stonebrook. Ils ont laissé Lucy choisir avec qui elle voulait vivre. C'était difficile, mais finalement, elle est revenue dans le Connecticut (et surtout, elle est revenue au club). Ce qui ne l'empêche pas d'aller souvent à New York voir son père.

La vie n'a pas toujours été facile pour Lucy car elle est diabétique. C'est une maladie qui fait que le pancréas ne contrôle pas bien le niveau de sucre dans le sang. Du coup, Lucy doit se faire quotidiennement des injections d'insuline, et s'astreindre à un régime strict. PAS DE SUCRERIES. Si Lucy ne respecte pas ces règles, elle risque d'être vraiment malade. Je veux dire qu'elle peut tomber dans un coma diabétique. Jusqu'à présent, elle prend bien soin d'elle-même. J'apprécie énormément Lucy. Elle est drôle et pas du tout prétentieuse.

Bon, moi, je suis la suppléante du club (j'expliquerai ça plus loin). Vous en savez déjà pas mal sur moi. Mais je ne vous ai pas dit que j'ai des cheveux très longs, très blonds (presque blancs), et des yeux bleus très clairs. J'aime le fantastique et en particulier les histoires de fantômes. Alors vous imaginez que je suis vraiment contente de vivre dans une vieille maison avec un passage secret – on dit qu'il est peut-être hanté. Je déteste le froid, et ma saison préférée, c'est l'été. Comme David et mes parents, j'adore la nourriture diététique et je ne supporte pas de grignoter des cochonneries. Certains pensent que je suis bizarre, mais je m'en moque complètement. Je fais ce que je veux (sauf si cela risque de nuire à quelqu'un), je mange ce que je veux, et je m'habille comme je veux – dans un style que mes amies appellent « californien ». Je pense que ce style se situe entre celui de Lucy et celui de Kristy. Ah, une chose importante à propos de ma mère : elle est affreusement tête en l'air et n'aime pas faire le ménage.

Viennent enfin Jessica Ramsey et Mallory Pike, les membres juniors du club. Jessica et Mallory sont meilleures amies. Elles sont en sixième, nous en quatrième, et vont comme nous au collège de Stonebrook. Mallory et Jessica sont les aînées de leur famille ; elles aiment les chevaux, elles adorent lire et trouvent que leurs parents les traitent comme des bébés – ils les ont quand même autorisées récemment à se faire percer les oreilles (un seul trou dans chaque oreille, bien sûr). Elles n'ont pas encore de petit ami.

Mais la ressemblance s'arrête là. Mallory vient d'une famille nombreuse (elle a sept petits frères et sœurs), Jessica a une famille dans la moyenne (elle a une petite sœur et un tout petit frère). Plus tard, Mallory veut devenir auteur-illustrateur de livres pour enfants et elle tient son journal intime, tandis que Jessica pense devenir danseuse étoile. Elle suit des cours de danse classique dans une école de danse de Stamford et s'est même déjà produite sur scène.

Encore une différence : Mallory est blanche, Jessica est noire. La couleur de peau de Jessica n'est pas un problème pour nous, mais quand les Ramsey sont arrivés à Stonebrook, certaines personnes leur ont vraiment fait passer des moments difficiles. Il n'y a pratiquement pas d'autres familles noires à Stonebrook (Jessica est la seule élève noire de sixième), et certains ne voulaient pas que ça change. Ils ont été odieux avec les Ramsey, mais les choses se sont arrangées, heureusement.

Il y avait quelqu'un d'autre chez Mary Anne après le mariage, en cette belle journée ensoleillée, c'était Logan Rinaldi. Il ne fait pas partie du club en permanence mais, comme c'est le petit ami de Mary Anne, il est venu avec nous. Nous aimons toutes Logan. Mais pas comme Mary Anne, évidemment.

Logan est drôle et il a beaucoup de charme. C'est un sportif. Il est très gentil avec Mary Anne et ça ne l'ennuie pas qu'elle soit si timide. En plus, il est super beau. Je pense qu'il pourrait faire du cinéma s'il voulait.

La famille de Logan vient de Louisville, dans le Kentucky. Ils sont venus vivre ici juste avant notre entrée en quatrième. Logan a une petite sœur et un petit frère. Sa famille a un drôle d'accent du Sud. Logan dit « mé cheve » pour « mes cheveux ». Ce qui est incroyable (enfin si on veut), c'est que son petit frère, Hunter, est allergique et qu'il dit « bé chebe » pour « mes cheveux » parce qu'il a toujours le nez (« dez ») bouché !

Nous avons bavardé tous les huit pendant environ deux heures. Puis il a été temps de partir.

– Salut les filles, a dit Logan en se levant. Je travaille chez les Rodowsky, ce soir.

– Samuel va bientôt venir me chercher, a ajouté Kristy.

En un clin d'œil, Mary Anne et moi, nous nous sommes retrouvées seules. Nous avions prévu de commander une pizza pour dîner et de regarder un film d'horreur à la télé, mais là, nous ressentions comme un grand vide. Nos parents étaient loin, et Mary Anne s'apprêtait à passer sa dernière nuit dans son ancienne chambre. En plus, ça ne ressemblait même plus à sa chambre, car tout était déjà à moitié emballé. Nous avons essayé d'en profiter quand même.

Mais je savais que nous pensions toutes les deux à la journée du lendemain et que nous nous demandions ce que l'avenir nous réservait...

3

Le jour du déménagement !
Mary Anne et moi, nous nous sommes levées tôt ce matin-là. En fait, nous n'avions presque pas dormi de la nuit.

Dès que nous entendions le moindre bruit, nous étions sûres que c'était un voleur qui entrait dans la maison.

Vous pensez peut-être que je n'ai pas peur des bruits suspects – puisque j'aime le surnaturel et que, dans ma chambre, il y a une entrée vers le passage secret cachée dans le mur –, mais d'habitude ma mère est toujours à la maison la nuit. Et quand il n'y a pas d'adulte, ce n'est pas pareil. Ma mère ne viendrait probablement pas à bout d'un voleur ou d'un fantôme, mais ça me rassure de la savoir dans la chambre voisine.

– Tu sais, m'a dit Mary Anne à trois heures et quart du

matin (c'était à peu près la trentième fois qu'on se réveillait), avant que tu arrives à Stonebrook, Kristy, Claudia, Lucy et moi, nous avons bien cru que nous étions harcelées par le Visiteur Fantôme.

– Le Visiteur Fantôme ?

– Ouais. C'était un type qui appelait les gens la nuit. Si personne ne répondait, il venait les cambrioler. C'était au tout début du club, et on était terrorisées. On s'attendait à ce qu'un jour il appelle chez quelqu'un quand une des filles serait toute seule en train de garder les enfants, et qu'il vienne cambrioler la maison !

– Et alors, qu'est-ce que vous avez fait ? ai-je murmuré.

– Un tas de choses. Une nuit, je gardais David Michael parce qu'il était enrhumé et que Kristy et le reste de la famille étaient sortis – sans doute pour aller chez Jim, je ne m'en souviens pas. J'ai installé des sortes d'alarmes partout, mais je n'arrêtais pas de les déclencher sans le faire exprès ! Même Foxy en a déclenché une – tu te souviens de Foxy, le vieux colley des Parker ? C'était l'horreur, mais maintenant, quand j'y pense, ça me fait rigoler.

J'ai éclaté de rire moi aussi. Nous nous sentions mieux, mais cela n'a duré que cinq minutes. Nous avons entendu une espèce de « crac ! » et nous nous sommes mises à hurler.

Quel soulagement quand maman et Frederick sont arrivés à la maison le lendemain matin ! Il était dix heures et ils avaient déjà été chercher David.

Nous sommes sorties en courant pour leur dire bonjour.

– Quel accueil chaleureux ! s'est étonnée maman. (Si elle avait su !)

– Bon, qu'est-ce qu'on fait ? ai-je demandé.

– Nous attendons le camion de déménagement, a expliqué Frederick. Il devrait arriver.

Nous étions là tous les cinq en cercle sur la pelouse et Frederick essayait de faire la conversation.

– David s'est bien amusé chez les Pike hier soir. Pas vrai, David ?

– Oui, monsieur.

David n'arrivait toujours pas à être naturel avec le père de Mary Anne. J'aurais bien aimé en parler avec lui, mais il repartait le soir même pour la Californie.

– Et vous les filles, vous avez passé une bonne soirée ? a demandé maman.

Mary Anne et moi, nous avons échangé un regard complice.

– Si on veut, ai-je répondu.

Soudain, Claudia est apparue sur le trottoir d'en face et elle a traversé la rue.

– Quand je pense que tu déménages, Mary Anne ! Je n'arrive pas à m'y faire. Oh, bonjour, monsieur Cook. Bonjour, madame Schaf... madame Cook, s'est-elle reprise. Oh, là, là, là, là ! Dire que Kristy et toi, vous aviez toujours vécu en face de chez moi. Kristy est partie, et maintenant c'est toi. Notre trio est complètement brisé.

Pourquoi Claudia insistait-elle comme ça ? Évidemment, Mary Anne s'est mise à pleurer. Et pour tout arranger, le camion est arrivé sur ces entrefaites. Le voilà qui s'engageait dans l'allée des Cook.

Les larmes de Mary Anne ont redoublé.

– Je ne veux pas partir. J'ai toujours vécu ici, gémissait-elle.

Je commençais à me sentir coupable. Parce que, en fait, j'étais tout excitée et impatiente de les voir s'installer chez nous. Pourtant, je savais que cela faisait de la peine à Mary Anne. En plus, je sentais que je n'allais pas supporter longtemps de la voir pleurnicher comme ça.

– Allez, viens, p'tite sœur. Tu sais que ça va être formidable. Toutes les deux, nous avons toujours voulu avoir une sœur !

Mary Anne observait les déménageurs qui sortaient son armoire et la chargeaient dans le camion.

– P'tite sœur... ? a soufflé Claudia.

Mais c'est à peine si nous avons entendu.

– C'est mon armoire ! s'est écriée Mary Anne. Elle ne va jamais rentrer dans ma... je veux dire dans notre chambre. Il va falloir que je la mette dans la chambre d'amis. On ne peut pas dormir dans une pièce et avoir ses habits dans une autre.

– Mais tu pourras ranger tes vêtements dans mon placard, lui ai-je rappelé. Nous avons fait de la place, tu te souviens ?

– Bien sûr que je me souviens. Je ne suis pas idiote !

Manifestement, Mary Anne n'était pas aussi contente que moi. Elle devait faire partie de ces gens qui sont de mauvaise humeur quand ils n'ont pas assez dormi.

Les déménageurs continuaient à s'activer. Les yeux de Mary Anne s'embuaient chaque fois qu'un objet quittait sa maison – même les choses les plus bêtes comme des boîtes de produits d'entretien !

Et elle ne s'est pas montrée plus chaleureuse quand les voisins ont commencé à affluer avec des cadeaux d'adieu. Mme Koshi nous a apporté un plat qu'elle avait préparé.

– Je ne pense pas que vous ferez beaucoup de cuisine aujourd'hui.

Et Mary Anne s'est remise à sangloter.

Mallory et Lucy (dont les maisons sont dos à dos) sont arrivées à ce moment avec des brownies qu'elles avaient faits ensemble.

Mary Anne a littéralement fondu en larmes.

Puis Myriam et Gabbie Perkins qui habitent juste à côté, dans l'ancienne maison de Kristy, ont apporté un bouquet de fleurs qu'elles avaient cueillies.

Mary Anne était une vraie fontaine.

Je me suis sentie soulagée quand le camion a enfin été chargé, les adieux terminés, et tout le monde installé dans la voiture des Cook, qui suivait le camion. Je pensais que Mary Anne se montrerait plus gaie une fois loin de sa maison.

Mais non. Elle est devenue franchement désagréable.

– Quand je pense que nous avons donné notre canapé à l'Armée du Salut, a-t-elle soupiré, en examinant notre salon, qui était maintenant tout encombré.

– Il n'y avait pas assez de place, ai-je fait remarquer.

Je me suis bien gardée de lui rappeler que Tigrou l'avait tout griffé et que le rembourrage s'en allait. Il était affreux. Nous n'en voulions pas.

Un peu plus tard, Mary Anne et moi sommes montées dans notre chambre. Maintenant, il y avait deux lits, deux bureaux, plus des tas de cartons contenant les affaires de Mary Anne. Au départ, c'est vrai que nous avions pensé y mettre aussi sa penderie. Mais c'était impossible, la chambre était vraiment trop pleine. On aurait dit un magasin de meubles. Difficile de se frayer un chemin dans tout ce bazar.

– Je suis sûre que ça ira mieux quand tu auras déballé tes cartons, ai-je affirmé. On aura plus de place.

Mary Anne s'est mise à marmonner entre ses dents. A cet instant, nous avons entendu miauler.

– Oh, c'est Tigrou ! s'est-elle écriée. Où est-il ? Il doit être tout perdu.

Mary Anne s'est précipitée dans l'entrée, a pris Tigrou dans ses bras et l'a apporté dans notre chambre.

– Pauvre minou, a-t-elle murmuré en le caressant, il est tout désorienté. Pleure si tu veux, Tigrounet, je ne t'en voudrai pas. (Je n'en croyais pas mes oreilles.)

Mary Anne n'aurait jamais dû dire ça. Quand elle a reposé Tigrou, il a tourné en rond dans la maison en miaulant pendant des heures, je vous assure ! J'ai cru que Mary Anne et lui allaient rendre ma mère complètement folle.

Ils ont failli rendre les déménageurs fous aussi. Mary Anne était toujours dans leurs jambes à protester :

– Voilà Tigrou ! Ne lui marchez pas dessus ! Ne le laissez pas sortir ! Attention, la chaise va lui tomber dessus !

Le reste du temps, Mary Anne broyait du noir. Elle ne déballait pas ses cartons. Malgré tous les bouquets de fleurs qui arrivaient, elle n'était même pas contente. Tout le monde nous félicitait, mais ça lui était égal.

Le dimanche pourtant, elle avait l'air d'aller mieux. Tigrou prenait possession de son nouveau territoire et s'était arrêté de miauler. Et Mary Anne a finalement dû défaire ses cartons parce qu'elle avait besoin de ce qui était à l'intérieur. Quand tout a été dégagé, elle a jeté un regard circulaire dans la pièce.

– Tu sais, ce n'est vraiment pas si mal, a-t-elle commenté.

– Eh ! j'ai une idée. Si nous préparions nos vêtements pour l'école demain, seulement tu prendrais les miens et moi les tiens ?

– Bonne idée, c'est marrant, p'tite sœur !

Elle avait retrouvé le sourire.

Ce soir-là, David devait repartir pour Los Angeles. Il n'était pas resté longtemps, mais il avait dû manquer les cours et nos parents ne voulaient pas que cela se prolonge.

David et moi, nous voyageons toujours la nuit, quand nous allons là-bas, à cause du décalage horaire. Il y a trois heures de moins à Los Angeles, et le vol dure environ cinq heures. Si on met David dans un avion qui décolle vers sept heures du soir, il arrive à Los Angeles vers minuit, heure du Connecticut – mais il est seulement neuf heures du soir en Californie. Comme ça, David passe une bonne nuit de sommeil et il peut aller en forme à l'école le lendemain. Un miracle de la technologie moderne.

Nous sommes tous allés à l'aéroport – maman, Frederick, Mary Anne et moi – pour l'accompagner. D'habitude, les adieux sont très tristes. Mais cette fois, David semblait plus préoccupé que triste. Après avoir fait le plein de bandes dessinées pour le voyage, il m'a entraînée à l'écart des autres. Il fronçait les sourcils.

– Qu'est-ce qu'il y a ? l'ai-je interrogé.

– Je ne sais pas... D'habitude, j'aime bien Mary Anne, mais ce week-end, non. Et je crois qu'elle ne nous aime pas non plus.

– Oh, ne t'en fais pas. Elle était seulement contrariée par le déménagement.

– Ouais, mais je crois que je ne suis pas près de revenir à

Stonebrook avant un moment. Je suis sûr que cette nouvelle famille va avoir quelques… problèmes.

Je dois admettre que David n'avait pas tort. Ce n'était pas génial comme début. Mais ça allait s'arranger… non ?

A ce moment, l'avion de David a été annoncé et nous nous sommes dit au revoir. Maman a pris David dans ses bras. Moi aussi. Mary Anne lui a posé un baiser maladroit sur la joue. Et David a serré la main de Frederick en lui disant :

– Au revoir, monsieur.

Puis mon frère s'est dirigé vers la passerelle d'embarquement.

4

Le lundi, nous avions réunion du Club des baby-sitters. Mary Anne et moi, nous portions les vêtements que nous avions échangés. Nos amies l'ont remarqué tout de suite.

– Les filles, vous avez de la chance. Vous venez de doubler votre garde-robe sans dépenser un sou ! a commenté Claudia.

Cependant, ni Mary Anne ni moi n'étions d'humeur à plaisanter en arrivant à la réunion. L'après-midi, j'avais eu le malheur d'enjamber Tigrou (je ne l'avais même pas touché, mais Mary Anne m'avait lancé un de ces regards !).

Ensuite, elle avait été complètement sidérée quand elle avait trouvé des germes de soja dans le frigo.

– Beurk ! Il y a un truc tellement moisi qu'il a germé ! avait-elle hurlé.

Je n'avais pas pu m'empêcher de rire et Mary Anne avait été vexée comme un pou.

La réunion commence toujours à cinq heures et demie pile – à la seconde même où le réveil digital de Claudia, notre référence, passe de vingt-neuf à trente. Elle dure jusqu'à dix-huit heures et a lieu trois fois par semaine, les lundis, mercredis et vendredis. Nous la programmons tard dans la journée car nous avons souvent des baby-sittings, des cours ou des rendez-vous l'après-midi.

Avant de vous raconter ce qui est arrivé à la réunion de ce jour-là (où la catastrophe en chaîne qui allait s'abattre sur les Pike a fait son apparition officielle, sans que nous nous en doutions), je ferais bien de vous parler un peu du club et de vous expliquer comment il fonctionne.

En fait, ce club est une sorte de petite entreprise. Vous le savez, c'est Kristy qui l'a créé. Elle a eu cette idée au début de la cinquième. C'était avant que sa mère épouse Jim, quand elle et sa famille vivaient encore en face de chez Claudia. A cette époque, Kristy, Sam et Charlie se relayaient pour garder David Michael après l'école. Mais un jour, aucun des trois n'était disponible. Mme Parker ne leur en a pas voulu. Elle comprenait que les enfants aient des choses à faire. Alors, elle a décroché son téléphone pour essayer de trouver quelqu'un d'autre. Pas si simple. Kristy la regardait passer coup de fil sur coup de fil. Tout le monde avait l'air pris. C'est alors que Kristy a eu son idée géniale. Elle a pensé que ce serait formidable si sa mère (ou n'importe quel parent) pouvait joindre tout un groupe de baby-sitters en même temps, en un seul appel.

C'est comme ça qu'elle a décidé de créer une petite entreprise de baby-sitting dans le quartier.

Elle a demandé à Mary Anne, à Claudia et à la nouvelle copine de Claudia, Lucy, de se joindre à elle. Les filles ont fixé des horaires et des jours de réunion, c'est-à-dire des moments où les gens pourraient appeler et trouver une baby-sitter. Kristy s'était dit qu'avec quatre filles à chaque réunion, il y en aurait bien une de libre. Ainsi, nos clients seraient pratiquement sûrs de trouver une baby-sitter en passant un seul coup de fil. Et elle avait raison. Le club a un énorme succès. Maintenant, il y a sept baby-sitters, plus deux membres associés du club.

Comment les gens savent-ils quand et où nous joindre ? Parce que nous avons fait de la pub. Je vous l'ai dit, Kristy ne manque pas d'imagination. Au début du club, avec ses amies, elles ont fait passer une petite annonce dans le journal de Stonebrook et elles ont distribué des milliers de tracts dans les boîtes à lettres (nous le faisons encore de temps en temps). Le bouche à oreille les a aussi beaucoup aidées. Bref, le club s'est imposé rapidement.

Quand je suis arrivée dans le Connecticut, en janvier, les filles m'ont embauchée parce qu'elles étaient débordées. Plus tard, elles ont recruté deux membres intérimaires – Logan et une amie de Kristy, Louisa Kilbourne. Ils n'assistent pas aux réunions ; nous les appelons lorsque aucune de nous n'est disponible. Croyez-moi, ça arrive.

Ensuite, lorsque Lucy a dû repartir pour New York, Jessica et Mallory l'ont remplacée, et quand elle est revenue, elle a évidemment repris sa place dans le club. Nous avions besoin d'elle et, en plus, nous n'aurions jamais pu lui dire à elle, un des membres fondateurs, qu'elle n'en faisait plus partie. Entre membres du club, nous sommes comme des sœurs (et Logan, lui, est comme notre frère !).

Quelle est la fonction de chacun au club ? Je commence par Kristy, puisque c'est la présidente. C'est elle qui a imaginé l'organisation du club dans ses grandes lignes, et elle a toujours de nouveaux projets en tête. Par exemple, c'est elle qui a décidé d'organiser un centre de loisirs pendant l'été dernier, et une fête des mères exceptionnelle pour nos clientes (et certaines de nos mères) afin de les décharger de leurs enfants et de leur offrir un jour de repos et de détente. Pendant ce temps, nous nous sommes occupées des enfants.

Kristy a aussi inventé les coffres à jouets. Ce sont des boîtes (chacune de nous en possède une) que nous avons décorées puis remplies de nos vieux jouets, livres et jeux, et de trucs neufs, comme des albums de coloriage, des gommettes et des feutres. Les petits adorent quand nous arrivons avec. Évidemment, les jouets et les livres ne sont pas tout neufs, mais les enfants aiment jouer avec d'autres jouets que les leurs. Alors ils sont contents de nous voir et leurs parents aussi. Du coup, ils font de plus en plus appel à nous. Je crois que Kristy deviendra un jour une grande femme d'affaires. En plus d'avoir de bonnes idées, c'est elle qui anime les réunions, et elle adore ça parce qu'elle aime les responsabilités.

Claudia, notre vice-présidente, est la seule d'entre nous qui ait le téléphone dans sa chambre, et une ligne privée.

C'est drôlement important. Claudia a été nommée vice-présidente parce que nous utilisons sa chambre et accaparons son téléphone trois fois par semaine. En plus, nous mangeons ses provisions.

La secrétaire du club est Mary Anne, et elle est parfaite pour ce poste. Je pense qu'elle a été choisie parce que c'est elle qui a l'écriture la plus soignée de nous toutes. Mais elle s'est aussi révélée très organisée, et c'est une chance car c'est elle qui a la tâche la plus compliquée. Elle est responsable de l'agenda du club dans lequel sont notées toutes les informations importantes : les coordonnées de nos clients, leurs noms et adresses, nos bénéfices et l'essentiel, nos rendez-vous. Mary Anne tient notre planning. Elle doit mémoriser les horaires des cours de dessin de Claudia, des leçons de danse de Jessica ou des séances d'orthodontie de Mallory. Mary Anne n'a jamais commis une seule erreur.

Lucy est notre trésorière et elle adore son travail. Pour commencer, c'est une flèche en mathématiques. Elle est capable de nous dire combien nous avons dans la caisse rien qu'en vidant l'enveloppe dans laquelle nous mettons l'argent gagné. Et elle peut faire des additions et des soustractions de tête presque aussi vite qu'une calculette (bon, j'exagère un peu, mais, en tout cas, elle est beaucoup plus rapide que nous). C'est elle qui collecte nos cotisations chaque lundi, qui nous avertit si la trésorerie diminue, et qui nous donne de l'argent quand nous en avons besoin. Par exemple, pour payer la facture du téléphone de Claudia, indemniser Samuel qui conduit Kristy aux réunions et revient la chercher car elle habite loin maintenant, acheter du nouveau matériel pour les coffres à jouets, et payer les sorties et les fêtes du club ! Lucy aime ramasser l'argent et déteste s'en séparer. Elle note toutes nos recettes et nos dépenses dans l'agenda.

Moi, je suis membre suppléant, un peu comme un prof qui fait des remplacements : je peux remplacer n'importe quel membre qui ne peut pas venir à une réunion.

Quand Lucy est retournée à New York, je suis devenue trésorière, mais j'étais contente qu'elle revienne pour s'en occuper. Je suis loin d'être aussi bonne qu'elle en maths et, en plus, tout le monde râle quand il s'agit de payer la cotisation hebdomadaire. Même Kristy. Je préfère être suppléante, comme ça, je fais des choses variées. J'aime bien. Mais devinez quel est le poste que je n'ai jamais eu l'occasion d'essayer ? Celui de Kristy. Évidemment, elle n'a jamais manqué une seule réunion. Je meurs d'envie d'être présidente d'un jour !

Jessica et Mallory n'ont pas vraiment de responsabilités particulières. Elles sont membres juniors, ce qui signifie qu'elles n'ont le droit de travailler qu'après l'école et le week-end. Leurs parents ne veulent pas qu'elles gardent des enfants le soir, sauf s'il s'agit de leurs petits frères et sœurs. Mais elles nous rendent bien service. Comme elles gardent les enfants l'après-midi, nous pouvons travailler le soir.

Voilà, vous connaissez tous nos baby-sitters ! Juste une chose encore à propos du club : Kristy nous fait tenir un journal de bord. C'est un carnet dans lequel nous devons raconter notre travail. Nous sommes censées lire tous les comptes rendus pour savoir ce qui s'est passé pour les autres. Il n'y a que Kristy et Mallory qui aiment réellement écrire dans le journal de bord, mais nous reconnaissons toutes que c'est utile. Comme ça, on apprend comment nos amies ont géré les problèmes qu'elles ont rencontrés, et nous nous tenons au courant de ce qui se passe dans les familles. C'est toujours mieux de savoir si un enfant s'est mis à faire des cauchemars, a une allergie alimentaire, des choses comme ça.

Bon, nous étions lundi et il était cinq heures et demie.

– La réunion est ouverte ! a annoncé Kristy, savourant son pouvoir.

Les autres se sont redressées. Comme d'habitude, Jessica et Mallory étaient assises par terre. Cette fois, elles étaient adossées au lit de Claudia. Elles s'étaient collé des paillettes sur les ongles. Claudia, Mary Anne et moi, nous étions assises en rang sur le lit, et Lucy était à califourchon sur la chaise de bureau, le menton posé sur le dossier. Parfois, je prends la chaise de bureau et Lucy s'assied sur le lit. On aime bien échanger.

– Silence, s'il vous plaît, a ajouté Kristy, juste pour faire bonne mesure.

Elle était assise dans le fauteuil de metteur en scène de Claudia, sa visière sur la tête. Elle avait son crayon derrière l'oreille et tenait à la main l'agenda du club.

– Je passe la parole à notre trésorière.

Lucy a sorti son enveloppe spéciale avec une joie malicieuse pour récolter nos cotisations, tandis que nous rechignions à nous séparer d'un argent aussi durement gagné.

Puis le téléphone s'est mis à sonner, et Mary Anne a commencé à organiser les rendez-vous. Une fois le calme revenu, Claudia a déclaré :

– J'ai faim. Pas vous ?

– Si, je meurs de faim ! a approuvé Kristy.

Claudia a tiré une boîte de bretzels de son armoire et l'a fait circuler. Personne n'était étonné que Lucy n'en prenne pas, car son docteur lui avait prescrit d'être plus stricte que d'habitude sur le grignotage, même sans sucre. Mais ce qui était étonnant, c'était que Mallory avait fait passer le paquet sans se servir.

– Je ne me sens pas très bien, a-t-elle finalement confessé, alors qu'elle était restée silencieuse pendant toute la réunion.

– Qu'est-ce qui ne va pas ? s'est inquiétée Jessica.

Puis, exactement comme une mère avec son enfant, elle a posé la main sur le front de Mallory.

– Hé ! je crois que tu as de la fièvre, s'est-elle exclamée.

– Vraiment ? a fait Mallory d'une voix faible.

– Change de place avec moi, a proposé Mary Anne. Tu seras mieux sur le lit.

– Je crois que tu devrais rentrer, Mallory. Tu as une mine de déterrée, lui a alors dit Kristy.

Mallory est partie. C'était la première fois que l'une d'entre nous abandonnait une réunion à cause d'un malaise. Pourtant, nous n'étions pas inquiètes. Mallory n'était quand même pas malade au point de ne pas pouvoir pédaler jusque chez elle.

5

Finalement, il s'est avéré que Mallory était plus malade que nous ne le pensions. Mercredi, elle avait la... varicelle ! Incroyable ! Pourtant elle l'avait déjà eue.

– Je parie qu'elle a attrapé ça chez les Newton, avec Simon et Lucy Jane, a affirmé Lucy à la réunion du mercredi. Ils viennent de l'avoir. Mallory les a gardés juste avant qu'ils aient des boutons, mais ils devaient déjà être contagieux.

– Bon, nous avons une petite urgence sur les bras, a commenté Mary Anne.

Elle avait ouvert l'agenda et examinait les pages de rendez-vous.

– Mallory a trois gardes la semaine prochaine. Il vaut

mieux la remplacer, car on ne sait pas combien de temps cela va durer.

Nous n'avons pas eu de mal à la remplacer pour les deux derniers rendez-vous. Mais le premier posait un problème. Il fallait aller chez les Perkins.

– Devine qui est libre ce jour-là ? m'a demandé Mary Anne d'une voix bizarre. Toi et moi !

Habituellement, quand nous sommes plusieurs à être disponibles, nous nous arrangeons. « C'est pour Charlotte, vas-y, Lucy. On sait que c'est ta préférée. » Ou bien : « Prends cette garde, Claudia. Tu n'en as pas beaucoup en ce moment. »

Mais Mary Anne et moi, nous ne disions rien, nous nous regardions.

– J'aimerais bien y aller, a finalement avoué Mary Anne.

– Moi aussi, ai-je avoué en toute franchise.

– Mais c'est moi qui ai dû quitter ma maison. J'habitais à côté des Perkins et je travaillais souvent chez eux. Je pense que j'ai la priorité, a-t-elle insisté.

J'ai jeté un regard circulaire dans la chambre de Claudia. Mes amies semblaient surprises car c'est vraiment rare que Mary Anne revendique quelque chose pour elle-même. Kristy semblait même s'en réjouir. Elle aime bien voir Mary Anne sortir de sa coquille.

– Excuse-moi, mais j'aimerais vraiment faire ce baby-sitting. Et j'y ai droit autant que toi, ai-je protesté.

– Moi aussi.

Nous nous sommes défiées du regard comme des tigres prêts à bondir.

– Tu sais, a alors remarqué Mary Anne, je ne trouve pas

que ma jupe t'aille très bien, finalement. Elle est un peu... serrée.

Tout le monde retenait son souffle.

– Tu insinues que je suis grosse, c'est ça ? me suis-je exclamée (ce qui était ridicule, parce que je suis toute mince).

– C'est toi qui le dis, pas moi.

Notre dispute aurait pu durer encore un bon moment, mais Kristy a soudain frappé du poing sur le bureau de Claudia. Le pot à crayons a cliqueté et nous avons sursauté. Surtout Lucy qui a carrément fait un bond parce qu'elle était assise tout près.

– Ça suffit ! Ce comportement non professionnel est indigne d'une réunion de travail. En tant que présidente, je ne le tolérerai pas. Maintenant, examinons le problème.

Kristy hurlait presque, mais quand le téléphone a sonné, elle a décroché calmement.

– Allô, Club des baby-sitters, que puis-je pour vous ?

C'était Mme Newton, qui avait besoin de quelqu'un pour garder Simon et Lucy Jane, et qui voulait également s'excuser pour la varicelle de Mallory.

– Si j'avais su, a-t-elle expliqué à Kristy, je n'aurais jamais demandé à Mallory de venir, mais j'ignorais encore que les enfants étaient contagieux.

– Oh, ne vous faites pas de souci, a répondu Kristy chaleureusement. Ce sont les risques du métier, comme on dit. En plus, vous êtes l'une de nos meilleures clientes.

Après avoir écouté Mme Newton un moment, Kristy a repris :

– Bien, Mary Anne va vérifier le planning, je vous rappelle tout de suite.

– Les Newton ont besoin de quelqu'un pour la soirée de vendredi prochain jusqu'à onze heures environ, a-t-elle expliqué à Mary Anne après avoir raccroché. Qui est libre ? Et si c'est Carla et toi, je ne veux même pas en entendre parler.

Mary Anne lui a lancé un regard noir.

– Non, a-t-elle dit après avoir vérifié. C'est Lucy et toi.

– Tu prends, Lucy, a immédiatement décidé Kristy. C'est toi qui habites le plus près. Ce sera plus facile. Moi, je devrais demander à Samuel ou à M. Newton de me conduire en voiture.

– Merci, a répondu Lucy tranquillement.

Kristy s'est tournée vers Mary Anne et moi.

– Vous voyez, c'est tout simple !

Sans attendre de réponse, elle a rappelé Mme Newton.

Puis elle s'est à nouveau tournée vers nous en demandant :

– Parfait, maintenant qui va aller chez les Perkins ?

– Moi !

– Non, moi !

Kristy a soupiré. Elle nous regardait comme si nous étions deux gamines en train de se disputer pour un jouet.

– OK, si vous avez décidé d'être immatures, nous allons résoudre le problème comme le fait ma mère avec Karen et David Michael. Vous allez tirer à la courte paille.

J'ai fait la grimace, mais je n'avais rien à dire. C'était vrai : Mary Anne et moi, nous nous conduisions vraiment comme des gamines.

Kristy a pris une feuille de papier sur le bureau de Claudia et l'a déchirée en deux petites bandes. Elle en a fait une plus longue que l'autre. Puis elle les a mélangées et les a prises dans sa main de sorte que les bouts qui dépassaient soient de même taille.

– Allez, Mary Anne, Carla, tirez chacune une paille. Celle qui tirera la plus longue ira chez les Perkins.

– Qui tire en premier ? s'est empressée de demander Mary Anne.

Kristy perdait patience.

– Carla, a-t-elle repris sur un ton irrité. Vous allez tirer dans l'ordre alphabétique de vos prénoms.

J'ai lancé un regard triomphal à Mary Anne, puis j'ai choisi l'un des morceaux de papier.

Mary Anne a pris l'autre.

Le sien était plus long que le mien.

– Gagné, c'est moi !

Elle a allègrement noté le rendez-vous dans l'agenda et a immédiatement appelé Mme Perkins pour l'informer.

Je me suis rassise et je me suis mise à fixer le couvre-lit de Claudia. Vous trouvez que c'était juste ? Non, pas du tout. D'abord, Mary Anne avait attrapé le bouquet de ma mère au mariage. Maintenant, c'était le baby-sitting. Finalement, ce n'était pas si génial que ça d'avoir une demi-sœur !

– Amuse-toi bien, Mary Anne, ai-je dit sur un ton sarcastique. J'espère que les filles seront de vrais monstres.

Mary Anne s'est contentée de me sourire. Les petites Perkins sont adorables.

Deux jours plus tard – vendredi soir –, Mary Anne est rentrée de chez les Perkins vers neuf heures et demie. J'étais sur mon lit, en train de grignoter une barre de céréales en lisant *Fantômes : faits et légendes.* Je n'ai même pas levé les yeux quand elle est entrée dans la chambre.

– Salut, a-t-elle dit au bout d'un moment en s'asseyant sur le bord de son lit.

– Salut, ai-je répondu, toujours sans lever les yeux.

– Il est intéressant, ton livre ?

– Ouais.

– Alors ?

– Alors quoi ?

– Tu ne me demandes pas des nouvelles des Perkins ?

Mary Anne me coinçait. Si elle m'avait dit : « Tu ne me demandes pas comment ça s'est passé ? », j'aurais répondu « Non. » Mais j'aime beaucoup Myriam, Gabbie et Laura Beth – vraiment beaucoup.

– Bon. Comment vont les Perkins alors ?

– Merveilleusement bien. Nous nous sommes amusées comme des folles.

– Tant mieux pour toi.

– Tu ne veux pas savoir ce qu'ont fait les filles ?

Bien sûr que je voulais le savoir :

– Qu'est-ce qu'elles ont fait ?

– Eh bien, Laura Beth a dormi la plupart du temps, normal. Mais Gabbie a répété une pièce pour son école : *L'Opéra des trois petits cochons.* (Je n'ai pas pu m'empêcher de sourire.) Et devine ce que Myriam a voulu faire ?

– Quoi ?

Je dois le reconnaître, j'étais captivée. J'avais presque oublié que Mary Anne s'était battue pour me voler la garde.

– Elle voulait écrire à des gens célèbres.

– Tu plaisantes ! Elle sait écrire maintenant ? (Myriam est encore à l'école maternelle.)

– Si on veut. Elle sait écrire son nom, bien sûr, « BISOUS » et quelques autres mots. Mais elle a besoin qu'on l'aide beaucoup. Elle voulait écrire au président pour lui dire qu'elle avait perdu une dent. Et puis elle voulait aussi envoyer une lettre – tiens-toi bien – à George Michael pour lui dire que c'est son chanteur préféré.

Nous avons éclaté de rire. Le plus drôle, c'est que Mary Anne *adore* George Michael.

J'ai reposé mon livre et je me suis tournée vers elle.

– Et qu'est-ce qu'elle racontait dans ses lettres ?

– Pour la première, elle m'a dicté : « Cher monsieur le Président, j'ai perdu une dent. C'était une dent du bas. Je l'ai mise sous mon oreiller, et la petite souris est venue. Elle m'a laissé une pièce. Je pensais seulement que vous voudriez être au courant. Bisous, Myriam. P.S. : Bon courage pour votre travail. »

– Oh, que c'est mignon ! me suis-je exclamée. Myriam est adorable.

– Gabbie aussi, a ajouté Mary Anne. Tu aurais dû l'entendre chanter. Elle travaille vraiment dur.

– Et la lettre à George Michael ?

– Oh, elle a voulu que j'écrive : « Cher George Michael, salut ! Comment allez-vous ? Je m'appelle Myriam et je suis votre fan favorite... »

– Votre fan favorite ?

– Je pense qu'elle voulait dire « votre plus grande fan ». Peu importe. Ensuite, elle m'a dicté : « J'aime beaucoup vos clips à la télé. Si vous venez un jour à Stonebrook, venez me voir. J'habite Bradford Alley. Je serais heureuse de vous offrir quelques gâteaux. Bisous, Myriam. »

Maintenant, Mary Anne et moi, nous étions de nouveau amies. Ou plutôt sœurs. Avant de nous endormir, nous nous sommes chuchoté :

– Bonne nuit, p'tite sœur.

6

Samedi

Hier, je suis allée chez les Pike. On peut dire que la maladie de Mallory pose de sacrés problèmes. Désolée que tu lises ça quand tu iras mieux, Mal, mais tu m'as drôlement cassé les pieds. Peut-être que tu n'appréciais pas beaucoup d'être encore maternée par une baby-sitter, mais je n'y pouvais rien. Ta mère a appelé parce qu'elle devait conduire ~~les ti les tré~~ les triplés chez le docteur et te laisser avec Nicky et tes sœurs. J'espère vraiment que tu vas bientôt guérir. Vraiment vraiment.

Je crois que si j'avais onze ans, si j'étais baby-sitter et que je sois malade, je n'aurais pas aimé non plus être gardée par une autre baby-sitter.

Alors je comprends que Mallory n'ait pas facilité la tâche de Claudia cet après-midi-là (Claudia nous a raconté son expérience plus tard à la réunion).

C'est vrai que Mallory se trouvait dans une position inconfortable. Elle était à moitié baby-sitter (même si elle était confinée dans sa chambre) et à moitié « baby-sittée ». Mme Pike avait terriblement besoin de quelqu'un (je vous dirai pourquoi), mais même si Claudia avait déjà eu la varicelle, elle ne voulait pas trop qu'elle s'approche de Mallory parce qu'on savait maintenant qu'on pouvait l'attraper deux fois. Si bien que Claudia devait s'occuper de Mallory le mieux possible sans entrer dans sa chambre. Cependant, avec tant d'enfants, il est certain qu'en cas d'urgence, Mallory serait redevenue baby-sitter.

Comme Adam, Byron et Jordan (les triplés) s'étaient mis à tousser et qu'ils étaient très fatigués, Mme Pike avait décidé qu'une visite chez le médecin s'imposait. Claudia gardait Vanessa, Nicky, Margot, Claire et Mallory, la grognon, qui n'arrêtait pas de se gratter (au fait, Claire a cinq ans, Margot sept, Nicky huit et Vanessa neuf).

– Et si on jouait au docteur ? a proposé Claire aussitôt après le départ de sa mère et des triplés.

(Pas étonnant, avec tous ces malades dans la famille !)

Margot était d'accord. Mais Nicky et Vanessa étaient plus difficiles à convaincre. A la fin, nous a raconté Claudia, ils ont accepté, probablement parce qu'il pleuvait et que, de toute façon, s'ils avaient dit non, les petites ne les auraient pas lâchés.

– On va s'amuser ! leur a promis Claire. Maintenant, regardez tous, petites bêbêtes gluantes. La salle de jeux, c'est le cabinet du docteur. Non, attendez ! c'est le service des urgences. On est dans un hôpital, d'accord ? Oh ! il y a une ambulance qui arrive. C'est une urgence !

Claudia voyait les autres se prendre au jeu.

– Pin-pon, pin-pon ! claironnait Nicky pour faire plus vrai.

– Place à l'ambulance ! criait Claire.

– On dirait que je serais le docteur de la salle des urgences, a décidé Vanessa. Eh ! attendez un peu, nous avons besoin d'instruments.

Elle a farfouillé dans un coffre à jouets et en a tiré un stéthoscope qu'elle s'est mis autour du cou, plus une coiffe d'infirmière, un rouleau de pansements, une fausse seringue gigantesque et une trousse de médecin. Elle a tendu la coiffe à Nicky.

– Voilà, on dirait que tu serais l'infirmière et moi, le docteur.

– Pas question ! a protesté Nicky. Les docteurs sont des garçons et les infirmières, des filles.

– Oh, tu retardes ! a répliqué Vanessa. Il y a des tas de femmes docteurs, maintenant. Tu sais bien. Le Dr Dellenkamp est une femme.

– En tout cas, je ne veux pas faire l'infirmière, a rétorqué Nicky en tendant le bonnet à Margot. Je suis le chauffeur de l'ambulance.

– Et moi, je serais le malade, a dit Claire. Je viens d'avoir un accident de voiture horrible. Je suis couverte de sang et je crois que mes jambes sont cassées. Ma tête aussi.

(Claudia se retenait de rire.)

– OK. Je t'emmène à l'hôpital à toute vitesse, a assuré Nicky.

Il a traîné Claire sur le plancher en braillant :

– Pin-pon ! Attention ! l'ambulance arrive.

Vanessa et Margot se sont précipitées vers leur patiente.

– Vérifiez sa tension, a ordonné Vanessa à son infirmière.

Puis, comme dans les séries télévisées, elle a ajouté :

– Je n'ai pas de pouls.

– On prend le pouls au poignet, pas sur le front, idiote, a répliqué Margot.

Claire était toujours étendue sur le sol. Ses yeux semblaient clos, mais Claudia voyait qu'elle essayait d'observer furtivement ce qui se passait.

– Qu'est-ce qui est arrivé à la victime ? a demandé Vanessa à Nicky.

– Accident de voiture, m'dame. Elle roulait à bicyclette et elle est rentrée dans un camion.

– Mais non, a chuchoté Claire. C'est le camion qui m'a renversée.

Vanessa était en train de faire une piqûre à Claire avec la fausse seringue quand Claudia a entendu la clochette de Mallory.

– Oh ! votre sœur m'appelle. Je ferais bien d'aller voir ce qu'elle veut.

Claudia a filé à l'étage. La porte de la chambre était entrebâillée.

– Mal ?

– Claudia ? N'entre pas. Maman a dit que tu ne devais pas t'approcher de moi. Par précaution.

– Je sais. Tu as besoin de quelque chose ?

– A boire ! a répondu Mal d'une voix mourante. J'ai soif. Et je m'ennuie.

– C'est idiot ce qui t'arrive, ça m'embête pour toi, franchement, a dit Claudia. Vanessa va t'apporter ça. Tu n'as pas de livre à lire ?

– J'en ai lu deux aujourd'hui.

– Et ton journal ?

– J'ai déjà écrit dix pages.

– Tu as la télé ?

– Oui, mais il n'y a que des trucs que j'ai déjà vus ou des émissions débiles.

Claudia a soupiré. Elle était à court d'idées.

– Je t'envoie Vanessa. Qu'est-ce que tu veux à boire ?

– De la limonade. Vite, j'ai trop soif !

Alors que Vanessa montait voir sa sœur, Margot, qui portait encore sa coiffe d'infirmière, a déclaré :

– Bon, maintenant, je suis une maman et Claire est mon petit garçon.

– Un garçon ? s'est étonnée l'intéressée.

– Oui, un garçon. Et il vient de tomber dans l'escalier.

Claire s'est aussitôt recroquevillée sur le sol.

– Bonjour, je suis le docteur, a annoncé Nicky en s'emparant du stéthoscope que Vanessa avait laissé par terre.

– Oh, docteur ! s'est écriée Margot.

Elle a essayé de soulever Claire, mais elle n'était pas assez forte, alors elle l'a tirée par les jambes vers Nicky.

– Mon fils est tombé dans l'escalier ! Au secours ! je ne sais pas quoi faire.

Avant que Nicky ait pu répondre, Vanessa a crié du haut de l'escalier :

– C'est Mallory, ça la pique partout. Elle veut prendre un bain avec du bicarbonate.

– Je vais lui parler, a répondu Claudia, qui est repartie en courant au premier.

– Mallory ? a-t-elle appelé par la porte entrebâillée.

C'était horriblement frustrant de ne pas pouvoir approcher son amie.

– Je peux prendre un bain de bicarbonate ? Ça m'a fait du bien la nuit dernière. Tu ne peux pas savoir à quel point ça me gratte. J'ai l'impression d'être tombée dans les orties.

– Je comprends. Ça doit être horrible. Je me souviens quand je…

– Je peux prendre un bain, s'il te plaît ? l'a interrompue Mallory.

– Je pense que tu devrais attendre le retour de ta mère.

– Je savais que tu me dirais ça.

« Si elle le savait, a pensé Claudia, alors pourquoi me poser la question ? »

Mais elle a gardé ça pour elle, car la pauvre Mallory devait se sentir vraiment mal.

– Pourquoi tu ne joues pas avec ton coffre à jouets ? a-t-elle proposé pour plaisanter.

Elle a enfin réussi à tirer un sourire à Mallory.

– Peut-être que je vais lire un autre bouquin, après tout.

– Et si tu dormais un peu ? Je suis sérieuse. Ça te ferait du bien.

– D'accord.

Claudia est retournée dans la salle de jeux. Maintenant, c'était Nicky le malade. Il était tombé d'un immeuble à New York et s'était brisé tous les os.

– Docteur, docteur, a-t-il marmonné, est-ce que je pourrai encore jouer du violon ?

– Je crois, a répondu Vanessa. Oui, je crois.

– C'est drôle, a dit Nicky. Avant, je ne savais pas en jouer !

Et il s'est tordu de rire.

– Monsieur le blessé, arrêtez tout de suite ! Vous ne pouvez pas rire comme ça avec tous vos os cassés.

Nicky était mort de rire. Les trois filles se regardaient, l'air exaspéré.

Finalement, Claire a déclaré :

– Maintenant, c'est moi, le docteur.

– Non. C'est moi, a protesté Vanessa.

– C'est mon tour.

– Pas question !

– Je vais le dire à Mallory !

– Certainement pas, a décrété Claudia. Mallory essaie de dormir.

– Je suis réveillée, a crié Mallory d'en haut. Je n'arrive pas à dormir. J'ai encore soif.

Vanessa lui a de nouveau apporté à boire.

Juste au moment où Claire venait d'attraper l'appendicite, Mme Pike est arrivée suivie des triplés, tout pâles.

– Maman ! s'est écriée Claire. J'ai l'appendicite, et Nicky est tombé d'un gratte-ciel.

– Oh, il ne manquerait plus que ça, a soupiré Mme Pike.

Elle semblait tellement abattue que Claudia lui a demandé ce qui se passait.

– Le docteur pense que les garçons ont une pneumonie, a répondu Mme Pike.

– Tous les trois ? s'est étonnée Claudia. Je ne savais pas que c'était contagieux.

– Habituellement non, mais ils ont attrapé une forme virale de cette maladie. Ils doivent rester en quarantaine dans leur chambre. Ne t'approche pas trop d'eux.

– Ouh là ! non, a fait Claudia en reculant.

– Je me demande comment je vais faire pour qu'ils restent tranquilles jusqu'à ce qu'ils soient guéris !

– Ne t'inquiète pas, maman, est intervenu Jordan qui s'était écroulé sur un siège. J'ai l'impression que je ne peux plus bouger.

Malgré tout, il a suivi ses frères dans l'escalier.

– Quatre enfants malades ! gémissait Mme Pike. Pourtant, je devrais y être habituée. Une fois, ils ont été malades tous les huit en même temps.

– Waouh ! a sifflé Claudia.

Soudain, elle s'est rappelé la pauvre Mallory.

– Oh ! à propos, a-t-elle ajouté, Mallory attend impatiemment de pouvoir prendre un bain au bicarbonate. Ça la gratte beaucoup.

– D'accord, a acquiescé Mme Pike d'une voix lasse.

– Vous voulez que je reste pour vous aider ?

– Oh ! ce serait merveilleux.

– Je peux rester jusqu'à cinq heures et quart, ensuite je dois aller à la réunion du club.

– Formidable. Peux-tu surveiller Vanessa, Margot, Claire et Nicky pendant que je m'occupe des autres ? Je vais installer les triplés et faire couler le bain de Mallory.

Mme Pike avait à peine filé dans l'escalier que Claire a recommencé :

– Maintenant, Margot a été prise dans un ouragan. Et une tornade. Vanessa est sa mère et elle la recherche. Je suis le docteur, et j'attends à l'hôpital...

Le jeu continuait toujours quand Claudia est partie.

7

J'ai toujours préféré les week-ends aux jours de la semaine – pour des raisons évidentes. On peut dormir tard puisqu'il n'y a pas école, on a du temps libre, on peut faire du shopping.

Pourtant, depuis le mariage, je préfère les jours de la semaine. Vous voulez savoir pourquoi ? Parce que, le week-end, toute la famille est réunie, et Frederick et Mary Anne me rendent folle.

Je n'ai jamais vu quelqu'un d'aussi méticuleux que Frederick. Il n'est pas juste soigneux, il a un système d'organisation pour chaque chose. Par exemple, il a classé tous nos livres par catégorie : romans, documentaires, poésie, jeux et ouvrages de référence. Et, dans chaque catégorie, les livres sont classés par ordre alphabétique de noms d'auteur. Les vêtements de Frederick sont rangés non seulement par type, mais par couleur. Dans son armoire, il y a d'abord (de gauche à droite) ses chemises blanches, les jaunes, puis les bleues des plus pâles aux plus foncées.

De petits changements se sont peu à peu imposés dans la maison. Pour la première fois, les tiroirs de la cuisine sont compartimentés, avec une place pour les cuillères, une pour les fourchettes, etc. Même le réfrigérateur est organisé. Frederick y a mis des tas de clayettes et de boîtes, de sorte qu'il y a un endroit pour ranger les œufs, un autre pour ranger les bouteilles et tout ce que vous voudrez.

A vrai dire, je commence à apprécier l'organisation (dans les limites du raisonnable), mais ma mère est incorrigible... et ça pose quelques problèmes. Attendez que je vous raconte un samedi ordinaire à la maison.

Frederick se lève vers six heures. Il se lève tôt, quel que soit le jour. Il met la cafetière en route. Pendant que le café passe, il s'empare du journal. Il le lit dans l'ordre : nouvelles économiques, internationales, nationales et locales. Il met les autres pages du journal à part.

Il lit en buvant son café. Il en fait toujours exactement une tasse et demie. C'est sa dose car personne d'autre ne boit de café dans la maison. Puis il nettoie la cafetière, met sa tasse dans le lave-vaisselle, et prépare le petit déjeuner.

Le reste de la famille descend avec des petits yeux entre huit et dix heures. Maman est toujours la dernière et Frederick lui dit à chaque fois :

– Eh bien, je croyais que tu ne viendrais plus. J'espère que ton petit déjeuner est encore chaud.

Puisqu'il sait qu'elle va se lever si tard, pourquoi commence-t-il à tout préparer si tôt ?

Mais maman se contente de l'embrasser et lui dit qu'elle est sûre que le petit déjeuner sera excellent, et que tout ce qu'il prépare lui convient parfaitement (ce qui n'est pas vrai, parce qu'elle ne mange jamais le bacon et qu'elle n'aime ni les gaufres ni les crêpes).

Après le petit déjeuner, maman effeuille le journal dans le salon au fur et à mesure de sa lecture, et Frederick ramasse les pages et les remet dans l'ordre (à quoi ça sert puisqu'ils l'ont lu ?...) Puis maman remonte, se douche et s'habille. Elle laisse sa chemise de nuit par terre et des serviettes mouillées partout dans la salle de bains. Frederick passe derrière elle et ramasse tout.

Ça a le don d'énerver ma mère.

– Je peux ranger moi-même, proteste-t-elle.

– Mais tu ne le fais jamais, répond Frederick.

Quand maman est habillée, soit on fait quelque chose tous ensemble, soit chacun de son côté. Maman aime aller au cinéma, faire du shopping, ou pique-niquer dans le parc. Frederick aime aller à Stamford visiter un musée, passer l'après-midi au spectacle (au théâtre, pas au cinéma), ou manger dans un restaurant exotique. Moi, je préfère quand chacun fait ce qui lui plaît. J'aime mieux garder des enfants que visiter les musées.

Puis vient le dîner. Si on ne mange pas à l'extérieur, maman s'occupe du repas. Elle essaie de convertir Frederick et Mary Anne à la cuisine végétarienne et aux produits naturels. Elle n'a pas beaucoup de succès.

Mary Anne fait des plaisanteries assez lourdes, du style : « Tiens, je ne vois pas mon steak, il est peut-être caché sous mes petits pois ? »

Frederick est plus direct. Il va droit au but et dit :

– Tu ne crois pas qu'on pourrait manger un peu de viande de temps en temps ? Nous avons l'habitude d'en manger, Mary Anne et moi.

– Vous n'avez qu'à en manger le midi pendant la semaine, a répondu une fois maman, je ne serai pas là pour voir ça.

Franchement, je pense que là, elle a exagéré. C'était une réponse un peu dure. Elle n'avait pas à parler à Frederick comme ça.

Toujours est-il que lorsque maman fait la cuisine, nous retrouvons nos habituels légumes et riz complet, ou salade au tofu et autres plats du même genre.

Après dîner, maman se lève nonchalamment pour aller regarder la télé, sauf si elle sort avec Frederick. Lui, il attend cinq minutes, puis quand il en a assez, il nous oblige, Mary Anne et moi, à l'aider à nettoyer la cuisine.

Je ne trouve pas ça normal qu'il soit obligé de nettoyer la cuisine à nouveau, alors qu'il l'a déjà fait après le petit déjeuner.

Le problème, ce n'est pas que maman ne nettoie jamais la cuisine, elle trouve que ça peut attendre le lendemain. Pour elle, ce n'est qu'un détail, tandis que Frederick, lui, y accorde beaucoup d'importance.

Je me demande comment j'ai fait pour ne pas remarquer ces problèmes avant leur mariage.

C'était donc samedi – cette fameuse semaine où tous les malheurs des Pike ont débuté – et une nouvelle journée commençait. J'ai ouvert les yeux à neuf heures. Le lit de

Mary Anne était vide (il y avait plein de poils à un endroit, Tigrou dort avec elle chaque nuit à la même place et il perd ses poils).

Je me suis étirée et j'ai savouré la paix et la tranquillité. Je savais qu'il faisait beau parce que je voyais les rayons du soleil filtrer par la fenêtre. J'allais avoir toute la journée pour moi. Je n'avais rien à faire. Je veux dire rien de prévu. J'avais fini mes devoirs et je n'avais pas de baby-sitting. Enfin, je me suis glissée hors du lit, j'ai pris mon temps dans la salle de bains, puis je suis descendue pieds nus dans la cuisine.

Assis à la table, Mary Anne et son père prenaient leur petit déjeuner. Dans un coin, près du réfrigérateur, Tigrou prenait le sien (et, comme d'habitude, ça sentait mauvais).

– Bonjour ! ai-je lancé gaiement.

Mais je me sentais comme une étrangère dans ma propre cuisine, bien que Frederick et Mary Anne m'aient adressé un sourire et que Frederick m'ait servie tout de suite.

– Devine ce que nous avons décidé de faire aujourd'hui ? m'a-t-il demandé en souriant.

« Ouh, là, là ! Qu'est-ce que ça peut être ? »

– Quoi ? ai-je demandé prudemment.

– Nettoyage de printemps ! a annoncé Mary Anne.

Je les ai regardés, bouche bée.

– Mais... mais je n'ai jamais fait de nettoyage de printemps de ma vie, ai-je finalement bafouillé.

– Eh bien, il faut un début à tout, a-t-il décrété.

(Il sort toujours des trucs de ce genre.)

« Attends un peu que maman entende ça », ai-je pensé.

– Je crois que maman voulait aller au centre commercial, aujourd'hui.

C'était tout ce que j'avais trouvé à dire.

– Oh, mais elle peut y aller demain, a répliqué Frederick. Certains magasins sont ouverts le dimanche.

J'ai failli répliquer qu'il ne fallait jamais remettre au lendemain ce qu'on pouvait faire le jour même, mais je me suis retenue.

Quand maman est descendue, Frederick l'a embrassée gentiment (j'aime qu'ils se montrent aussi amoureux, même si c'est un peu gênant), et puis il a dit (comme d'habitude) :

– Je croyais que tu ne viendrais plus. J'espère que ton petit déjeuner est encore chaud.

Je ne sais pas s'il l'était ou non, mais maman a tout mangé, sauf le bacon. Elle n'en mange jamais, et il lui en sert toujours.

Puis Frederick a révélé à maman son projet de nettoyage de printemps. Elle a pris ça très bien, avec son habituelle décontraction.

On s'est mis au travail, mais je voyais que l'esprit de maman était à des années-lumière. Elle se contentait d'errer dans la maison, un chiffon à la main, chassant la poussière distraitement.

Mary Anne la suivait partout avec l'aspirateur.

– C'est dur ! ai-je soupiré.

– Ouais, surtout que ta mère ne nettoie rien. Elle soulève la poussière mais tout retombe par terre. Regarde les pétales des fleurs, les poils et la litière du chat, elle ne ramasse rien.

– Elle ne se rend pas compte, ai-je répondu. En plus, il n'y aurait ni poils ni litière de chat si Tigrou n'était pas là.

– Non, il n'y aurait pas de litière de chat si papa et moi,

nous n'étions pas là non plus. Chez nous, Tigrou allait dehors. Mais ici, il a peur de sortir. Alors il utilise son bac.

– Mmm.

Rien que pour me venger de Mary Anne, je suis montée sur la pointe des pieds dans la chambre de nos parents. J'ai ouvert le tiroir à chaussettes de son père. Elles étaient bien alignées, rangées par couleur et – tenez-vous bien – les couleurs classées par ordre alphabétique. J'ai interverti une paire de chaussettes marron et une paire de grises.

Je savais que ça mettrait Frederick dans tous ses états.

Puis j'ai jeté un regard circulaire. La chambre semblait partagée en deux territoires opposés. Alors j'ai rangé un peu dans la moitié désordonnée de maman. Dans la partie impeccable de Frederick, j'ai laissé tomber (accidentellement) un mouchoir par terre.

Vers six heures du soir, la maison reluisait de propreté. Le mouchoir avait été ramassé. Cependant, Frederick avait découvert que ses chaussettes étaient en désordre. Il en était malade, parce qu'il croyait que c'était sa faute. Comme vous pouvez l'imaginer, avec toutes ces histoires, personne n'était de très bonne humeur, bien que la maison soit toute propre.

Toujours enjouée, maman a proposé :

– Et si on commandait un repas chinois ? Avec de la viande pour ceux qui en veulent et des plats végétariens pour les autres.

Nous avons vraiment bien dîné. Nous avons mangé sur des plateaux en regardant la télé. Nous nous sommes même mis d'accord sur une vidéo. Mais la tension est montée dès que nous avons eu fini de manger. Maman voulait regarder la fin du film et débarrasser après (Mary Anne aussi, je crois). Mais Frederick voulait d'abord débarrasser et voir la fin du film après. Personnellement, je pensais que c'était une bonne idée, car il vaut mieux mettre les restes rapidement au réfrigérateur, mais je sentais que je devais prendre le parti de maman.

– La vaisselle peut bien attendre, non ? ai-je remarqué.

– Moi, je pense que nous devrions débarrasser, a répliqué Mary Anne pour soutenir son père.

– Alors débarrasse !

(Maman n'a rien remarqué. Elle était absorbée par le film.)

Frederick et Mary Anne ont donc débarrassé et lavé la vaisselle, pendant que maman et moi regardions la télé. Environ une demi-heure plus tard, Mary Anne a pointé son museau à la porte.

– Je vais chez Kristy. Merci pour cette agréable journée, Carla. Tu ne seras pas obligée de me voir ce soir, parce que je passe la nuit ch...

Elle a été interrompue par un bruit étrange qui a même attiré l'attention de maman.

Tigrou était en train de vomir sur notre tapis d'Orient.

– Oh non ! s'est écriée Mary Anne.

Elle a vite poussé Tigrou dans la cuisine, au cas où il serait encore malade. Puis elle est revenue avec des serviettes en papier pour nettoyer les dégâts.

Ma mère était furieuse.

– Regarde ce qu'a fait ton chat !

Jamais je ne me serais attendue à ce que ma mère ait le culot de dire une chose pareille. Auparavant, jamais elle ne s'était souciée de nos tapis.

Mary Anne était si contrariée qu'en fin de compte elle est restée à la maison. Je ne pouvais pas le lui reprocher.

Quelle journée ! Mais quelle journée !

8

Presque une semaine plus tard, le vendredi soir, Mary Anne et moi, nous nous disputions encore à propos de tout, et Mallory et les triplés étaient toujours malades.

Le docteur avait dit que le cas de Mallory était plus grave que la première fois, parce qu'elle était plus âgée. Quant aux triplés, ils étaient vraiment très mal en point.

Malgré tout, la réunion avait lieu sans Mallory. Nous nous efforcions de répondre à toutes les demandes. Nous avions dû appeler Logan et Louisa en renfort. Quand la réunion s'est terminée et que le téléphone a cessé de sonner, Lucy a dit :

– Alors, qu'est-ce que vous allez mettre ce soir ?

– Pourquoi ? ai-je demandé.

– Pour la soirée, tiens, a répliqué Mary Anne.

Ah ! oui, j'avais oublié. Tout le club y allait sauf Jessica et moi. Jessica ne pouvait pas parce que c'était réservé aux élèves de quatrième, et moi, aucun garçon ne m'avait invitée.

– Je vais mettre ma robe rose, a dit Claudia. La courte. Et mes boucles d'oreilles en forme de globe terrestre. Oh, et un collier en bonbons que j'ai fabriqué.

– Tu avais des bonbons dans ta chambre et tu ne les as pas mangés ? me suis-je étonnée.

Tout le monde a éclaté de rire. Le réveil de Claudia a annoncé six heures, l'heure de la fin de la réunion.

Bon. Il était temps de partir. Au moins, je n'entendrais plus parler de cette fête. J'étais furieuse qu'aucun garçon ne m'ait demandé de venir (mais je dois reconnaître que je me réjouissais de passer une soirée à la maison sans Mary Anne).

Ce soir-là, aussitôt après dîner, elle a filé dans la chambre en me demandant :

– Tu viens m'aider à trouver quelque chose à mettre ?

Ça alors ! C'était retourner le couteau dans la plaie. J'étais déjà assez déçue de ne pas avoir été invitée ! Mais si en l'aidant, je pouvais accélérer les choses et la faire partir plus vite, j'étais d'accord.

Je l'ai suivie jusqu'à notre chambre. Décidément, elle insistait :

– Je suis si contente d'aller à cette fête !

Était-ce vraiment pour la fête, ou parce qu'elle était contente de quitter un moment la maison ? A la place de Mary Anne, je n'aurais pas été mécontente de sortir. En tout cas, moi, je me réjouissais de cette soirée tranquille (bon, Frederick et maman seraient à la maison, mais j'avais l'intention de rester en haut et de lire tranquillement, paresser et savourer le calme).

– Tu as de la chance d'y aller, surtout avec Logan, ai-je remarqué.

Mary Anne a souri.

– Oui, et je veux me faire belle pour lui. Maintenant, voyons... La dernière fois que nous sommes allés danser, j'étais en pantalon... Heu, je peux t'emprunter une de tes petites jupes courtes ? La bleue, par exemple ? Je pourrais mettre mon haut blanc décolleté avec.

« Tout ce qu'elle veut, tout ce qu'elle veut. »

Une fois habillée, elle s'est contemplée pendant une éternité dans le miroir.

– Quand on a un petit ami, m'a-t-elle confié, il faut toujours faire des efforts pour lui plaire.

– Toi peut-être, mais moi, je préférerais un garçon avec lequel je pourrais être naturelle, traîner dans une tenue cool.

– Tu as dû hériter ça de ta mère, a répliqué Mary Anne.

Je ne crois pas que c'était pour me blesser. Elle parlait tout en vidant frénétiquement le contenu d'un sac à main pour le mettre dans un autre. C'était juste pour dire quelque chose ; je pense qu'elle était impatiente de partir.

Je la comprenais. Elle ne se sentait pas encore chez elle dans cette maison. C'était encore chez maman et moi. Mary Anne, son père et Tigrou s'y étaient simplement installés. Mary Anne devait avoir l'impression d'être un voyageur de passage dans un hôtel.

Aussi ai-je essayé d'ignorer ses commentaires désobligeants et ses vantardises à propos de Logan.

Je crois quand même qu'elle aurait pu éviter d'en rajouter au moment de partir avec son père.

– J'espère que tu ne vas pas trop t'ennuyer, Carla. Ne crois surtout pas que tu n'es pas assez bien pour sortir avec un garçon, d'accord ? Ça risquerait de te déprimer.

Incroyable ! Elle n'était vraiment pas gênée !...

Je suis montée dans la chambre de maman et Frederick pour téléphoner à David en Californie. Il était huit heures du soir ici, c'est-à-dire cinq heures là-bas. Il devait être à la maison. Quelqu'un a décroché, c'était une voix de femme que je ne connaissais pas.

– Allô ? Je suis bien chez les Schafer ? (J'avais peut-être fait un faux numéro.)

– Oui, oui.

– Est-ce que... est-ce que David est là ?

– Ne quittez pas.

– Allô ? (C'était David.)

– Salut, David, ai-je dit, toute contente de l'entendre. C'est moi, Carla.

– Salut !

David semblait aussi content que moi.

C'est drôle, mais nous nous sommes rapprochés depuis qu'il est en Californie.

– Qui a répondu au téléphone avant toi ? ai-je demandé. Papa a une nouvelle femme de ménage ?

– Attends... Ne quitte pas.

Il y a eu une longue pause. A la fin, il a repris doucement, d'une voix sourde :

– C'est Carol, la nouvelle petite amie de papa. J'attendais qu'elle sorte de la pièce.

– Qu'est-ce qu'elle fait là ?

– Elle dîne avec nous. Elle vient souvent ici.

– Tu l'aimes bien ?

A cet instant, j'ai senti, à cinq mille kilomètres de distance, que mon frère haussait les épaules.

– Ça va.

– Et tu crois que papa l'aime bien ?

– Ouais... je crois. Mais je ne pense pas qu'ils vont se marier ou quelque chose comme ça.

– Qu'est-ce qui te fait dire ça ?

– Parce que Carol n'arrête pas de répéter : « Je ne me marierai jamais jamais » (David imitait une voix perchée et aiguë qui m'a fait éclater de rire). Elle dit souvent « Je n'aimerais pas avoir la responsabilité d'une famille. » Mais tu ne peux pas savoir le temps qu'elle passe avec papa et moi. Et toi, comment vas-tu ? Comment ça va avec Mary Anne et son père ?

– Tu veux dire Mary Anne et « monsieur » ?

David riait :

– Je ne pouvais pas m'en empêcher. Il est tellement coincé.

– Et maniaque, ai-je ajouté.

Je lui ai expliqué sa façon de ranger son tiroir à chaussettes, et il s'est à nouveau esclaffé.

– Tu sais ce que j'aime chez toi, David ?

– Mon charme naturel ?

– A part ton charme.

– Quoi ?

– On peut compter sur toi et tu comprends bien les choses. Je pensais aussi ça de Mary Anne, mais maintenant j'en suis moins sûre.

Et, tout à coup, une pensée m'a traversé l'esprit :

– Ce doit être parce que tu es mon vrai frère, tandis que Mary Anne est seulement ma demi-sœur.

Je lui ai raconté les gentillesses qu'elle m'avait dites ou faites récemment.

– Je ne me serais jamais attendue à ce qu'elle se vante autant à propos de Logan comme ce soir, ai-je conclu.

– Tu sais quoi ? a dit David. Je pense à quelque chose. Je n'en ai jamais parlé à personne, mais... Quand Carol est là, je ne me comporte pas de la même façon. Quand elle est à la maison, je me sens un peu étouffé.

– Étouffé ?

– C'est difficile à expliquer. Mais je ne me sens pas vraiment moi-même quand elle est là. Elle prend de la place. Je veux dire qu'elle n'en prend pas vraiment beaucoup, parce qu'elle n'est pas grosse (j'ai souri), c'est plutôt comme...

– Elle empiète sur ton espace à toi, ai-je avancé, sur ton jardin secret.

Je pensais aux filles de la famille Arnold, Marilyn et Carolyn, que nous gardons parfois. Ce sont de vraies jumelles, mais elles sont très différentes, elles n'ont ni les mêmes centres d'intérêt, ni les mêmes goûts, ni les mêmes amis. Ces derniers temps, elles ne s'entendaient pas très bien. On s'est rendu compte qu'elles avaient besoin d'avoir chacune leur chambre pour vivre leur petite vie. Elles avaient besoin d'avoir chacune un jardin secret pour être amies. Du moins, c'est comme ça que je voyais le problème.

– Mon jardin secret ? a répété David. Ouais, je crois que ça décrit bien ce que je ressens.

Mon vrai frère et moi, nous avons bavardé encore un

peu, puis il a fallu raccrocher. Maman nous laisse téléphoner autant qu'on veut mais je préfère ne pas en abuser. En plus, j'ai remarqué que Frederick surveillait la note de téléphone. Dans les moindres détails.

Ensuite, j'ai un peu traîné dans ma chambre. J'ai lu un moment. Puis j'ai décidé de me coucher tôt, j'ai souhaité bonne nuit à maman et à Frederick, et je me suis endormie aussitôt.

Je ne sais pas trop quand c'est arrivé, mais ce que je sais, c'est que j'ai été réveillée brutalement et que ce n'était vraiment pas agréable. La lumière de la chambre était allumée et Mary Anne enfilait sa chemise de nuit en appelant : « Tigrou ! Tigrou ! ». Même si elle parlait tout bas, c'était raté.

– Mrrumph, ai-je grogné, en me recroquevillant avec l'oreiller sur la tête.

– Oh ! Carla. Désolée ! Je t'ai réveillée ?

– Non, non. J'allais me lever. C'est l'heure de mon biberon.

Mary Anne a gloussé.

J'ai sorti ma tête de sous l'oreiller.

– Tu peux éteindre la lumière ? Ça me brûle les yeux.

– Bien sûr.

Mary Anne a éteint la lumière et s'est glissée dans son lit à tâtons.

– Carla ? Tu sais, c'était super. Tu nous as manqué.

– Vraiment ?

– Bien sûr. Tu aurais dû venir quand même. Logan aurait dansé avec toi. En plus, la moitié des gens sont venus non accompagnés.

Je commençais à me sentir mieux. Et pas mal réveillée.

– Alors comment ça s'est passé ?

– Alan Gray a fait son numéro habituel, tu sais, quand il se met des M&M's devant les yeux, et comme il n'arrêtait pas de faire le clown, Kristy s'est énervée.

– Je croyais que Kristy était venue avec Bart.

– Oui, mais Alan avait décidé de l'embêter par tous les moyens. Et il a réussi.

Mary Anne m'a raconté la soirée dans les détails – qui s'était amusé, qui s'était ennuyé, comment chacun était habillé.

Je commençais à la considérer à nouveau comme une sœur plutôt que comme une demi-sœur. Allez comprendre... Comment pouvions-nous si bien nous entendre à certains moments et ne pas nous supporter à d'autres ? Mais c'est peut-être toujours comme ça quand on a une sœur...

9

Samedi

Les ennuis continuent chez les Pike. C'est incroyable ce qui peut arriver dans une si grande famille. Je crois qu'avec huit enfants on doit s'attendre à tout. Mais moi, je suis enfant unique. En plus, je suis plutôt prudente. Je ne me suis jamais rien cassé et je n'ai pas eu trop d'accidents. J'ai une maladie grave, mais je n'y suis pour rien. Bon, je m'éloigne du sujet.

En arrivant chez les Pike, cet après-midi, j'ai trouvé Nicky dans un triste état. Hier, en cours de gym, il s'est cassé trois doigts (dont un qu'il s'était *déjà cassé une fois). Il n'est vraiment pas en forme. Et puis, pendant que j'étais là-bas, Vanessa a eu un accident...*

Le plus incroyable dans cette histoire, comme nous l'a fait remarquer Lucy, c'est que Vanessa ait pu avoir un accident. Vanessa est un poète (ou peut-être devrais-je dire une poétesse). Elle n'a rien d'une sportive. Son activité favorite consiste à s'installer dans un coin tranquille (seule, si possible, ce qui est difficile chez les Pike) pour écrire ses poèmes. Elle noircit des pages et des pages.

Mais le jour où Lucy gardait les Pike, Vanessa avait décidé qu'elle avait besoin d'exercice.

– Il faut que je prenne des forces, avait-elle expliqué à Lucy, si je ne veux pas attraper la pneumonie des triplés ou la varicelle de Mallory.

– Tu as raison, ça ne peut pas te faire de mal, avait répondu Lucy.

Je dois ajouter que, cet après-midi-là, Lucy portait un masque de chirurgien. C'était sa mère et Mme Pike qui avaient eu cette idée, mais Lucy était d'accord. Elle ne voulait pas attraper ces maladies contagieuses, et il y avait moins de risques avec ce masque, surtout à l'intérieur. Mais comme il faisait beau, Mme Pike avait autorisé Lucy à aller dehors avec les petites dernières, à condition qu'elle laisse la porte de derrière ouverte pour qu'elle puisse entendre au cas où les malades auraient besoin de quelque chose.

Lucy s'était attendue à un baby-sitting pas trop dur, puisque cinq petits Pike étaient cloués au lit.

Eh bien, elle se trompait complètement.

M. et Mme Pike avaient besoin d'une baby-sitter parce qu'ils avaient pris depuis longtemps des billets pour un tournoi de tennis à Stamford. Les billets avaient coûté cher et ils ne voulaient pas manquer le match. Comme ils adorent le tennis, ils y sont allés.

Après leur départ, Lucy s'est postée au pied de l'escalier.

– Vous avez besoin de quelque chose, là-haut ?

– Ma limonade, a répondu Mal.

– De l'eau, a crié Byron.

– Une sucette, a dit Adam.

– Encore des mouchoirs, a enchaîné Jordan.

– Mes dinosaures, a ajouté une cinquième voix.

C'était Nicky. Assis sur le divan du salon, il s'ennuyait à mourir.

Lucy a soupiré. Puis elle s'est mise au travail. Une fois que tout a été rassemblé sur un plateau, elle a demandé à Vanessa de monter et de redescendre avec les dinosaures de Nicky.

Pressentant sans doute qu'elle risquait de faire la navette tout l'après-midi, Vanessa a alors mentionné qu'elle avait besoin d'exercice.

– Je crois que je vais aller faire du vélo, d'accord, Lucy ?

– D'accord. Mais fais attention ! Et si tu t'éloignes, préviens-moi.

(Une bonne baby-sitter doit toujours savoir où sont les enfants qu'elle garde.)

– C'est promis.

Vanessa s'est sauvée rapidement.

Lucy a alors appelé Claire et Margot car elle ne les avait pas vues depuis son arrivée, un quart d'heure auparavant.

– On est là ! a répondu Margot de la salle de jeux. On joue à l'hôpital.

– Salut, Lucy-petite-bêbête-gluante ! a lancé Claire. Tu sais quoi ? C'est pas facile de jouer à deux. Il faut que je fasse l'ambulancier, le docteur et le radiologue.

– Et moi, je suis le malade, l'infirmière et la mère inquiète, a complété Margot.

– Tu fais le malade et l'infirmière ? a répété Lucy en souriant. Ça doit être compliqué.

– Oh, oui. Mais il fallait bien que quelqu'un le fasse.

– Maintenant, Margot, il y a eu un terrible incendie, a décrété Claire qui, comme d'habitude, dirigeait le jeu. D'accord ? Et tu as été prise dedans. Dans ta voiture. Elle a explosé.

« Ben, dis donc, s'est dit Lucy, le jeu de l'hôpital a bien changé. »

Quand elle était petite, tout ce qu'elle et ses amies étaient capables d'inventer, c'était un rhume ou une jambe cassée. Une fois de temps en temps, quelqu'un avait une appendicite. Mais c'était le pire qui pouvait arriver.

Lucy a laissé Margot et Claire jouer encore un peu.

– Vous n'avez pas envie de sortir, les filles ? a-t-elle fini par leur proposer. Il fait vraiment beau. Dehors, vous pourrez faire l'ambulance avec la table à roulettes (« et moi je pourrai ôter ce masque idiot », a-t-elle ajouté pour elle-même).

Les filles ont réfléchi un instant.

– OK, on y va ! a décidé Claire.

– Super, a dit Lucy. Laissez-moi juste vérifier que tout va bien là-haut. Allez-y, j'arrive.

Claire et Margot sont sorties en courant par la porte de derrière et Lucy a crié du bas de l'escalier :

– Quelqu'un a besoin de quelque chose ?

Elle se préparait à être assaillie de réclamations de toutes sortes. Mais non.

– Non merci ! ont répondu tous les malades en chœur.

Lucy pouvait sortir tranquille et enlever son masque. Pendant un moment, elle est restée assise sous la véranda à regarder les enfants jouer. Les filles faisaient face à une inondation, une tornade et une catastrophe aérienne. Chaque fois, le docteur miracle de l'hôpital guérissait des patients affreusement malades ou très gravement blessés.

Claire était en train de sauver une fois de plus la vie de Margot, quand Vanessa a foncé à toute vitesse dans l'allée sur sa bicyclette. Lucy s'est rendu compte qu'elle allait beaucoup trop vite. Elle s'est levée précipitamment, mais trop tard ! En essayant de freiner, Vanessa a dérapé sur le gravier pour finir sa course contre un cerisier.

– Aïe, aïe, aïe !

Lucy est arrivée en deux secondes.

– Oh, Vanessa ! Waouh. Quelle chute ! Bon, reste tranquille. Tu t'es cogné la tête ?

Vanessa s'est assise lentement.

– Non, a-t-elle répondu en la remuant. Mais j'ai mal à l'épaule. Et à la cheville.

– Docteur Claire à la rescousse ! s'est écriée Claire, en accourant avec Margot.

– Attends, n'approche pas, Claire, a dit doucement Lucy. C'est un accident pour de vrai. Il faut que j'examine ta sœur. Tu as l'épaule tout éraflée, Vanessa.

– C'est à cause du gravier, a-t-elle grommelé.

Lucy s'est penchée sur la blessure.

– Oui, il y a encore des petits cailloux dedans, mais rien de grave. Sinon, tu as mal à quelle cheville ?

– La gauche.

– Ça a l'air d'aller pourtant, a dit Lucy. Essaie de poser le pied par terre.

Vanessa s'est relevée avec difficulté, mais elle est retombée immédiatement, en se tenant la cheville.

– Ouille ! Ça fait trop mal ! s'est-elle exclamée, le souffle coupé.

– Bon, je crois qu'il faut que tu voies un médecin, a annoncé Lucy calmement.

– Super ! a crié Claire. J'arrive !

– Il faut un vrai médecin. Margot, tu vas aider ta sœur à s'installer confortablement, d'accord ? Je vais téléphoner.

Lucy a filé à l'intérieur. Elle a appelé Claudia qui n'était pas chez elle. Puis elle a essayé chez moi.

– Allô, Carla ? Oh, heureusement que tu es là. Tu peux venir chez les Pike tout de suite ? Vanessa a eu un accident... Mmm... Très bien.

Puis Lucy a raccroché et a téléphoné à sa mère.

– Maman, tu peux nous conduire chez le docteur ? a-t-elle demandé après avoir expliqué ce qui était arrivé.

– Bien sûr, je viens tout de suite.

Mme MacDouglas et moi sommes arrivées chez les Pike en même temps. Lucy, sa mère et moi, nous avons installé Vanessa à l'arrière du break des MacDouglas. Puis, avec Claire et Margot, j'ai regardé la voiture s'éloigner dans l'allée.

– Voilà l'ambulance qui part, a murmuré Margot.

Et Claire d'ajouter :

– Pin-pon ! A plus tard, Vanessa-petite-bêbête-gluante.

Pendant ce temps, la mère de Lucy filait vers le cabinet médical.

– Plus vite ! Plus vite ! ne pouvait s'empêcher de crier Lucy.

– Ma chérie, ce n'est pas une urgence, heureusement. Et je n'ai pas envie d'attraper une contravention pour excès de vitesse.

– Je vais bien, est intervenue Vanessa. Je me demande quel docteur je vais voir. Il y en a trois normalement, mais un seul le samedi.

Le médecin de garde était le docteur Dellenkamp, que Vanessa aime beaucoup. Même quand celle-ci a passé du temps à extraire les gravillons de la blessure, et qu'elle l'a vaporisée de désinfectant, et même encore quand elle a bandé sa cheville foulée, Vanessa a juste laissé échapper un petit « ouille ! ».

Lucy est restée tout le temps avec elle, tandis que sa mère était dans la salle d'attente.

– C'est à moi d'y aller, maman, avait dit Lucy à Mme MacDouglas. Je suis sa baby-sitter.

Lucy, sa mère et Vanessa sont revenues environ un quart d'heure avant M. et Mme Pike. Juste le temps que je m'en aille et que Lucy installe Vanessa sur le deuxième canapé du salon, à côté de Nicky.

– Merci, Carla, m'a glissé Lucy alors que je partais. A charge de revanche.

– Pas de problème.

Quand les Pike ont été de retour, Claire les attendait.

– Devinez quoi ? a-t-elle dit avant même qu'ils soient sortis de la voiture. Vanessa est tombée de son vélo et Lucy l'a emmenée chez le docteur en ambulance et la cheville de Vanessa est cassée !

Inutile de préciser que les Pike étaient paniqués et qu'ils se sont rués dans le salon. Ils se sont précipités vers leur fille et ils ont constaté avec soulagement qu'elle portait juste un bandage et pas un plâtre. Vanessa était en train de siroter un soda et elle semblait en pleine forme.

– J'ai une entorse, a-t-elle annoncé presque fièrement. Je ne peux même pas marcher ! J'ai des béquilles, vous avez vu ?

Vanessa a désigné les béquilles que Lucy avait appuyées à un bout du canapé.

– Oui, je vois, a soupiré Mme Pike, accablée. Mais c'est incroyable. Six enfants malades. Que va-t-il encore arriver ?

– Rien, a affirmé M. Pike avec conviction. Absolument rien.

– Le docteur Dellenkamp a dit que vous pouviez l'appeler si vous aviez des questions, a expliqué Lucy à M. et Mme Pike, qui l'avaient remerciée à plusieurs reprises pour sa rapidité de jugement et pour avoir si bien géré une situation difficile.

– Parfait. Nous allons l'appeler dès maintenant.

Puis M. Pike a crié en direction de l'étage :

– Comment ça va là-haut ? Vous avez besoin de quelque chose ?

– Un truc à lire, papa, a répondu Mallory.

– Des gâteaux, a demandé Jordan.

– Du raisin, a réclamé Adam.

– Un sandwich, a exigé Byron.

– Et moi, je vais avoir besoin de vacances ! a conclu Mme Pike.

10

Lundi. Cinq heures et demie. Mes amies et moi étions à nouveau à une réunion du club. Nous étions arrivées à cinq heures et quart environ.

Par un étonnant hasard, j'étais arrivée la première. J'étais même là avant Claudia. Elle gardait Simon et Lucy Jane Newton, et elle avait été un peu retardée. Il y a quelque temps, si j'étais arrivée en l'absence de Claudia, j'aurais probablement bavardé avec Mimi, sa grand-mère. J'aimais beaucoup discuter avec elle. Mais la pauvre Mimi nous a quittés.

Jane m'a dit d'attendre dans la chambre de sa sœur. J'en ai profité pour jeter un œil au journal de bord pour me tenir au courant. Je me demandais ce que mijotaient Kristy et Mary Anne. Elles étaient allées chez Kristy après l'école, ce qui est rare.

– Hello, Carla !

J'ai sursauté.

– Oh, Claudia, tu m'as fait peur. Je réfléchissais.

– Reviens sur Terre. Maintenant, je suis là.

– Comment vont les Newton ? ai-je demandé.

– Bien, sauf que Lucy Jane est enrhumée.

– Je me demande vraiment qui va bien en ce moment...

– Toi et moi, a fait remarquer Claudia.

– Tu as raison. En fait, je devais penser aux Pike...

Puis Jessica est arrivée et s'est installée par terre.

– C'est fou ce que Mallory me manque ! Je ne peux pas aller la voir, parce que P'tit Bout n'a pas encore eu la varicelle, et maman ne veut pas qu'il l'attrape maintenant, il est trop petit.

Nous avons consolé Jessica, tandis que les autres arrivaient. J'avais entendu Mary Anne et Kristy rire dans l'escalier, mais elles s'étaient arrêtées en entrant. Elles ont pris leurs places habituelles.

– Salut, ai-je lancé à Mary Anne qui s'affalait sur le lit.

– Salut.

Elle m'a à peine regardée.

J'allais lui demander si elle s'était bien amusée avec Kristy. Mais notre présidente a tapoté son crayon sur le bras de son fauteuil. Puis, en le coinçant derrière son oreille, elle a déclaré :

– Silence, s'il vous plaît ! La parole est à notre trésorière.

Lucy s'est levée et a ouvert l'enveloppe du club.

– C'est le jour des cotisations !

– Encore ! avons-nous râlé en chœur mais en sortant quand même notre argent.

Lucy a ramassé le tout et a ajouté sa propre contribution dans la caisse.

– Ah, l'argent, l'argent, toujours l'argent ! a-t-elle soupiré.

J'avais envie de rire. J'ai jeté un coup d'œil à Mary Anne. Elle m'a adressé un petit sourire, mais l'effort semblait lui peser.

– Quelqu'un a besoin d'argent en ce moment ? a demandé Kristy.

Lucy a fait la grimace. Elle a horreur qu'on dépense des sous.

– J'aimerais acheter un bloc à dessin pour mon coffre à jouets, a dit Jessica.

– C'est dur à admettre, mais j'ai besoin d'une autre boîte de peinture, a annoncé Lucy. Charlotte devient une véritable artiste. Elle peint presque autant qu'elle lit, en ce moment.

– Eh, devinez ce que j'ai remarqué quand Samuel nous a déposées ici tout à l'heure ? est intervenue Mary Anne.

Mais à cet instant, le téléphone s'est mis à sonner.

– Premier appel de la semaine ! s'est écriée Kristy J'adore le premier appel. C'est un peu comme le début d'une aventure. On se demande qui est à l'autre bout du fil, ce qui va...

Tout à coup, Kristy s'est rendu compte qu'elle ferait mieux de répondre.

– Club des baby-sitters...

Elle a écouté un moment, puis Mary Anne a organisé un baby-sitting pour Lucy avec Nina et Eleanor Marshall.

– Bon. Alors devinez ce que j'ai remarqué, a recommencé Mary Anne aussitôt après.

– Quoi ?

Tout le monde avait posé la question sauf Kristy.

J'imaginais qu'elle le savait déjà et je me demandais pourquoi je me sentais si exclue, alors que les autres ne savaient rien non plus.

– Il n'y a plus de pancarte « A vendre » sur la façade de mon ancienne maison.

– Tu plaisantes ? s'est exclamée Claudia, en bondissant vers la fenêtre. Elle était là ce matin... Oh, c'est vrai, elle n'y est plus !

– Il a dû se passer quelque chose aujourd'hui, ai-je dit. J'imagine que nous en entendrons parler ce soir au dîner. Pas vrai, p'tite sœur ?

Mary Anne n'a pas répondu tout de suite.

– Exact, a-t-elle finalement acquiescé.

– Vous avez du mal à vendre votre maison ? lui a demandé Lucy.

– Je ne sais pas. Enfin, j'imagine que si ça devait durer longtemps, papa s'en préoccuperait. Mais pour l'instant, ça va. Je suis impatiente de savoir ce qui s'est passé aujourd'hui.

– Peut-être qu'une famille avec des garçons super mignons va venir y habiter, a dit Claudia.

Kristy a fait la grimace.

– Et si c'était plutôt une famille avec plein d'enfants ?

– Vous trouvez qu'on n'a pas assez de baby-sittings comme ça ? ai-je demandé.

– Il n'y en aura jamais trop, m'a interrompue Mary Anne sèchement.

– Je plaisantais, Mary Anne.

– Oh…

Le téléphone nous a calmées. Pas de problème pour les Rodowsky et Charlotte Johanssen. Mais il a fallu se décider pour Jenny Prezzioso.

Mary Anne et moi, nous étions libres toutes les deux.

« Ça recommence ! » ai-je pensé.

Mais Mary Anne m'a dit gentiment :

– Vas-y, Carla.

Je l'ai regardée d'un air surpris. Kristy lui avait-elle fait la morale cet après-midi ?

– Moi ? Tu me le laisses ?

– Bien sûr.

Mary Anne m'a inscrite dans l'agenda.

– Attends une seconde ! Tu me laisses ce baby-sitting uniquement parce que tu n'aimes pas t'occuper de Jenny, exact ? (Jenny est une vraie peste. Mary Anne est pourtant la plus patiente d'entre nous avec elle, mais elle vient de la garder deux fois de suite, et même Mary Anne a ses limites.)

– Non, non, je…, s'est-elle défendue.

Mais nous savions toutes qu'elle n'arriverait pas à mentir.

Je l'ai dévisagée. On aurait dit qu'elle se retenait de sourire.

– Tu ne sais vraiment pas mentir, Mary Anne ! me suis-je exclamée.

– C'est vrai !

Et brusquement, elle a éclaté de rire.

Tout le monde en a fait autant. La tension semblait tomber un peu entre ma sœur et moi.

– Alors, tu es sûre que tu ne veux pas de ce super boulot ?

– Avec Jenny ? Tu plaisantes, p'tite sœur ! Sûrement pas.

Elle s'est mise à rire comme une folle. Je commençais à me détendre.

Le téléphone a sonné deux fois. La première, c'était pour une histoire de pizza. Évidemment, c'était Charlie, le frère de Kristy. On finit par avoir l'habitude de ses blagues.

– A un de ces quatre, Charlie ! a répondu Kristy avant de lui raccrocher au nez.

– Jessica ? a fait Lucy.

– Ouais ?

Jessica se tenait un peu à l'écart. Mais c'était normal, sa meilleure amie n'était pas là.

– Tu as eu Mallory au téléphone récemment ? demanda Lucy.

– Hier soir. Et tu ne devineras jamais... maintenant c'est Claire et Margot qui ne se sentent pas très bien.

– Eh bien voilà ! s'est exclamée Lucy. Ça y est !

– Quoi ? l'a questionnée Kristy.

– Les huit enfants Pike. Ils sont tous malades. Exactement ce que redoutait Mme Pike. Et qu'est-ce qu'elles ont, les petites ? La maladie des triplés ?

– Mallory pense que c'est plutôt un rhume.

– Espérons que ce n'est pas trop grave, ne serait-ce que pour M. et Mme Pike, ai-je remarqué.

– Je crois que ça va aller. Claire et Margot n'ont même pas manqué l'école aujourd'hui, a précisé Jessica.

– Je plains Mme Pike ! a repris Lucy. Quand je restais à la maison parce que j'étais malade, je rendais ma mère complètement folle... Alors qu'est-ce que ça doit être avec six enfants ! Bon, Nicky et Vanessa ne sont pas trop malades, mais quand même...

La réunion était presque terminée. Le réveil de Claudia approchait de six heures. A cinq heures cinquante-neuf, Mary Anne a pensé qu'elle pouvait poser à Kristy une question sans rapport avec le club.

– Tu fais quoi dimanche prochain ?

– Rien. Pourquoi ? Tu es libre ?

Mary Anne a hoché la tête et Kristy a enchaîné :

– Tu peux venir à la maison dimanche, si tu veux. Encore mieux, viens samedi pour dîner, et tu resteras dormir. Je suis sûre que maman sera d'accord. Il y aura aussi Karen et Andrew.

– Super ! a répondu Mary Anne. Merci ! C'est d'accord.

J'aurais dû apprécier, puisque je me plaignais des week-ends avec Mary Anne. Et pourtant, je n'étais pas contente. Je me sentais exclue, même si c'était idiot. Si Mary Anne et moi, nous avions été vraiment sœurs, Kristy ne m'aurait pas davantage invitée. Mais ce n'était pas ça qui m'ennuyait, ce qui m'embêtait, c'était que l'initiative vienne de Mary Anne. C'était elle qui avait d'abord demandé à Kristy si elle était libre. Peut-être qu'elle n'aimait pas non plus passer le week-end chez nous. Et si c'était le cas, qu'est-ce que ça signifiait ?

Je commençais à me demander si nous étions vraiment faites pour être sœurs.

11

Bien que je sois un peu vexée, j'ai fait des efforts pour être gentille avec Mary Anne ce soir-là. Elle était comme d'habitude.

En chemin, elle m'a taquinée à propos du baby-sitting chez Jenny. Plus tard, comme je ne disais plus rien, elle s'est inquiétée :

– Ça va, Carla ?

– Oh oui, oui, ça va, ai-je répondu très vite. J'ai hâte d'être à ce baby-sitting !

Mary Anne s'est mise à rire.

Nous roulions à bicyclette et il y avait encore un peu de soleil. Bientôt il se coucherait.

– Tu as eu David récemment ? m'a-t-elle demandé.

Elle savait que ça me faisait du bien de lui téléphoner.

– Ouais, il va très bien.

Je me suis tue un instant. Devais-je parler à Mary Anne de la petite amie de papa ? J'ai décidé que oui. C'était ma meilleure amie et ma sœur. Je pouvais la mettre au courant de ce genre de chose.

– Mmm, papa a une petite amie qui est tout le temps à la maison. Du moins, c'est ce que m'a raconté David.

– Il l'aime bien ?

– Difficile à dire. Je crois qu'il essaie.

Mary Anne semblait satisfaite de la réponse.

En arrivant à la maison, nous avons rangé les bicyclettes dans le garage et nous sommes vite rentrées. J'ai été gentille avec Mary Anne pendant le dîner, ce soir-là. Et elle aussi. Peut-être nos relations étaient-elles en train de s'améliorer, après tout.

Je l'espérais.

Mary Anne s'est souvenue qu'elle voulait interroger son père à propos de leur ancienne maison. Mais il s'est contenté de dire :

– L'agent immobilier pense avoir trouvé un acheteur, il ne m'a pas donné plus de détails.

Plutôt vague, comme réponse.

Quand le dîner a été terminé et la cuisine rangée (en un rien de temps, grâce à Frederick), Mary Anne et moi, nous sommes montées faire nos devoirs.

– Qu'est-ce que tu as comme travail, ce soir ? m'a questionnée Mary Anne tandis que nous nous installions à nos bureaux, côte à côte.

J'ai fait la grimace.

– Maths et sciences physiques. Et un peu d'anglais.

– J'ai des maths et de la physique, moi aussi, plus du français. Il va vraiment falloir que je me concentre. Ces maths, c'est dur.

– Mmm, tu l'as dit !

Nous avons ouvert nos livres et travaillé en silence.

Après avoir mis un quart d'heure pour faire le premier exercice, tandis que Mary Anne en résolvait trois, je me suis rendu compte que je n'étais pas assez concentrée. La chambre était trop calme. Il me fallait de la musique pour m'aider à réfléchir.

J'ai allumé ma radio. Je la laisse toute l'année sur la station locale pour être au courant en cas de fermeture surprise de l'école. En général, la musique n'est pas terrible et je m'attendais à subir un festival de polka ou quelque chose de ce genre.

Mais, surprise ! je suis tombée sur leur rétrospective des années cinquante.

– Oh, formidable ! me suis-je exclamée. C'est incroyable. C'est rare qu'ils passent de la bonne musique. C'est quoi cette chanson ? Oh, c'est Buddy Holly, il me semble.

Mary Anne m'a lancé un drôle de regard, mais j'étais tellement prise par la musique que je faisais à peine attention à elle. J'ai écouté la fin de la chanson, puis le début de la suivante avant de me remettre au travail. La musique me convenait tout à fait. J'ai résolu quatre exercices rapidement et je savais qu'ils étaient justes. Mais alors...

– Carla ?

Mary Anne m'a coupée dans mon élan au beau milieu d'une chanson d'Elvis Presley.

– Ouais ?

– Tu peux éteindre, s'il te plaît ?

– Pourquoi ? Ça ne te plaît pas ?

– Non. Je veux dire... si, mais ça m'empêche de me concentrer.

J'ai soupiré et baissé le son, mais sans éteindre le poste.

Nous avons travaillé environ cinq minutes, avant que Mary Anne recommence :

– Carla, il faut vraiment que tu coupes la musique. J'ai besoin de silence pour réfléchir.

Sans dire un mot, j'ai éteint la radio.

– Merci.

– Pas de quoi, ai-je répliqué (mais sans le penser vraiment).

Au bout de cinq minutes, j'ai réalisé que je n'arrivais vraiment pas à travailler. J'avais besoin de musique. Ce n'est pas toujours le cas, mais ce soir-là, je ne pouvais pas me concentrer dans le silence.

J'ai rallumé la radio.

– Carla !

– Quoi ?

– La radio. Je viens juste de te dire que je ne peux pas travailler avec ce bruit.

– Et ce soir, je ne peux pas travailler sans.

– Tu peux éteindre, s'il te plaît ?

– Non. Va travailler dans la chambre d'amis, si ça te dérange tant.

– Moi ? Dans la chambre d'amis ?

– Ouais. C'est de l'autre côté du couloir, tu ne risques rien.

Et puis j'ai ajouté :

– T'inquiète, il n'y a pas de passage secret là-bas.

Mary Anne s'est hérissée.

– Je n'ai pas peur de ce truc idiot. En plus, ça n'a rien à voir. Le problème, c'est que tu me chasses de ta chambre.

– Je ne te chasse pas !

– Ouais, c'est toi qui tenais tant à ce que je partage ta chambre. Et maintenant, tu es en train de me dire d'aller faire mes devoirs ailleurs !

– Seulement ce soir !

– Mais mon bureau est ici et c'est toi qui as insisté pour qu'on l'installe à côté du tien.

– Tu étais d'accord.

– Et alors ?

– Et alors, ce n'est pas ma faute, si ton bureau est ici. Et ce n'est pas ma faute si tu ne peux te concentrer que dans le silence absolu.

– Tu es vraiment...

Mary Anne allait exploser quand, tout à coup, nous avons vu Tigrou bondir du lit et filer comme un éclair.

Je ne sais pas pour Mary Anne, mais moi, c'est à ce moment que je me suis rendu compte que nous étions en train de crier. Et devinez quoi ? Environ trois secondes plus tard, maman et Frederick faisaient irruption dans notre chambre.

– Eh bien, qu'est-ce qui se passe ici ? a demandé Frederick.

Il se tenait avec maman juste dans l'encadrement de la porte, nous regardant alternativement Mary Anne et moi. Ils attendaient une réponse.

Mary Anne m'a pointée du doigt en disant à son père :

– Elle fait trop de bruit. Je n'arrive pas à me concentrer !

Je l'ai montrée du doigt en disant :

– Elle veut le silence total. Ça m'empêche de me concentrer, alors j'avais juste allumé la radio. Il y a un festival fifties.

– J'irais bien dans la chambre d'amis, mais mon bureau est ici, a expliqué Mary Anne.

– Attendez un peu, nous a calmées maman. Personne ne doit s'en aller.

– Pourtant, il va bien falloir..., ai-je murmuré.

Maman a immédiatement pris son expression « Maintenant, écoute-moi bien, jeune fille ! »

– Maintenant, écoute-moi bien jeune fille ! a-t-elle explosé. (Je le savais ! Elle était furieuse, c'est sûr. Elle ne m'appelle pas « jeune fille » très souvent.) Je ne veux aucune réplique.

– Maman, je...

– Bon, du calme, est intervenu Frederick. Tout ça ne mène nulle part. Reprenons tout depuis le début. Sharon et moi avons besoin d'entendre toute l'histoire. Carla, raconte-nous ta version, s'il te plaît.

J'ai eu un petit sourire. Le père de Mary Anne voulait entendre ma version en premier, pas celle de sa fille.

– Voilà, ce soir, nous avons toutes les deux beaucoup de devoirs, pas vrai ?

J'ai offert une chance d'intervenir à Mary Anne, en espérant que cela me donnerait le beau rôle.

– Mmm, a-t-elle acquiescé d'un ton boudeur.

– Et nous avons besoin de nous concentrer, non ?

J'étais terriblement juste.

– Exact.

– OK. Nous avons commencé à travailler et je n'arrivais pas à faire mes maths. La chambre était trop calme. Alors j'ai allumé la radio pour m'aider à me concentrer. Et immédiatement, j'ai mieux travaillé. Tout ce que je sais, c'est que Mary Anne m'a agressée.

– Pas du tout ! a-t-elle protesté.

– Peu importe, l'a coupée son père. Bon, maintenant, Mary Anne, donne-nous ta version depuis le début.

Mary Anne a pris une grande inspiration.

– Ça s'est passé exactement comme l'a dit Carla, sauf que la radio me rendait folle. J'ai besoin de silence pour travailler.

– Tu ne pouvais pas faire une concession ? a demandé Frederick à Mary Anne. Bousculer un peu tes habitudes ? Je trouve que tu n'es pas très juste avec Carla.

Je n'arrivais pas à le croire ! Frederick, le roi du règlement. Frederick, qui avait fait porter des tresses à Mary Anne, qui ne voulait pas la laisser téléphoner après dîner ou aller à vélo en ville. Le pire des maniaques était en train de dire à Mary Anne de se décontracter. Il prenait mon parti. Quelle surprise !

Mais une autre surprise m'attendait quand maman a ajouté :

– Frederick, ne sois pas trop dur avec Mary Anne. Si elle a besoin de silence pour faire ses devoirs, alors il lui faut le silence. N'espère pas la faire changer. En plus, je ne pense pas que les filles puissent travailler et écouter de la musique en même temps.

Quoi ? C'était presque comme si maman était en train

d'imposer des règles. Pire encore, maman prenait le parti de Mary Anne.

Je l'ai défiée :

– Et alors? Comment proposez-vous de régler le problème ? J'ai besoin de musique et Mary Anne a besoin de silence. Qu'est-ce que vous allez faire ?

J'ai jeté un regard à Mary Anne. Elle m'énervait. Elle s'était mise à pleurer.

Maintenant, elle essayait d'apitoyer maman et Frederick.

Raté ! Elle n'a réussi qu'avec maman. Nous étions divisés en deux camps. Maman et Mary Anne contre Frederick et moi.

– La solution est simple, a déclaré Frederick, elles n'ont qu'à faire leurs devoirs dans des pièces séparées.

– Mais qui va s'en aller? a demandé maman. De toute façon, celle qui partira aura l'impression d'être mise à la porte.

Elle a posé la main sur l'épaule de Mary Anne, qui pleurait toujours.

– Elles pourraient alterner ? a suggéré Frederick.

– Tu sais, Mary Anne, ai-je dit, quand mon *vrai* frère vivait ici, ça ne se passait pas comme ça ! Et même toutes les deux, nous ne nous étions jamais autant disputées avant que tu viennes ici.

– Jusqu'à ce que nous devenions demi-sœurs, a corrigé Mary Anne sur un ton hargneux.

– Bon, bon, bon, ça suffit, a repris Frederick. Pensez-vous être capables de régler ce problème ce soir, les filles ?

– Oui, je vais aller travailler dans la chambre d'amis, ai-je décidé.

– Ne te tracasse pas, a répliqué Mary Anne. Ce serait idiot, puisque je vais y dormir cette nuit.

Et là-dessus, elle s'est mise à défaire son lit.

Maman m'a lancé un regard qui signifiait : « Voilà ! Tu es fière de toi ? »

Tant pis. Mary Anne était aussi coupable que moi. Si elle voulait aller dormir dans la chambre d'amis, très bien. C'était son droit.

Mais elle était quand même en train de me faire passer pour la méchante.

Moi qui étais si contente d'avoir une nouvelle demi-sœur… je n'aurais jamais pensé que c'était une véritable peste !

12

Samedi

Oh ! là, là ! quelle journée ! Je n'ai jamais eu un boulot pareil.

Je sais que je n'ai jamais eu à faire du baby-sitting pour des grandes personnes – ou pour Mallory !

Attention à ce que tu dis. Un jour, elle pourrait avoir à te garder.

Jamais ! OK, Kristy. Racontons ça par écrit.

D'accord. Je commence. Aujourd'hui, nous avons travaillé chez les Pike. C'est incroyable, maintenant, tous les membres de la famille sont soit malades, soit blessés.

Attends, Mallory, Nicky et Vanessa vont quand même beaucoup mieux. Ils iront tous à l'école lundi.

Exact. Mais maintenant, c'est Margot et Claire qui sont malades. Leur rhume a dégénéré en bronchite. Et Mme Pike s'est fait mal au genou en jouant au tennis ; du coup, c'est M. Pike qui doit s'occuper de tout le monde. Il a essayé de faire à manger hier soir... Résultat : il a carbonisé le dîner et s'est brûlé la main !

C'était un vrai cauchemar chez les Pike ! Franchement, personne n'était vraiment en forme, ce samedi. Comme Jessica l'a dit, Mallory, Nicky et Vanessa commençaient à aller mieux, sauf que Nicky devait garder les doigts plâtrés deux semaines de plus.

Et les triplés étaient convalescents, c'est vrai, mais ils avaient besoin de repos parce qu'ils se fatiguaient très vite. Margot et Claire n'allaient pas bien du tout. Mme Pike ne souffrait pas trop mais elle ne pouvait pas marcher, et M. Pike était épuisé et il ne pouvait pas se servir de sa main droite.

La famille était plutôt mal en point et, avec les deux parents hors service, les Pike avaient besoin d'aide.

Alors samedi matin, Mme Pike a appelé Claudia pour savoir si le club pouvait lui envoyer deux baby-sitters en urgence pour la journée (avec supplément de tarif). Claudia n'était pas libre, mais elle a appelé les autres. Heureusement, Jessica et Kristy étaient disponibles. Samuel a conduit Kristy chez les Ramsey pour prendre Jessica en passant et il les a déposées toutes les deux chez les Pike.

– Merci beaucoup ! ont-elles lancé alors qu'il repartait.

– Je t'appellerai plus tard, pour le retour ! a ajouté Kristy.

Jessica a sonné et, avec Kristy, elles ont eu la surprise de voir Mallory leur ouvrir la porte. Elle était même habillée.

– Tu es debout ! s'est exclamée Jessica.

– Ouais. Fini le lit ! Je me sens même tout à fait bien mais pas au point de m'occuper seule de la famille entière aujourd'hui. Enfin, à nous trois, nous devrions y arriver, en nous faisant un peu aider par Nicky et Vanessa. Tous les trois, on retourne à l'école lundi.

– Tant mieux ! s'est écriée Kristy en s'apprêtant à entrer.

– Attendez une minute, a dit Mallory en retenant la porte.

Elle est rentrée. Jessica et Kristy échangeaient des regards perplexes.

– Voilà ! a fait Mallory en revenant.

Elle a entrouvert la porte et a glissé la main dehors. Elle leur tendait deux masques stériles.

– Il vaut mieux que vous portiez ça tant que vous serez à la maison. Ça vous protégera contre la pneumonie et la bronchite – j'espère.

– Il le faut vraiment ? a demandé Kristy.

– Tu veux attraper une pneumonie ?

– Laisse-moi réfléchir... Si j'étais malade, je n'irais pas à l'école pendant un bon moment...

Mais bien entendu, elle a mis son masque. Tout comme Jessica.

Mallory les a fait entrer.

– Oh ! là, là, là, là ! s'est exclamée Kristy en imitant Claudia. Quel bazar !

On se serait cru après le passage d'une tornade, comme aurait dit Frederick. Il y en avait partout. Et personne n'avait nettoyé les restes du triste dîner de la veille dans la cuisine.

– Bon, devinez par quoi on commence ? a annoncé Mallory. Le petit déjeuner.

– Le petit déjeuner ? Pour tout le monde ?

– Et sept servis au lit sur un plateau.

Si l'on en croit Jessica, Kristy était sur le point de s'évanouir. Mais elle s'est reprise :

– OK. Petit déjeuner. Qu'est-ce qu'ils aiment ?

– Oh, ne le leur demande pas, a conseillé Mallory. Ça serait trop compliqué. Le petit déjeuner, ce matin, ce sera œufs brouillés, toasts et jus d'orange. Pour tout le monde. Ah, et café pour papa et maman.

– Bon, a acquiescé Kristy, incrédule.

Et Jessica a ajouté :

– Je croyais que Claire n'aimait pas les œufs brouillés.

– C'est vrai. Mais tant pis, ne t'inquiète pas.

Alors mes amies se sont mises à l'ouvrage. Elles ont dû pas mal nettoyer avant de pouvoir travailler dans la cuisine. Puis chacune s'est mise à son poste. Mallory a cassé une vingtaine d'œufs dans deux grandes poêles. Jessica a fait griller toast sur toast, et Kristy a préparé sept plateaux, plus trois places à table.

– Oh, rajoutes-en deux, a dit Mallory. Pour toi et Jessi.

– Pas la peine. Je pense que nous n'aurons pas le temps de manger. Nous serons trop occupées.

Kristy ne se trompait pas. Les filles avaient à peine monté les plateaux que les commentaires ont fusé :

– Mais j'aime pas les œufs brouillés !

– Je veux des céréales, pas des toasts.

– Est-ce que je peux avoir du lait à la place du jus d'orange ?

– Hé ! on n'est pas au restaurant, a répondu Mallory du couloir, d'où tout le monde pouvait l'entendre. Vous n'avez qu'à jeter ce qui ne vous plaît pas !

– Mais on beut bas le jeter, a dit Claire d'une voix pathétique. On doit rester couchés. Baban a dit qu'on n'abait bas le droit de se leber.

– Baban ? C'est qui ? s'est étonnée Jessica.

– Elle veut dire maman, a expliqué Mallory.

Les filles ont terminé la distribution des plateaux malgré les ronchonnements. Les seuls qui étaient contents de se faire servir au lit, c'étaient M. et Mme Pike.

Puis Mallory s'est assise avec Vanessa et Nicky pour prendre le petit déjeuner.

Kristy et Jessi ont apporté du café aux parents et de l'essuie-tout à Claire, qui avait renversé du jus d'orange sur sa couette.

– Est-ce que je peux avoir encore un fruit ? a alors demandé Margot.

– Un fruit ? a répété Jessica. Bonne idée. C'est plein de vitamines.

Elle a découpé une banane en morceaux pour Margot.

– Tu vas le regretter, l'a avertie Mallory.

– Pourquoi ?

Jessica a vite compris.

– Si Margot a une banane, alors je veux du lait, a commencé Byron.

– Moi, je veux un fruit aussi, a réclamé Adam.

– Et moi, des céréales, a renchéri Jordan.

Le petit déjeuner a encore duré deux heures.

Toute la journée, Kristy et Jessica ont suivi la liste de choses à faire que M. Pike leur avait donnée. Elles ont rempli sept machines à laver. Elles ont changé les draps des triplés. Elles ont vidé toutes les corbeilles à papier.

Alors qu'elles déchargeaient la troisième machine, Kristy a explosé :

– Je n'accepterai plus jamais un baby-sitting en urgence. Plus jamais.

– Mais pense à tout l'argent que nous sommes en train de gagner, a fait remarquer Jessica.

– Je sais. Et dire que nos parents font ça gratuitement tous les jours !

– Il y a de quoi devenir fou.

Une sonnette a retenti à l'étage.

– Horreur ! C'est encore Margot et Claire, a soupiré Kristy. Mallory est trop gentille avec elles.

– Je vais voir, a décidé Jessica, toute contente de quitter la buanderie.

Elle a vérifié son masque avant d'entrer dans la chambre des filles. Il était en place.

– Qu'est-ce qu'il y a ?

Margot et Claire étaient toutes deux recroquevillées dans le lit de Margot en train de glousser.

– Devine ce qu'on est ? a demandé Margot.

– Hum, vous êtes... (Jessi n'en avait pas la moindre idée.)

– Nous sommes deux petits pois dans une cosse ! s'est écriée Claire.

– C'est rigolo. Qui y a pensé ?

– Boi ! a crié Claire.

– Boi ! a crié Margot.

Et elles ont commencé à se disputer, ce qui était nettement moins drôle.

A quatre heures et demie, Mallory a annoncé qu'elles devaient commencer à préparer le dîner.

– Je suis un peu inquiète. Il va nous manquer des trucs.

– Vous êtes un peu juste en lait, a fait remarquer Jessica.

– Je sais. Et en pain, en beurre et en œufs. Je me demande comment nous allons tenir jusqu'à lundi... C'est le jour où, d'après le docteur, papa pourra se resservir de sa main. Pour le moment, il ne peut pas conduire !

– Peut-être que la mère de Lucy pourrait aller faire des courses pour vous, a suggéré Jessi, puisqu'elle habite...

– Attends ! l'a coupée Kristy, j'ai une idée. On peut demander à Samuel de s'arrêter devant le magasin en revenant nous chercher. Tu pourras le rembourser ?

– Bien sûr, bonne idée, a approuvé Mal.

Alors Kristy a dicté une liste de courses à Samuel par téléphone. Il fallait le payer mais ça ne posait pas de problème. Il le méritait. Surtout qu'après son arrivée chez les Pike, il s'est lui aussi mis un masque sur la bouche pour rester aider mes amies à préparer le dîner.

Plus tard, tandis qu'ils montaient en voiture pour repartir, il a remarqué :

– Eh bien, rien à dire, la maison des Pike est nickel. C'est toujours comme ça ?

Kristy et Jessica ont échangé un sourire. S'il savait !

Samuel a démarré et, pendant le trajet, Kristy s'est dit qu'ils pourraient en profiter pour passer prendre Mary Anne puisqu'elle devait dormir chez elle ce soir-là.

Tout à fait d'accord. Mary Anne, ma peste de demi-sœur,

dormait dans la chambre d'amis depuis le lundi soir, après notre dispute. Elle ne m'avait pas adressé la parole jusqu'à ce matin (le samedi) – pour me dire qu'elle reviendrait dans notre chambre le dimanche, quand elle rentrerait de chez Kristy. C'était trop pénible de dormir dans une chambre et d'avoir ses affaires dans une autre, d'après elle.

Pas d'accord. J'avais décidé de ne plus partager ma chambre avec elle.

13

Le samedi soir, alors que Mary Anne devait partir chez Kristy, j'avais eu toute la semaine pour réfléchir à la situation.

J'avais mis un certain temps à prendre conscience que ni Mary Anne ni moi n'avions envie de partager une chambre. Pourtant, j'avais tellement souhaité avoir une sœur. Il me semblait que les sœurs devaient tout partager – leur chambre, leurs vêtements, leurs secrets, même leurs microbes. Exactement comme Claire et Margot, ou Mallory et Vanessa.

Mary Anne avait dû croire cela aussi. Ou du moins, elle avait essayé.

Mais il y avait quelque chose qui n'allait pas. Je ne voulais pas l'admettre, mais c'était la vérité.

Il fallait agir.

Je vais vous raconter ma semaine pour que vous compreniez ce que j'avais décidé de faire le samedi soir, une fois que Mary Anne serait partie chez Kristy.

En me réveillant seule dans ma chambre le mardi matin, après notre dispute du lundi soir, la première chose à laquelle j'ai pensé, c'était ça : il y avait quelque chose qui clochait. Je me suis donc dit qu'il fallait essayer de régler le problème.

A l'école, ce jour-là, Mary Anne ne m'a pas parlé du tout. Elle ne fait pas souvent la tête, mais quand ça lui arrive, elle est capable de ne plus ouvrir la bouche pendant des jours.

Je n'étais pas surprise. Je ne m'attendais pas à ce qu'elle m'adresse la parole. En plus, c'était mieux, parce que, tant qu'elle ne me parlait pas, je n'étais pas obligée de lui parler non plus.

J'ai pourtant décidé de faire un truc risqué : discuter de la situation avec Kristy. Je savais qu'elle était beaucoup plus amie avec Mary Anne qu'avec moi. Mais je savais aussi qu'elle avait vécu l'expérience du remariage de sa mère puis de l'emménagement chez son beau-père, et qu'elle avait un demi-frère, une demi-sœur et même une petite sœur adoptive. J'imaginais qu'elle comprendrait. Et je ne me trompais pas.

J'ai rattrapé Kristy près de son casier avant l'heure d'étude. C'était le bon moment pour parler, car ce n'était pas trop grave d'arriver en retard en salle de permanence.

– Kristy ?

Elle était occupée à ranger des affaires dans son casier.

– Ouais ? Oh, salut, Carla.

– Salut... Il faut que je te parle.

– Je m'y attendais.

– Vraiment ?

– Mmm. Je sais ce qui s'est passé entre toi et Mary Anne, hier soir.

– Oh...

– Écoute, ce n'est rien. Je suis passée par là, sauf que je n'ai jamais eu à partager ma chambre.

Kristy et moi, nous avons discuté pendant tout le chemin vers la salle d'étude et durant toute l'heure de permanence. Personne n'a rien remarqué. Kristy m'a dit un tas de choses sensées. D'après elle, c'est toujours difficile de s'adapter les uns aux autres dans une famille recomposée. Chacun marche sur des œufs en essayant de découvrir les autres. On angoisse. On a peur de perdre sa place. On a besoin de préserver son intimité. C'est pourquoi sa mère et Jim étaient contents que chaque enfant ait sa propre chambre dans la grande maison de Jim.

Kristy m'a aussi dit qu'il n'était pas rare que les parents prennent le parti des enfants du conjoint pendant une dispute.

– Ils veulent juste que leurs nouveaux enfants les aiment. Ils essaient d'arranger les choses.

Kristy m'a alors rappelé les jumelles Arnold.

– Les filles avaient besoin de chambres séparées parce qu'il leur fallait un espace privé.

« Oui, elles avaient besoin d'avoir chacune leur jardin secret », ai-je pensé en me remémorant ma conversation avec David.

– Merci, Kristy, ai-je dit juste avant la sonnerie. Ça m'a fait du bien de discuter avec toi.

– C'est normal.

– J'espère que tu ne vas pas mal le prendre, mais j'avais peur que tu ne veuilles pas parler de ça avec moi. Je veux dire, parce qu'en fait, tu es… hum, un peu plus proche de Mary Anne que de moi.

– Peut-être, a admis Kristy, mais c'est aussi ta meilleure amie. Du moins, c'était… et je suis sûre que ça va revenir. En tout cas, je ne veux pas voir une grande amitié disparaître, surtout quand il s'agit de deux bonnes copines à moi.

Eh bien, on peut dire tout ce que l'on veut de Kristy, mais il faut reconnaître que, dans les moments critiques, elle assure. Je ne suis pas certaine que j'aurais été aussi sympa avec Kristy si elle s'était disputée avec Mary Anne et qu'elle était venue vers moi ce jour-là.

En sortant de la salle, nous nous sommes embrassées.

J'ai continué à réfléchir après l'école aussi, ce mardi. C'était le moment idéal, puisque maman et Frederick étaient au travail et que Mary Anne faisait un baby-sitting. Je me suis allongée sur mon lit et j'ai regardé autour de moi.

La chambre était tellement pleine qu'on pouvait à peine bouger. Il fallait se faufiler autour du lit et se glisser entre les bureaux. La porte du placard ne s'ouvrait qu'à moitié, parce qu'elle butait sur un fauteuil.

J'ai fermé les yeux. Je me suis représenté la chambre telle qu'elle était avant, jolie, lumineuse, aérée… Maintenant, elle était trop encombrée et en désordre (enfin, autant que pouvait le tolérer Frederick). Comme Mary Anne et moi, nous sommes toutes les deux des personnes ordonnées, ce n'était pas notre faute. C'était juste qu'il n'y avait pas de place pour ranger les affaires de Mary Anne. Le placard débordait, et les choses que nous avions entassées sous les lits finissaient par s'étaler un peu partout.

Cela aurait rendu fou n'importe qui, de vivre dans ces conditions, mais Mary Anne et moi, nous avions également d'autres problèmes. C'est vrai que nous nous efforcions pourtant tous de former une vraie famille.

Je pensais à Frederick qui préparait le petit déjeuner de maman chaque week-end, et maman qui n'en mangeait même pas la moitié. Je voyais maman qui essayait de faire le dîner et le ménage pour Frederick sans jamais arriver à lui faire plaisir. Je me suis souvenue de Mary Anne, toute honteuse, qui essayait d'éloigner Tigrou de maman quand il était malade. Et je me suis repassé la dispute du lundi soir – Frederick et moi face à maman et Mary Anne. Comme disait Kristy, Frederick voulait seulement que je l'aime bien, et maman attendait la même chose de Mary Anne. Ce dont nous avions vraiment besoin, Mary Anne et moi, c'était d'apprendre à vivre ensemble.

C'était dur, étant donné que nous avions été élevées de façon tout à fait différente. Quand nous étions seulement amies, ces différences importaient peu, mais maintenant que nous essayions de vivre en famille, elles comptaient beaucoup.

Je savais que Mary Anne et moi, nous n'aurions pas dû partager la même chambre. Nous avions chacune besoin de notre espace et ce n'était pas réaliste de vouloir partager cette chambre. Mais c'était moi qui avais insisté pour que nous soyons ensemble. Mary Anne me l'avait rappelé lors de notre dispute, et elle avait raison. J'avais fait pression sur elle, alors qu'elle ne le voulait pas vraiment. Mais comment admettre que je m'étais trompée ?

Si je le pouvais, je préférais éviter d'avouer que j'avais eu tort. Je voulais que Mary Anne s'en aille, mais je ne voulais pas qu'elle pense que c'était parce que nous n'arrivions pas à cohabiter. Il fallait que je trouve une autre raison pour qu'elle quitte ma chambre...

Hum... Mais laquelle ? Mary Anne devait changer de chambre, parce que... parce que...

Pas parce que la chambre était trop en désordre. Si on s'y mettait vraiment, on pouvait tout ranger correctement.

Pas parce qu'elle n'aimait pas ma chambre, je savais qu'elle l'aimait bien... Sauf le passage secret, qui lui faisait un peu peur.

Voilà ! Le passage secret ! Peut-être que je pourrais m'en servir pour la faire fuir. Ça arrangerait tout. Ça aurait l'air plausible, et personne ne penserait que Mary Anne partait parce que nous ne nous entendions pas. Et en plus, je pourrais me venger d'elle sans qu'elle s'en rende compte. Je pourrais lui rendre tous les sales coups qu'elle m'avait faits : s'arranger pour me brouiller avec maman, se plaindre de sa cuisine, la poursuivre avec l'aspirateur, devenir très intime avec Kristy dans mon dos, se jeter sur le bouquet de mariée de ma mère, et sur le baby-sitting chez les Perkins, et, enfin, se moquer de moi parce que je n'ai pas de petit ami. Je verrais Mary Anne paniquer, mais personne ne saurait que c'était à cause de moi.

Mais, attention ! il ne fallait surtout pas déclencher la scène d'horreur en présence de maman et de Frederick.

Comme ça, quand Mary Anne leur raconterait, ils se diraient juste qu'elle a trop imagination. Et ils seraient contents de la voir s'installer dans la chambre d'amis.

Voilà le plan que j'avais imaginé le mardi, après avoir parlé à Kristy.

Le reste de la semaine, j'ai organisé ma vengeance. Mercredi après-midi, je me suis glissée dans le passage secret. Il ne fallait pas faire de bruit car Mary Anne était à la maison. J'ai vérifié que le passage était dans le même état que la dernière fois que j'y étais venue, il y avait déjà un bon moment. J'ai essayé la porte secrète de ma chambre. Tout semblait en ordre.

Le jeudi, j'ai appelé David. J'avais besoin de son aide.

– Salut, David ! C'est moi.

– Salut, toi. Comment vas-tu ?

– Bien. Comment allez-vous, toi et papa ?

– Très bien. Quoi de neuf ?

– Il faut que je fasse peur à Mary Anne.

– Il faut quoi ?

– Je veux faire peur à Mary Anne, ai-je répété.

J'ai exposé mon plan à David.

– Oh ! je vois, a dit David d'un ton complice. Eh bien, tu pourrais...

Et David a énuméré une liste de trucs pour que les cheveux de Mary Anne se dressent sur sa tête.

Vous comprenez que le samedi soir – quand est arrivé le moment où elle devait aller chez Kristy –, je mourais d'impatience de la voir partir. J'avais besoin d'avoir la maison à moi seule ce soir-là, et ça allait marcher. Maman et Frederick allaient dîner dehors. J'avais certaines choses à mettre au point, et il fallait que je puisse entrer et sortir du passage secret sans que personne ne me voie, afin d'effectuer quelques essais.

J'avais programmé l'opération Froussarde pour le lundi soir. Ce soir-là, maman et Frederick partiraient à une réunion de parents d'élèves à huit heures. Ça devait durer jusqu'à neuf heures et demie, ce qui signifiait que Mary Anne et moi serions seules de sept heures et demie à dix heures environ. En réalité, elle croirait que je n'étais pas à la maison. Je serais chez les Pike, appelée en urgence pour aider Mallory et sa famille de malades et de blessés. J'espérais seulement que Mary Anne n'essaierait pas de m'appeler là-bas. Si tout se passait comme prévu, je serais cachée dans le passage secret.

Donc, le samedi, j'étais terriblement contente quand Samuel Parker a arrêté son tas de ferraille devant chez nous. J'ai même couru dehors avant Mary Anne.

– Salut, Kristy ! Salut, Jessi ! Salut, Sam.

– Salut, Carla, ont-ils répondu.

– Mary Anne est prête ?

– Presque. Elle sera là dans une seconde.

Quelques instants plus tard, Mary Anne est sortie en trombe de la maison et elle est montée dans la voiture.

Elle ne m'a même pas jeté un regard.

Alors quand tous les autres ont crié :

– Au revoir, Carla !

J'ai répondu :

– Au revoir, Mary Anne !

En ajoutant pour moi-même : « Espèce de peste de demi-sœur ! »

14

Voici les idées que m'avait soufflées David pour l'opération Froussarde :
1. Se faire passer pour un fantôme dans le passage.

(C'était facile, puisque je l'avais déjà fait auparavant. J'avais fait croire que j'étais l'esprit de Jared Mullray.)

2. Après avoir fait beaucoup de bruits inquiétants, sonner à la porte et se sauver.

3. Pendant que Mary Anne va ouvrir la porte (et commence à paniquer), revenir dans la chambre par le passage et déposer un truc bizarre sur son bureau.

4. Répéter les points 2 et 3.

5. Terminer en ouvrant lentement la porte du passage dans la chambre.

Mary Anne aurait probablement une peur bleue qui l'éloignerait de ma chambre pour toujours.

C'était un bon plan. Je dois le reconnaître. A cinq mille kilomètres de distance, il avait trouvé une tactique infaillible.

Dès que je me suis retrouvée seule dans la maison, le samedi, je me suis mise à ramasser des objets pour les cacher dans le passage secret. Je voulais lui faire croire qu'il y avait un fantôme bien réel. Je n'allais cependant pas imiter la voix de Jared Mullray car Mary Anne ferait le rapprochement tout de suite.

Vous vous demandez qui est Jared Mullray ? Bon, voilà, si notre passage est vraiment hanté, ce serait par le fantôme d'un homme qui est censé avoir disparu il y a très longtemps et que tout le monde disait fou : Jared Mullray. Je reconnais qu'il s'est produit des choses étranges dans notre passage. Il pourrait très bien y avoir un fantôme. Mais s'il y en a un, je ne pense pas qu'il soit méchant et je n'ai pas peur de lui. Sinon, je ne me baladerais pas seule dans le passage la nuit – ou n'importe quand, d'ailleurs.

Samedi soir, j'ai rassemblé une scie, une poignée de glands, un magnétophone, la cassette de mes effets sonores pour maison hantée, et deux autres choses. J'ai vérifié qu'il y avait des piles dans l'appareil et qu'il fonctionnait. Puis, m'éclairant avec notre grosse lampe torche, j'ai emporté le tout dans le passage. Comme j'étais seule à la maison, j'ai pu accéder au passage par ma chambre, plutôt que d'aller jusqu'au garage pour emprunter l'autre entrée.

J'ai testé le reste de mon équipement. Tout semblait au point.

OK, l'opération Froussarde aurait lieu le lundi soir. Pourvu que ça arrive vite.

Le dimanche a passé à une vitesse d'escargot. Interminable. Lundi, c'était un peu mieux, à cause de l'école et de la réunion du club.

Je n'ai pas pu déclencher la première partie de mon plan avant sept heures.

Toute la famille était en train de dîner dans le salon devant la télé.

– Excusez-moi, ai-je dit, me levant avec mon plateau comme si j'allais me resservir.

A la cuisine, j'ai vite remis une cuillère de salade de riz dans mon assiette.

Puis j'ai pris le téléphone et j'ai composé le numéro des réclamations.

– Allô. Je pense que vous pourriez m'aider. Je crois que quelque chose ne va pas avec notre téléphone. Est-ce que vous pouvez me rappeler ?

J'ai donné notre numéro.

Quand le téléphone a sonné, j'ai décroché précipitamment.

– Merci, ai-je dit à l'opérateur. Je crois finalement que ça marche.

J'ai attendu quelques instants avant de raccrocher et je suis retournée au salon.

– Qui était-ce ? a alors demandé Frederick.

– C'était Mallory. Ses parents sont à bout, ce soir, alors je lui ai dit que je venais en renfort. Elle n'a pas besoin d'une baby-sitter, mais seulement d'un coup de main. J'ai presque terminé mes devoirs.

C'était plausible. Personne n'a mis mon excuse en doute.

J'ai quitté la maison en même temps que Frederick et maman qui allaient à la réunion de parents d'élèves. J'ai pris la direction de la maison des Pike, puis je suis revenue sur mes pas. Je suis restée tapie dans le jardin sous la fenêtre de ma chambre, jusqu'à ce que je voie la lumière s'allumer. J'ai attendu encore cinq minutes pour être tout à fait sûre que Mary Anne travaillait à son bureau.

Puis je suis entrée dans le garage.

J'ai retrouvé la lampe torche que j'avais cachée dans une haie. Je l'ai allumée, j'ai ouvert une trappe dans le plancher du garage, et je suis descendue par une échelle. Le tunnel passe sous terre jusqu'à la maison, puis il se poursuit par une volée de marches et une sorte de passage entre les murs et aboutit, bien entendu, à la porte dérobée de ma chambre.

Je me suis faufilée silencieusement jusqu'en haut de l'escalier. C'était là que se trouvait le matériel que j'avais rassemblé le samedi soir. J'ai décidé de commencer simplement, par les glands.

J'en ai lancé un dans le passage. Il a roulé bruyamment et s'est arrêté près de la porte.

J'en ai lancé un autre.

Roule, roule, roule.

J'ai collé mon oreille contre le mur pour écouter la réaction de Mary Anne, mais je n'entendais rien. J'aurais tellement voulu qu'il y ait une ouverture pour l'espionner. Peut-être n'était-elle même pas dans la chambre. Peut-être que le téléphone avait sonné et qu'elle était partie répondre ou quelque chose comme ça.

J'ai décidé de prendre plus de risques. Je me suis approchée de la porte sur la pointe des pieds et j'ai lancé le reste des glands contre le mur du passage.

J'étais sûre d'avoir entendu Mary Anne sursauter.

Parfait. Il était temps de faire intervenir la scie.

Si on tient une scie manuelle par la poignée et qu'on la fait bouger d'avant en arrière, on obtient des sons plus qu'étranges. Avec un peu d'imagination, on croit entendre un extraterrestre... ou un esprit.

Je savais que Mary Anne penserait à Jared Mullray.

Ensuite, j'ai enclenché la cassette des effets sonores. C'était le morceau intitulé *Hurlements du vent.* A la fin du bruitage, j'ai éteint le magnétophone. Je savais que Mary Anne était à point. Complètement terrorisée.

OK. C'était le moment de sonner à la porte.

Aussi silencieusement que possible, je suis sortie du passage, j'ai traversé le jardin et j'ai sonné. Puis j'ai filé comme une flèche vers le garage et j'ai repris le tunnel souterrain. J'ai entrouvert la porte de ma chambre. J'avais dans la main une rose en soie très réaliste. Je l'ai posée sur les devoirs de Mary Anne, puis j'ai couru me réfugier dans le passage.

Juste à temps. J'entendais les pas de Mary Anne dans l'escalier. J'ai collé mon oreille contre l'entrée secrète, mais pas la peine d'être si près pour entendre le hurlement de Mary Anne.

– Aahhhh !

Elle m'a fait presque peur, et pourtant, je savais pourquoi elle criait.

J'ai pris mon temps pour ressortir du passage. Je voulais au moins attendre dix minutes, un quart d'heure avant de sonner à nouveau. Je suis même restée quelques minutes dans le garage. Bon, il était temps de traverser la cour, de sonner à la porte d'entrée et puis de revenir en courant par le passage. Quand je suis arrivée à la porte de ma chambre, je l'ai ouverte avec précaution, je suis entrée en trombe et j'ai déposé un os de poulet desséché sur le cahier de Mary Anne. Il ressemblait un peu à un os de doigt humain.

Cette fois, je n'avais pas besoin de me dépêcher pour me cacher. J'entendais Mary Anne téléphoner en bas. Elle appelait Logan. Alors je suis rentrée dans le passage sur la pointe des pieds, en m'assurant que la porte ne claque pas derrière moi.

Il a fallu des siècles avant que Mary Anne ose retourner dans la chambre. Quand elle est entrée, je me suis aplatie contre le mur dans le passage. Avant même que j'aie pu commencer à entrouvrir la porte...

– Aahhh !

Mary Anne avait découvert l'os et elle poussait un cri perçant. Puis elle a dû voir la porte que je poussais lentement. Je n'ai même pas eu le temps de l'ouvrir d'un centimètre que Mary Anne dévalait les escaliers en hurlant.

J'ai décidé que l'opération Froussarde était terminée.

Je me suis faufilée dans la chambre, j'ai récupéré la rose et l'os, je les ai abandonnés dans le passage, puis j'ai filé me poster devant la porte d'entrée.

– Mary Anne ? ai-je appelé.

– Aahhhh !

– Aahhhh ! ai-je hurlé à mon tour. Tu m'as fait peur !

(Elle m'avait réellement effrayée en surgissant du salon alors que je rentrais dans la maison.)

Mary Anne se cramponnait à Tigrou, le souffle court.

– Tu ne croiras pas ce qui est arrivé ! a-t-elle haleté, et elle s'est mise à tout me raconter.

Au bout d'un moment, elle a conclu :

– Bref, je le savais : ce passage est hanté... mais, j'y pense, comment se fait-il que tu rentres si tôt ?

– Ne dis pas de bêtises, le passage n'est pas hanté, ai-je répliqué. Et je reviens parce que les Pike étaient tous fatigués et qu'ils voulaient aller se coucher, donc ils n'avaient plus besoin de moi.

– Ah, je vois. Écoute, Carla, je t'assure qu'il y a un fantôme dans ce passage. Je n'ai jamais eu si peur. J'ai même essayé d'appeler Logan, mais il n'était pas chez lui. Oh, je ne peux pas passer une nuit de plus dans ta chambre ! Je ne sais pas comment tu peux y dormir, en sachant que l'esprit de Jared Mullray erre là-dedans. Je ne sais même pas comment j'ai pu y dormir. Mais je ne suis pas près de recommencer. Je vais m'installer dans la chambre d'amis. Claudia a dit qu'elle m'aiderait à la décorer si je le voulais.

– Mais, Mary Anne...

– Je suis désolée, Carla. Tu sais ce qu'a fait Jared? D'abord, il a essayé d'être très gentil avec moi en me laissant une rose. Puis il a laissé un os. Un vieil os de doigt desséché. Tu ne trouves pas ça horrible ?

– Il les a laissés où ?

– Viens là-haut.

Mary Anne m'a emmenée dans la chambre.

– Tu vois ? Il les a mis juste... (Mary Anne s'est interrompue.) Mais...

Elle s'est tournée vers la porte du passage, mais elle était bien fermée. Si on ne savait pas qu'il y avait une porte, on ne voyait rien.

– Pourtant, c'était là…

– Mais oui, je te crois, ai-je acquiescé d'un ton apaisant.

– Non, vraiment. Il avait posé ça là. En tout cas, c'est une preuve de plus. Jared les a repris. Carla, je te jure, je ne peux pas rester dans cette chambre. Pas la nuit, en tout cas. Tu veux bien m'aider à déménager mes affaires ?

– Bien sûr.

Mary Anne et moi, nous avons commencé à transporter ses meubles dans l'autre chambre. Ça n'a pas été facile, mais nous avons quand même fait vite.

Et, au moindre prétexte, lorsqu'on enlevait une chaise ou qu'on traînait son bureau dans le couloir, on échangeait un sourire. Tout ça parce qu'on se sentait mieux – et pas seulement parce que le fantôme avait disparu. Nous étions soulagées, car nous allions avoir chacune notre propre espace sans être obligées de reconnaître que nous étions incapables de partager la même chambre. J'étais désolée d'avoir autant effrayé Mary Anne, mais je savais que j'avais bien fait. Et, quand maman et Frederick reviendraient à la maison, ils persuaderaient Mary Anne qu'il n'y avait aucun fantôme, et que son imagination s'était simplement emballée. Finalement, elle les croirait et oublierait complètement l'incident.

15

– Claudia, pour l'amour du ciel, qu'est-ce que tu fais ? me suis-je exclamée.
Il était cinq heures et quart, le vendredi après-midi.

Mary Anne et moi, nous venions juste d'arriver au quartier général du club pour la réunion. Pour l'instant, il n'y avait que Claudia. Elle était en train de faire le poirier, les jambes contre le mur. Elle était rouge écarlate.

– C'est pour devenir plus intelligente, a-t-elle répondu.

Du moins, c'est ce que j'ai cru entendre. C'était difficile de comprendre avec tous ses longs cheveux devant son visage.

– Tu essaies de devenir plus intelligente ? a répété Mary Anne, incrédule.

– Mmm... j'ai entendu dire que si on reste sur la tête,

tout le sang afflue au cerveau et nourrit les cellules. Je dois nourrir mon cerveau autant que je peux. J'ai un contrôle d'anglais lundi.

– Tu ne crois pas que tu ferais mieux de réviser ? lui ai-je demandé.

Mary Anne m'a donné un coup de coude. Nous avions du mal à garder notre sérieux.

Nous avons entendu une voix derrière nous. C'était Kristy qui venait d'arriver.

– Je me demande..., a-t-elle commencé d'un air mystérieux.

Elle attendait que quelqu'un lui demande ce qu'elle se demandait. Je ne l'ai pas déçue :

– Qu'est-ce que tu te demandes ?

– Eh bien, j'ai passé presque toute la journée assise, alors je dois avoir les pieds les plus intelligents du monde, non ?

– Kristy !

Nous avons toutes éclaté de rire.

Claudia a ri si fort qu'elle s'est écroulée sur son lit. Quand elle s'est relevée, elle titubait un peu.

– Ça va ? me suis-je inquiétée.

– Oui, oui. Je suis juste un peu étourdie. C'est ce que doivent ressentir les génies.

– Non ! Pas du tout ! a protesté Jane de sa chambre.

Claudia a fait la grimace. Puis elle s'est mise à fouiller partout – sous son lit, sous les chaises, dans les boîtes, dans le tiroir de son bureau. Finalement, elle a découvert un sachet de bonbons et des bretzels.

Nous nous sommes installées à nos places habituelles. Kristy a ajusté sa visière et coincé son crayon derrière l'oreille. Nous grignotions en papotant. A cinq heures vingt-cinq, Jessica et Mallory sont arrivées et, à cinq heures vingt-neuf, Lucy est entrée en courant.

– Parfait, a déclaré Kristy, nous sommes toutes là.

– Mais nous avons encore une minute avant que la réunion ne commence, est intervenue Mary Anne. Alors je voudrais dire que...

– Cinq heures et demie ! s'est écriée Kristy en regardant le réveil digital de Claudia. Silence tout le monde, s'il vous plaît !

– Zut, a râlé Mary Anne.

– Ne t'en fais pas, l'a rassurée Kristy. Aussitôt que les affaires courantes seront réglées, tu pourras nous raconter tout ce que tu voudras – entre les appels téléphoniques.

– OK.

Mary Anne et moi, nous étions assises l'une à côté de l'autre sur le lit de Claudia. Il y avait quatre jours que je lui avais fichu la trouille avec cette histoire de fantôme. Elle dormait maintenant dans la chambre d'amis. Nos relations s'étaient améliorées. Ce n'était pas comme lorsqu'elle était allée coucher dans la chambre d'amis et qu'elle ne m'adressait pas la parole parce qu'elle était fâchée. Cette fois, elle était partie à cause du passage secret. Toutes ses affaires étaient dans la chambre d'amis qui ne ressemblait plus vraiment à une chambre d'amis. Maintenant, c'était sa chambre.

En plus, tout le monde à la maison faisait des efforts pour améliorer les choses.

Un soir, à ma grande surprise, Frederick avait soudain déclaré au dîner :

– Hum, hum..., j'ai une suggestion à faire.

– Quoi donc? avait demandé maman, qui paraissait perplexe.

– J'ai pensé à... à la façon dont nous nous sommes tous comportés les uns avec les autres récemment.

Immédiatement, Mary Anne et moi avions baissé les yeux. Nous ne nous chamaillions plus à propos de la chambre, mais nous avions quelques autres sujets de dispute – ensemble, avec maman, ou avec Frederick. Et maman et Frederick avaient les leurs. La plupart des conflits portaient sur la lessive, la cuisine et la tenue de la maison.

– Je propose, avait-il poursuivi, que nous fassions une liste de tout ce qu'il y a à faire ici, que nous décidions qui doit faire quoi et quand, d'inscrire tout cela dans une sorte de charte – et de nous y tenir.

Mary Anne et moi avions regardé maman pour voir sa réaction. Respecter une liste de choses à faire, c'était complètement contre sa nature. Pourtant, elle avait répondu :

– OK, je suis d'accord. Mais j'ai quelque chose à dire à propos de la nourriture.

– C'est ton droit, avait admis Frederick.

– Je propose, avait commencé maman, que chaque week-end, Carla et moi préparions les plats que nous aimons – pour toute la semaine – et que toi et Mary Anne, vous cuisiniez le genre de nourriture que vous aimez – également pour la semaine. Ainsi, au dîner, vous n'aurez pas à vous forcer à manger du tofu, ou à nous obliger à manger de la viande. C'est un peu bizarre d'avoir deux menus différents au même repas, mais je ne vois pas d'autre solution. Nos habitudes alimentaires sont radicalement différentes, et personne n'a l'intention d'en changer.

Frederick avait regardé Mary Anne.

J'avais regardé maman.

– OK, avions-nous répondu en chœur, Frederick, Mary Anne et moi.

– Bien, l'affaire est donc réglée, avait conclu maman d'un ton très professionnel (mais je voyais bien qu'elle était contente).

J'étais alors intervenue timidement. J'étais moi-même surprise de ce que je m'apprêtais à dire.

J'ai… j'ai une autre suggestion à faire.

– Oui ? m'avait encouragée maman.

– Je pense que nous devrions être plus honnêtes les uns avec les autres. Nous devrions cesser d'essayer de faire tout le temps plaisir aux autres. Nous supportons des choses que nous n'aimons pas ou qui nous ennuient – juste pour faire plaisir aux autres. Et ça ne marche pas.

– Qu'est-ce que tu veux dire ? avait gentiment demandé Frederick.

– Je veux dire que maman déteste le bacon, Frederick, mais tu lui en sers toujours au petit déjeuner et elle te dit toujours qu'elle aime ce que tu lui prépares. Et Mary Anne, toi, tu ne supportes pas la manière dont ma mère fait le ménage, mais au lieu de le lui dire, tu te contentes de repasser derrière elle. Et je savais, et Mary Anne le savait aussi, que nous ne pouvions pas partager la même chambre. Mais nous nous sommes forcées à essayer quand même. (A ce moment, j'ai failli avouer l'histoire de fantôme mais, heureusement, j'ai tenu ma langue. Mary Anne aurait été mortifiée en apprenant ce que j'avais fait, et je ne voulais pas lui faire de peine.)

Après cela, nous étions restés silencieux une ou deux minutes. Puis Frederick avait dit lentement :

– Tu sais, je pense que tu as raison.

– Tu es sûr que tu ne me dis pas ça pour me faire plaisir ? l'avais-je taquiné.

Frederick riait. Puis maman et Mary Anne s'étaient mises à rire également, et finalement moi aussi. Je me demandais quand même ce qui se serait passé si Frederick l'avait mal pris.

Ensuite, les choses s'étaient améliorées rapidement. Nous avions effectivement établi une liste des tâches (et nous nous y sommes tenus), et nous avions réellement commencé à être plus honnêtes les uns avec les autres.

– Carla ? Carla ?

Je me suis secouée. Je rêvais tout éveillée – pas recommandé pendant une réunion du club. Kristy tient à ce que nous soyons très attentives.

– Oui ? ai-je fait, essayant désespérément de me rappeler où on en était.

– Je disais, a repris Mary Anne, que papa avait vendu notre ancienne maison.

– Ouais, ai-je enchaîné. Enfin presque. Il remplit les formalités la semaine prochaine.

– Qui va y emménager ? a demandé Kristy tout excitée. De futurs clients ? Ce serait super.

– Je crois, a répondu Mary Anne. Papa a parlé d'une famille, pas vrai, Carla ?

J'ai hoché la tête.

– Mais il n'était pas sûr de l'âge des enfants. Il a précisé qu'ils venaient de l'étranger.

– Ah bon ! s'est écriée Lucy. Oh, cool ! D'où viennent-ils ?

Mary Anne et moi, nous nous sommes interrogées du regard.

– D'Autriche ? ai-je hasardé. Oh, je ne suis pas sûre. L'agent immobilier est resté vague.

– Oui, bon, on verra bien. C'est super, en tout cas ! s'est exclamée Claudia.

– Ouais, ont renchéri les autres.

– J'aimerais beaucoup enseigner l'anglais aux enfants, a ajouté Jessica.

Le téléphone s'est alors mis à sonner. C'était Mme Pike qui avait besoin de deux personnes pour le samedi suivant.

Nous avons décidé que Mallory et Lucy s'en chargeraient.

– Au fait, le cauchemar des Pike est réellement terminé, Mallory ? ai-je demandé.

– Oui, a-t-elle répondu avec un soupir de soulagement. Vraiment vraiment. Nous, les enfants, nous sommes tous retournés à l'école, maman est sur pied, et papa peut à nouveau se servir de sa main. Il va quand même avoir une cicatrice.

– Dis donc, tu as eu de la chance de ne pas avoir de cicatrices de ta varicelle, a remarqué Kristy. Tu n'en as pas, hein ?

– Presque pas, a marmonné Mallory en regardant Jessi.

Jessica a pouffé.

– Allez, dis-le, a insisté Kristy. Tu en as où ?

– A des endroits dont on ne peut pas parler.

Voilà ce qu'a répondu Mallory.

Après la réunion, Mary Anne et moi sommes rentrées à bicyclette. Elle était tout excitée, parce que, juste à la fin de la réunion, Claudia avait dit :

– Mary Anne, il faut commencer à réfléchir à la décoration de ta chambre. Nous allons lui donner une touche particulière. Pour qu'en entrant dans la pièce, on sache tout de suite que c'est chez toi.

– *Chez moi*, a répété Mary Anne. Et comment va-t-on faire ?

Du coup, nous avons parlé papier peint et posters, rideaux et autres, sur le chemin du retour. Puis nous avons garé nos bicyclettes et nous nous sommes dirigées vers la maison.

– Je me demande ce que maman fait à la maison à cette heure-ci, me suis-je inquiétée en voyant sa voiture dans l'allée. J'espère qu'il n'y a rien de grave.

Rien de grave. Maman avait juste terminé son travail plus tôt. Mais quelle surprise quand nous sommes entrées dans le salon ! Nous avons trouvé Tigrou pelotonné sur ses genoux. Il ronronnait bruyamment, les yeux mi-clos. Ma mère était en train de lire et semblait un peu embarrassée.

– C'est incroyable ! n'a pu s'empêcher de dire Mary Anne.

Je ne le croyais pas non plus.

– Il vient juste de sauter sur moi, a expliqué maman, et il n'a pas voulu s'en aller. Avant que je m'en rende compte, il était déjà endormi.

Elle s'est éclairci la gorge, puis elle a ajouté :

– Ça ne me déplaît pas qu'il soit là.

« Et moi, ai-je pensé, cela ne me déplaît pas d'avoir une nouvelle famille à la maison ! »

LE CLUB DES BABY-SITTERS

D'où viens-tu, CLAUDIA ?

Ce livre est pour Jane,
qui est ma sœur (enfin, je crois).

1

Tic, tac, tic, tac.

Je regardais la grande aiguille de la pendule murale en train de faire, doucement, le tour du cadran.

Quand la classe est silencieuse, comme c'était le cas à ce moment-là, chaque fois que la trotteuse avance d'une seconde, ça fait un petit cliquetis.

C'est une vieille pendule mais elle est très précise. Tous les après-midi, elle cliquette de treize heures dix à treize heures cinquante et une, et quand la trotteuse arrive sur le douze à exactement treize heure cinquante et une, la sonnette retentit... et je suis enfin libérée du cours de sciences.

Je ne supporte vraiment pas les sciences, et encore moins

la biologie, ce que nous étions justement en train d'étudier. Je n'arrive pas à m'y retrouver avec tous ces mots bizarres : cellule et noyau, gène et chromosome, ARN et ADN, et je ne sais quoi d'autre.

Oh, bon.

Tic, tic, tic.

Nous étions supposés lire les instructions pour une expérience que nous devions réaliser pendant le cours. Moi, je trouve ça absurde. Chaque année, le même professeur fait faire à ses élèves les mêmes expériences. Mais si les expériences ont été faites tellement de fois avant, ce ne sont plus des expériences ! Le prof sait exactement ce qui va se passer. Pour moi, expérimenter, c'est essayer de nouvelles choses pour voir ce qui se produit. En cours, on ne fait pas d'expériences, on obéit simplement aux instructions du prof ou du bouquin.

Mais de toute façon, je m'en moquais. Ce jour-là, je n'étais pas obligée de faire cette stupide expérience. J'attendais simplement que la pendule indique treize heures vingt... puis je partirais ! Oui, avant la fin du cours !

Je ne tenais plus en place.

Heureusement, l'idée de ce qui m'attendait après m'aidait à tenir. Vous vous demandez sûrement ce que j'allais faire, non ? Je devais aller à une cérémonie de remise de prix où ma sœur aînée, Jane le Génie, allait être récompensée. Ce n'est pas vraiment exceptionnel. Elle passe son temps à obtenir des diplômes ou des prix, et des A dans toutes les matières.

Ma sœur et moi, nous sommes très différentes. C'est d'ailleurs difficile de croire que nous sommes de la même famille. Je n'ai jamais eu les félicitations, ni même les encouragements et je n'ai jamais reçu aucun prix. D'accord, si, mais c'était en arts plastiques. Je suis fière d'avoir obtenu ces récompenses et mes parents aussi, enfin je pense. Mais Jane, elle, reçoit des prix en sciences, en maths et tout ça, alors bien sûr, elle se fait plus remarquer et féliciter que moi. Je devrais peut-être vous en dire un peu plus sur ma famille afin que vous compreniez mieux.

Pour commencer, nous sommes quatre : maman, papa, Jane et moi. Jane a seize ans et elle est en fac. Moi, j'ai treize ans et je suis en quatrième. Nous habitons à Stonebrook, dans le Connecticut. Avant, il y avait un cinquième membre dans notre famille : Mimi, ma grand-mère. Mimi et moi étions très proches. Je pouvais tout lui raconter. Elle m'écoutait toujours et se moquait bien que je ne sois pas une élève brillante. Elle aimait aussi vraiment mes dessins. Mais maintenant Mimi est partie. Elle est morte il y a peu de temps. Elle me manque beaucoup.

Notre famille est américano-japonaise. Jane et moi, nous sommes nées ici, à Stonebrook, et nous ne sommes jamais allées au Japon. Mon père travaille dans une société d'investissements à Stamford, une ville voisine. Ma mère est la conservatrice de la bibliothèque municipale. Je suis stupide et Jane est un génie. Bon, d'accord, je sais que ce n'est pas vrai. Je veux dire, je ne suis pas complètement stupide. D'après mes profs, je suis même très intelligente. Simplement je ne m'applique pas. J'ai un peu de mal à me concentrer et, franchement, l'école ne m'intéresse pas. Par contre, l'art, oui. J'aime tout ce qui concerne l'art. Et je suis douée pour ça. Je sais sculpter, peindre, faire des croquis, des collages, des bijoux et tout ce que vous pouvez imaginer. Je ne suis pas en train de me vanter, c'est juste la vérité.

Alors que Jane, elle, la seule chose qui l'intéresse, c'est les études. Elle aime surtout l'informatique et les sciences. C'est un véritable génie : elle a un QI de plus de 150 ! Elle est tellement intelligente que, avant même d'entrer en fac, elle y suivait des cours en étant encore au lycée.

Jane et moi nous sommes aussi différentes que le jour et la nuit.

Mais revenons au cours de sciences.

Tic, tac, tic, tac. Juste au moment où tout le monde terminait de lire les instructions pour la fameuse expérience, la pendule a indiqué treize heures vingt.

Je me suis levée.

– Je dois y aller maintenant, ai-je rappelé à mon professeur.

– Très bien. A demain, Claudia.

(Nous étions seulement lundi, le début d'une nouvelle semaine d'amibes, de paramécies et autres monstres de la biologie.)

J'ai ramassé mes affaires, et j'ai filé à mon casier où je me suis débarrassée de mon livre de sciences. J'ai pris deux autres livres, j'ai enfilé ma veste et je suis sortie du collège.

Mon père m'attendait devant la porte.

– Salut, ai-je dit en montant dans la voiture.

– Bonjour, chérie.

Papa a traversé Stonebrook jusqu'à la fac. Nous devions rejoindre ma mère là-bas.

Je n'arrivais pas à croire que mes deux parents aient

quitté leur travail pour cette cérémonie. (Bon, maman allait y retourner après parce que c'est à côté, mais pas papa. Stamford, c'est trop loin.)

Quand nous sommes arrivés, mon père a garé la voiture et, à l'entrée principale du bâtiment, nous avons retrouvé maman, Peaches (la sœur de maman) et Russ. Je les adore. Ils sont cool et très drôles. Russ est américain. Je veux dire qu'il n'est pas japonais. Et c'est lui qui a trouvé le surnom Peaches. Mimi avait donné à maman et à Peaches des noms japonais, mais Russ a commencé à appeler ma tante comme ça. Maintenant, tout le monde l'appelle Peaches. Tout le monde appelle Russ, simplement Russ, et pas Russell qui est son vrai prénom. Jane et moi, nous ne les avons jamais appelés tante Peaches et oncle Russ. C'est Peaches et Russ pour tout le monde. Ils n'ont pas d'enfants (je crois qu'ils ne peuvent pas en avoir), mais j'adorerais qu'ils en aient. Ce seraient des parents vraiment extra.

Maman, papa, Peaches, Russ et moi, nous nous sommes tous embrassés. Puis nous sommes entrés et un élève nous a conduits dans le hall principal. Une fois là, maman a dit à un professeur que nous venions voir Jane Koshi recevoir sa récompense.

– Oh, vous êtes la famille de Jane ! Je suis tellement content de vous rencontrer. S'il vous plaît, suivez-moi jusqu'aux rangs réservés. Vous devez être terriblement fiers de votre fille.

Et bla-bla-bla.

Honnêtement, ce professeur, peu importe qui il était, en faisait des tonnes. D'accord, Jane avait gagné un autre prix. Pas besoin d'en faire toute une histoire !

Mais bon, visiblement, pour la fac, c'était un événement important. Le professeur nous a accompagnés jusqu'à une rangée, devant, dont l'accès était fermé par un cordon d'or avec un panneau très chic sur lequel était inscrit « RÉSERVÉ ». Le professeur a fait tout un cinéma en retirant le cordon. Nous nous sommes faufilés jusqu'à nos places réservées et nous nous sommes installés. Jane et les autres élèves qui allaient recevoir des récompenses étaient assis au premier rang.

– Félicitations, nous a répété le professeur en nous quittant.

– Merci, ont répondu maman et papa en chœur.

Ils étaient radieux.

Enfin la cérémonie a commencé. D'abord, l'orchestre de la fac a joué un morceau. Ensuite, le directeur a prononcé quelques mots, puis c'était au tour du président des élèves et enfin l'adjointe du directeur est montée sur scène. Elle allait présenter les récompenses.

J'ai jeté un regard circulaire dans la salle. Elle était pleine. Tous les élèves, tous les professeurs étaient là, et aussi plein d'autres familles comme la mienne. Il n'y avait pas assez de sièges pour tout le monde et, du coup, des élèves étaient assis sur les rebords des fenêtres et les professeurs étaient debout dans les allées. J'ai essayé de chercher des visages que je connaissais, mais je n'en ai trouvé aucun.

De toute manière, j'ai dû arrêter mes recherches car papa m'a donné un coup de coude en chuchotant :

– Écoute ce qu'elle dit, ma chérie.

Je me suis retournée, décidée à me concentrer.

L'adjointe du directeur a distribué les récompenses.

D'abord un prix d'excellence en littérature, puis en maths, ensuite trois prix pour les langues étrangères et un en économie.

Enfin elle a annoncé :

– Et maintenant, je suis fière, non, j'ai l'honneur de présenter la dernière récompense. C'est une récompense spéciale et qui n'a été remise qu'une seule fois auparavant. C'était il y a dix ans, à un élève de fin de cycle. Cette fois-ci, elle est attribuée à une jeune élève, à l'élève la plus brillante en sciences. Jane Koshi, voulez-vous venir prendre votre prix ?

Ma sœur, qui semblait nerveuse, s'est levée et s'est frayé un chemin jusqu'à la scène. Elle n'a pas trébuché en montant les marches, et elle a reçu sa plaque gravée et un chèque de deux cent cinquante dollars avec plaisir. Avant de quitter l'estrade, elle nous a souri à maman, papa, Peaches, Russ et moi, puis elle est retournée s'asseoir.

La cérémonie était terminée.

Mais le cauchemar ne faisait que commencer.

Tous ces gens (les élèves, les professeurs, ma famille) se sont précipités sur Jane pour la féliciter. Vous imaginez ? Elle était entourée de toutes parts, cernée, et le pire, c'est qu'elle avait l'air d'apprécier.

Et devinez quoi ? Un photographe et une journaliste du *Stonebrook News* étaient là. Le photographe a pris quelques photos de Jane avec son prix et son chèque pendant que la reporter se tournait vers ma famille et commençait à nous poser des questions.

– Votre sœur est extrêmement intelligente, m'a-t-elle dit. Vous êtes aussi surdouée ?

Moi ? Surdouée ?

– Hum, disons que je suis...

Avant même que je puisse lui parler de mes talents en arts plastiques, elle s'était tournée vers ma mère et lui demandait si elle était fière de Jane.

Oh ! là, là ! Quelles questions percutantes !

Pendant tout ce temps, le professeur de biochimie de Jane discutait avec papa. Tout à coup, elle m'a demandé :

– Vous êtes la sœur de Jane ?

J'ai hoché la tête.

– Eh bien, je suis impatiente de vous avoir dans ma classe si vous êtes comme votre sœur. Je dois dire, pourtant, qu'il est difficile de croire que vous êtes sœurs.

Eh bien, merci beaucoup. J'avais déjà entendu ça des tonnes de fois, mais ça ne rendait pas le compliment plus agréable. En général, les gens disent ça quand ils savent à quel point je suis nulle à l'école. (Je suis incapable d'écrire sans faire de fautes d'orthographe.) Je pense que ce professeur voulait dire que Jane et moi, nous ne nous ressemblions pas physiquement. Nous ne nous habillons vraiment pas pareil. Par exemple, ce jour-là, Jane portait une de ses tenues habituelles : une longue jupe plissée écossaise, un chemisier blanc à col rond, des collants et des chaussures bleues à talons. Elle a les cheveux courts, du coup, elle ne peut pas en faire grand-chose. Moi, j'étais habillée avec une de mes tenues originales : une jupe noire très courte, un T-shirt blanc trop grand avec des dauphins turquoise, des sandalettes turquoise plates à lanières, et une tonne de bijoux dont des boucles d'oreilles en forme de dauphins. J'avais attaché mes longs cheveux en queue de cheval.

Les gens nous regardaient tour à tour Jane et moi. J'étais certaine qu'ils étaient tous en train de se dire : « C'est incroyable qu'elles soient sœurs. » Puis ils m'ignoraient et félicitaient Jane.

Je n'avais qu'une hâte : quitter cet endroit.

2

Je n'ai jamais été aussi soulagée de ma vie que lorsque papa a posé sa main sur mon épaule en disant :

– Bon, Claudia, on y va ?

On y va ! C'était tout ce que j'espérais entendre depuis une heure. La plupart des gens étaient en train de quitter le hall. Les seuls qui restaient étaient les élèves qui avaient reçu un prix, quelques parents, quelques amis et maman, papa et moi. Peaches et Russ, eux, étaient partis.

J'avais envie de me jeter au cou de papa en criant : « Oh, oui, oui, oui. Je n'ai qu'une envie, c'est de sortir d'ici. » Mais au lieu de cela (et, croyez-moi, j'ai dû prendre sur moi), j'ai répondu :

– D'accord. Je crois que je suis prête.

– Très bien. Jane rentrera à la maison plus tard. Elle sort avec des amis pour fêter sa récompense.

Fêter sa récompense ? Où ? A la bibliothèque ?

J'ai jeté un œil aux amis de Jane. (Ils n'étaient pas nombreux.) Les garçons avaient des calculatrices dans leurs poches de chemise. Et les filles aussi... Les pantalons des garçons étaient trop courts, et les garçons comme les filles portaient des vêtements qui n'allaient pas ensemble : par exemple, un pantalon à rayures avec une chemise à carreaux. Comment s'habillaient-ils le matin ? En fermant les yeux et en prenant dans leur placard la première chose qui leur tombait sous la main ?

Je savais que j'étais méchante de penser ça. Mais je m'ennuyais parce que Jane était au centre de l'attention.

Enfin maman, papa et moi, nous avons dit au revoir à Jane et nous sommes sortis.

– A tout à l'heure, chérie, m'a dit maman en montant dans sa voiture. Je serai là juste après ta réunion.

– D'accord, maman. A tout à l'heure.

Papa et moi, nous sommes montés dans sa voiture. J'essayais de ne pas montrer à quel point j'étais contrariée. Je ne voulais pas qu'il pense que j'étais jalouse. Et pourtant, je crois que c'était ce que je ressentais...

En plus, nous étions lundi.

Le seul truc bien le lundi, c'est que mes amies et moi avons une réunion du Club des baby-sitters après l'école. On se réunit aussi le mercredi et le vendredi après-midi. Le club, qui est une véritable entreprise, a été fondé par mon amie Kristy Parker pour garder les enfants du quartier. J'aime le club pour deux raisons : la première, c'est que j'adore le baby-sitting et la deuxième, c'est que j'adore être entourée par tout un groupe d'amies. En fait, je pourrais peut-être vous les présenter...

Les membres du club sont Kristy Parker, Lucy MacDouglas (ma meilleure amie), Mary Anne Cook, Carla Schafer, Mallory Pike, Jessica Ramsey et moi (bien sûr). Oh, il y a aussi deux membres intérimaires qui n'assistent pas aux réunions, Louisa Kilbourne et Logan Rinaldi (un garçon !), mais je vous parlerai d'eux plus tard.

Laissez-moi d'abord vous présenter Kristy, puisque c'est la présidente et la fondatrice du Club des baby-sitters (ou CBS). Kristy a une famille géniale ! La mienne semble bien ordinaire en comparaison. Avant, Kristy habitait en face de chez moi. En fait, elle, moi et Mary Anne Cook (qui vivait aussi en face de chez moi et à côté de chez Kristy) avons grandi ensemble. Kristy a trois frères : deux grands (Sam et Charlie) qui vont au lycée de Stonebrook, et un petit (David Michael) qui a sept ans. Un peu après la naissance de David Michael, M. Parker a quitté sa famille et a laissé sa femme s'occuper des enfants toute seule. (Il vit en Californie maintenant.) Enfin bon, Mme Parker a réussi à garder sa famille unie. Elle a trouvé un très bon travail et la vie de Kristy se déroulait tranquillement sans son père, même si, bien sûr, il lui manquait. Puis Mme Parker a rencontré Jim Lelland, un millionnaire divorcé avec deux enfants, et la vie de Kristy a complètement changé. Sa mère s'est mariée avec Jim, et la famille Parker a emménagé dans l'immense maison des Lelland, à l'autre bout de la ville. Kristy a tout à coup hérité d'un beau père, d'un demi-frère (Andrew, quatre ans) et d'une demi-sœur (Karen, qui vient d'avoir sept ans). Même si Andrew et Karen vivent avec leur mère la plupart du temps et qu'ils ne sont chez leur père qu'un week-end sur deux, la demeure Parker-Lelland est bien remplie. Tout d'abord, les Lelland ont adopté une petite fille vietnamienne de deux ans, Emily Michelle, il y a peu de temps. Du coup, Mamie, la grand-mère de Kristy, a emménagé chez eux pour s'occuper d'Emily Michelle pendant que M. et Mme Lelland travaillent. Enfin, il y a deux autres habitants (non humains) dans cette maison : Louisa, la chienne de David Michael, et Boo-Boo, l'énorme vieux chat de Jim.

A quoi ressemble Kristy ? Eh bien, elle est courageuse. Forcément, pour avoir survécu à tous ces changements. Elle est aussi dynamique, pas du tout timide et très bavarde. Et je dis « bavarde » pour être polie. En réalité, elle a la langue bien pendue. Elle est très franche et elle a tendance à parler sans réfléchir, même si elle ne veut pas être méchante. Elle dit simplement ce qu'elle pense et ce qui lui passe par la tête. Kristy est un peu garçon manqué et elle entraîne une équipe de base-ball pour les petits à Stonebrook. Son équipe s'appelle les Imbattables. Mais je pense que la chose la plus importante à propos de Kristy, c'est qu'elle a sans arrêt des idées. Et ce sont toujours de bonnes idées qu'elle se débrouille pour réaliser. C'est une des raisons pour lesquelles elle est présidente de notre club.

Kristy a les cheveux châtains, les yeux marron et c'est la plus petite de notre classe. J'ai l'impression qu'elle ne pense pas être mignonne, pourtant elle est très jolie. Elle serait mieux si elle s'intéressait un peu plus aux vêtements. Elle s'habille tous les jours pareil : jean, T-shirt, baskets et col roulé s'il fait froid. De temps en temps, elle porte le T-shirt des Imbattables et aussi, quelquefois, une casquette avec un colley dessus. (Les Parker avaient un colley, Foxy, mais il est mort, c'est pour ça qu'ils ont Louisa, maintenant.)

La meilleure amie de Kristy est Mary Anne Cook. C'est drôle parce que Kristy et Mary Anne se ressemblent beaucoup. Mary Anne a aussi les cheveux châtains, les yeux marron et elle est plutôt petite, mais les points communs s'arrêtent là. Pour moi, des meilleures amies peuvent être complètement opposées et ça n'a pas d'importance. Alors que Kristy est extravertie, Mary Anne est calme et réservée, surtout avec les gens qu'elle ne connaît pas bien. Elle est aussi très sensible (elle pleure pour un rien : n'allez jamais voir un film avec elle !), et elle est très attentionnée, c'est quelqu'un sur qui on peut compter quand on a un problème. Elle est aussi romantique, et je suppose que c'est pour ça que Mary Anne, même si elle est timide, est la première des membres du club à avoir un petit ami stable. Et devinez qui c'est ? Logan Rinaldi, un de nos membres intérimaires !

Comme Kristy, Mary Anne a une famille un peu compliquée. Pour commencer, sa mère est morte quand elle était toute petite. Mary Anne a donc grandi toute seule avec son père pendant un bon moment. M. Cook était vraiment strict avec elle, car ce n'était pas facile pour lui d'élever sa fille tout seul. Il avait mis en place des tas de règles pour Mary Anne – même des règles concernant la façon dont elle devait s'habiller ! Mais, il y a à peu près un an, quand il a vu à quel point sa fille était mature et responsable, il a commencé à s'adoucir. Maintenant, Mary Anne s'habille avec des vêtements à la mode et non plus comme son père le voulait (exactement comme Jane). Par contre, elle n'a toujours pas le droit de se faire percer les oreilles, de mettre trop de maquillage ou du vernis à ongles – à part du transparent.

Récemment, M. Cook est devenu encore moins sévère. C'est parce qu'il a recommencé à sortir... avec la mère de Carla Schafer, une autre membre du club ! Vous voyez, il y a très longtemps, Mme Schafer et M. Cook sortaient ensemble quand ils étaient au lycée de Stonebrook. Puis Mme Schafer (qui s'appelait à cette époque-là Sharon Porter) est partie faire ses études en Californie, où elle s'est mariée avec M. Schafer. Ensemble ils ont eu Carla et son petit frère, David, avant de divorcer. Après leur divorce, Mme Schafer est revenue à Stonebrook, sa ville natale, avec Carla et David. Carla et Mary Anne sont devenues meilleures amies (Mary Anne a deux meilleures amies), et ensuite Mme Schafer a revu M. Cook et ils ont recommencé à sortir ensemble, et finalement... ils se sont mariés ! Donc, maintenant, Mary Anne et Carla sont meilleures amies, membres du club, et demi-sœurs. La seule chose embêtante pour Mary Anne, c'est qu'avec son père et son chat, Tigrou, ils ont dû quitter la maison dans laquelle elle a grandi pour aller vivre dans celle de Carla (parce qu'elle est plus grande). Mais elle s'est finalement habituée à cette situation.

Je devrais peut-être vous parler de Carla maintenant, puisque vous en savez déjà un peu sur elle. Carla est notre Californienne. Comme elle a grandi là-bas, elle aime la chaleur et le soleil (et ça lui manque), et elle a eu beaucoup de mal à s'habituer à nos hivers du Connecticut. Carla aime aussi la nourriture saine (comme toute sa famille) et préfère manger du tofu et des brocolis que des glaces. Et elle adore les histoires de fantômes, les maisons hantées et les énigmes, ce qui est plutôt amusant parce que l'ancienne ferme dans laquelle elle a emménagé à Stonebrook possède un véritable passage secret (dont l'une des entrées donne dans la chambre de Carla), et il y a de bonnes chances qu'il soit hanté.

Si Kristy et Mary Anne sont mignonnes, Carla, elle, est superbe. Ses cheveux sont incroyablement longs et blonds (presque blancs), et ses yeux sont bleu océan. Elle est mince et s'habille super bien et, en plus, son style est différent du nôtre. Disons d'elle qu'elle a un style « californien » : des vêtements amples, aux couleurs vives, à la mode mais pas extravagants. Carla fait toujours ce qui lui plaît (sans jamais, pour autant, blesser qui que ce soit). Elle a deux trous dans chaque oreille et elle se fiche pas mal de ce que les autres pensent d'elle. Elle vit simplement sa vie comme elle l'entend. J'ai tendance à croire que Carla est forte, comme Kristy, mais elle a quand même eu un moment dur, quand son frère, David, est retourné vivre en Californie avec son père. Il n'a jamais été heureux dans le Connecticut et ne s'y est jamais habitué, contrairement à Carla. Elle sait que c'est la meilleure chose pour lui, mais il lui manque énormément, et maintenant sa famille est divisée en deux et séparée par cinq mille kilomètres. Elle est quand même contente d'avoir un beau-père et elle adore sa demi-sœur. Les choses vont donc mieux pour elle depuis peu.

Ma meilleure amie au monde est Lucy MacDouglas. Elle

est fille unique et a grandi dans l'énorme ville de New York. Elle et ses parents ont emménagé à Stonebrook au début de la cinquième parce que l'entreprise de son père l'avait muté dans le Connecticut. Lucy et moi sommes devenues très vite les meilleures amies du monde. C'était ma première meilleure amie ! Mais elle n'est restée là que pendant un an : son père a de nouveau été muté à New York. J'ai été presque aussi triste qu'à la mort de Mimi. Et puis, les MacDouglas étaient de retour à New York depuis moins d'un an quand les parents de Lucy ont décidé de divorcer... et Mme MacDouglas a voulu revenir à Stonebrook qu'elle avait adoré. Lucy a eu le droit de choisir entre vivre ici avec sa mère ou vivre à New York avec son père. Finalement, elle s'est installée à Stonebrook. Je suis super contente que Lucy soit revenue, malheureusement c'est pour une raison très triste. Je sais que son père lui manque terriblement, même si elle a le droit d'aller le voir chaque fois qu'elle en a envie (sauf quand on a cours, bien sûr). Elle a détesté avoir à choisir entre ses parents.

Lucy et moi, nous nous ressemblons un peu. Nous sommes toutes les deux sophistiquées et matures pour treize ans (ça doit paraître un peu prétentieux mais je crois vraiment que c'est la vérité), nous adorons toutes les deux les vêtements et soignons notre style. Nous avons les oreilles percées (Lucy a un trou de chaque côté, moi, j'en ai un d'un côté et deux de l'autre), nous nous habillons toutes les deux de manière extravagante, et Lucy a une coupe de cheveux super à la mode. Elle est toujours en train d'essayer de nouveaux trucs – par exemple se peindre des motifs sur les ongles ou se mettre des paillettes sur les yeux.

Lucy est drôle, douce et meilleure élève que moi. En maths, c'est quasiment un génie, même si je n'aime pas utiliser ce mot. Mais elle a un problème. Elle est diabétique. Cela ne dérange aucune de nous, bien sûr, mais cela nous inquiète de temps en temps. Lucy a beaucoup maigri récemment, elle doit tous les jours se faire des injections d'un produit qui s'appelle l'insuline, et doit suivre un régime strict, très strict.

Vous voyez, le diabète est une maladie qui est due à un organe, le pancréas, qui ne fabrique pas assez d'une hormone, l'insuline, pour contrôler le sucre qui se trouve dans le sang. (Argh ! la biologie !) Donc, sans ces injections et le régime sans sucre qui contrôlent son taux de glycémie, Lucy pourrait être gravement malade. Elle pourrait même tomber dans le coma. Elle le sait et essaie de faire exactement ce que le médecin lui dit mais, honnêtement, il y a des jours où elle n'est pas trop en forme. Elle s'en tire quand même très bien.

Avant de vous parler des deux derniers membres du club, Jessica Ramsey et Mallory Pike, je vais ajouter quelques trucs sur moi :

1) j'adore grignoter des cochonneries et j'en garde des tonnes dans ma chambre ;

2) bien que je n'aime pas lire, j'adore Agatha Christie.

Mais je dois cacher mes réserves et mes livres policiers parce que mes parents n'approuvent ni l'un ni l'autre. Ils ne veulent pas que je mange des cochonneries pour des raisons évidentes et, pour Agatha Christie, ils trouvent que je pourrais lire de la « littérature ». Mimi, au contraire, disait : « Je me fiche de ce que tu lis, ma Claudia, du moment que tu lis. » Je préfère sa façon de penser que celle de maman et papa. D'accord, ma chambre peut surprendre. Quand vous ouvrez un tiroir ou retournez un oreiller, vous ne savez jamais si vous allez tomber sur un paquet de M&M's ou un exemplaire du *Crime de l'Orient-Express*.

Bon. C'est au tour de Jessi et de Mal. La première chose à savoir à leur propos, c'est que ce sont les plus jeunes membres du club. Alors que Kristy, Lucy, Mary Anne, Carla et moi, nous sommes en quatrième, elles, elles sont en sixième. Elles sont aussi meilleures amies avec des points communs et beaucoup de différences. Par exemple, elles sont toutes les deux les aînées de leur famille, et elles trouvent toutes les deux que leurs parents les traitent comme des bébés. Ce n'est pas facile d'avoir onze ans, je trouve. En tout cas, je n'aimerais pas avoir onze ans à nouveau. Je me souviens que ma mère voulait que je mûrisse mais elle ne me laissait aucune responsabilité, ni aucune permission pour quoi que ce soit. En tout cas, les parents de Jessica et de Mallory les ont laissé se faire percer les oreilles il y a peu de temps. (Kristy et Mary Anne sont les seuls membres du club à ne pas avoir les oreilles percées.) Mais maintenant Mal a un appareil dentaire, elle porte des lunettes et elle n'a pas le droit d'avoir des lentilles. Et ni Mal ni Jessi n'ont la permission de faire du baby-sitting le soir, elles ont donc encore du chemin à parcourir.

Elles ont toutes les deux des frères et sœurs plus jeunes, mais Jessi en a juste deux (sa sœur de huit ans, Becca, et son petit frère qu'on surnomme P'tit Bout), alors que Mal en a sept – parmi eux, il y a des triplés ! Et puis Jessi et Mal aiment lire, surtout des histoires de chevaux, mais l'autre passion de Jessi, c'est la danse classique, alors que Mallory préfère l'écriture et le dessin. Jessi est très douée. Vous devriez la voir danser. Elle va dans une école de danse à Stamford, et elle a déjà fait des ballets devant des tas de gens. Mallory a aussi du talent. Elle a un journal dans lequel elle passe son temps à écrire et à illustrer des histoires. Elle dit qu'elle veut devenir écrivain ou illustratrice de livres pour enfants.

Il y a une dernière différence entre les filles : Mal est blanche et Jessi est noire. Je ne vois pas où est le problème, mais quand les Ramsey ont emménagé à Stonebrook (ils ont acheté la maison de Lucy quand les MacDouglas sont repartis à New York), les gens d'ici ont été très durs avec eux. Certaines personnes ne voulaient pas laisser leurs enfants jouer avec Becca et d'autres évitaient tout simplement les Ramsey. Je suppose que c'est parce qu'il n'y a pas beaucoup de familles noires à Stonebrook (Jessi est la seule élève noire de sixième) mais, honnêtement, où est le problème ? Avec le temps, les choses se sont améliorées. Becca et Jessi ont des amis, et la plupart des voisins des Ramsey les ont acceptés, heureusement.

Donc voilà mes amies, celles que j'allais voir quelques heures plus tard pour notre première réunion du club de la semaine.

3

Ce jour-là, j'avais l'impression de passer mon temps à regarder l'heure. D'abord la pendule pendant le cours de sciences et ensuite, une fois dans ma chambre, mon réveil.

J'avais hâte qu'il soit dix-sept heures trente pour que notre réunion commence. Les réunions ont toujours lieu dans ma chambre, le quartier général officiel du club.

En attendant l'arrivée de mes amies, je me suis mise à penser au club. Je vais d'ailleurs vous en parler maintenant et vous dire comment il est né et la façon dont il fonctionne. Comme je l'ai déjà dit, Kristy est la présidente et la fondatrice du club. Ça a été l'une de ses grandes idées. Elle l'a eue au début de la cinquième. A ce moment-là, elle (et Mary Anne) vivait encore en face de chez moi, et Jim

Lelland n'avait pas encore demandé sa mère en mariage. Mme Parker travaillait à plein temps et David Michael avait juste six ans, c'était donc à Kristy, Sam et Charlie de s'en occuper à tour de rôle les après-midi. Cet arrangement marchait bien jusqu'au jour où personne (ni Kristy ni ses frères) n'a été libre pour garder David Michael. Mme Parker a donc été obligée de téléphoner à des baby-sitters. Comme c'était une situation de dernière minute, elle a dû passer coup de fil sur coup de fil pour trouver quelqu'un de libre. En regardant sa mère, Kristy s'est dit que ce serait génial si un parent pouvait en un seul appel joindre tout un groupe de baby-sitters, au lieu de s'embêter autant. Et c'est comme ça que sa grande idée est née. Elle en a parlé à Mary Anne et à moi, puisque nous faisions déjà du baby-sitting, et nous a proposé de former un club avec elle. Bien sûr, nous avons tout de suite été d'accord, mais nous avons trouvé qu'être trois n'était pas suffisant. J'ai alors suggéré de demander à Lucy MacDouglas de nous rejoindre. Elle venait d'emménager, mais nous étions déjà devenues très amies. Lucy était ravie de faire partie du club. Elle faisait déjà du baby-sitting à New York et elle avait envie de rencontrer des gens dans sa nouvelle ville.

Donc voilà comment le club est né. Nous avions décidé de tenir nos réunions trois fois par semaine, le lundi, le mercredi et le vendredi après-midi de dix-sept heures trente à dix-huit heures. Les parents pourraient nous téléphoner à ces heures-là et ils joindraient quatre baby-sitters expérimentées à la fois. Ils étaient certains d'avoir quelqu'un pour garder leurs enfants d'un seul coup de fil.

Comment les gens ont-ils connu notre club ? Nous avons

fait de la publicité. Nous avons distribué des prospectus dans notre voisinage, et nous avons même mis une annonce dans le journal de Stonebrook. Dès notre première réunion, nous avons eu des appels, et ils n'ont fait que se mutiplier depuis ! Vers le milieu de la cinquième, nous avons même eu besoin d'un nouveau membre pour nous aider et nous avons alors demandé à Carla (qui venait d'emménager ici) si ça l'intéressait. Puis, quand (gloups !) Lucy est repartie, nous l'avons remplacée par Jessi et Mal, mais bien évidemment nous avons laissé Lucy reprendre sa place quand elle est revenue à Stonebrook. Maintenant nous sommes sept membres et deux intérimaires, et Kristy dit que ça suffit.

Nous faisons marcher notre club de manière très officielle et professionnelle, et cela grâce à Kristy. Elle nous fait tenir un journal de bord dans lequel nous racontons tous nos baby-sittings. Chacune de nous doit le lire une fois par semaine. Aucune de nous n'aime vraiment faire ça, mais nous sommes bien obligées d'admettre que d'être au courant de ce qui se passe dans les familles pour qui nous travaillons et de voir comment nos amies résolvent des problèmes nous aide vraiment.

Et puis, chacune de nous occupe une certaine fonction dans le club. Kristy est la présidente puisque c'est elle qui l'a fondé et qu'elle a des idées géniales. Par exemple, elle a inventé les coffres à jouets. Nous avons chacune une boîte décorée remplie de nos vieux jouets, livres, jeux et aussi de nouveaux trucs comme des albums de coloriage et de la peinture. Nous les emportons souvent avec nous pour nos gardes. Les enfants les adorent, du coup, les parents aussi et c'est très bon pour nos affaires !

Je suis la vice-présidente mais c'est surtout parce que j'ai un téléphone avec ma propre ligne dans ma chambre. Nous pouvons ainsi téléphoner sans occuper la ligne de quelqu'un d'autre. C'est pour ça que ma chambre est le quartier général.

Notre secrétaire, c'est Mary Anne. Elle a probablement le plus gros travail de nous toutes. C'est à elle de tenir à jour l'agenda du club. L'agenda (qui n'a rien à voir avec le journal de bord) est l'endroit où nous notons toutes les informations importantes pour le club : les noms et adresses de nos clients, l'argent que nous gagnons, comment nos cotisations sont dépensées (ça, c'est en fait le travail de Lucy, elle est trésorière), nos emplois du temps et tous nos baby-sittings. La partie la plus importante du travail de Mary Anne, c'est d'organiser les emplois du temps et elle est vraiment très douée pour ça. On a de la chance parce qu'au début, si nous avions demandé à Mary Anne d'être secrétaire, c'était uniquement parce qu'elle a la plus belle écriture de nous toutes. Nous n'avions aucune idée de la tournure qu'allait prendre sa fonction. Mary Anne doit aussi noter mes cours de dessin, les cours de danse de Jessi, les rendez-vous de Mallory chez l'orthodontiste, etc. Et sachant tout ça, elle doit organiser tous les baby-sittings selon nos emplois du temps. Elle est extra pour ce travail. Et elle n'a jamais fait une erreur ! Nous lui en sommes reconnaissantes.

Comme je l'ai dit avant, Lucy est la trésorière du club. Une partie de sa tâche consiste à noter l'argent que nous gagnons. Mais elle fait ça juste pour information parce que chaque membre garde tout l'argent qu'il gagne. Nous ne partageons pas l'argent entre nous. Lucy est aussi chargée de collecter nos cotisations hebdomadaires le lundi. Elle adore cet aspect de son travail. Lucy aime avoir de l'argent (même si c'est celui du club et non le sien) et déteste s'en séparer. Mais elle est bien obligée ! Les cotisations vont dans la trésorerie du club (une enveloppe en papier kraft) et servent pour différentes choses : payer Samuel qui accompagne Kristy aux réunions en voiture et revient la rechercher depuis qu'elle habite si loin, régler une partie de ma note de téléphone, acheter des fournitures de dessin, des bulles de savon, des livres d'activités pour les coffres à jouets et... aussi pour nous amuser un peu ! Nous adorons organiser des soirées pyjamas ou des dîners pizzas. Comme Lucy est très douée en maths, elle fait une très bonne trésorière.

Carla est le membre suppléant du club. Ça veut dire qu'elle peut prendre la place de n'importe laquelle d'entre nous qui ne peut pas assister à une réunion. Par exemple, si Mary Anne est malade, Carla prend l'agenda et organise les emplois du temps jusqu'à ce que Mary Anne se rétablisse. Carla est comme un professeur remplaçant (excepté que nous ne lui envoyons pas des boulettes de papier dans le dos). Au cas où vous vous poseriez la question, Carla était devenue trésorière quand Lucy était retournée à New York, mais elle lui a rendu sa place avec joie quand elle est revenue. Carla est une bonne élève, mais elle n'est pas aussi forte en maths que Lucy. En plus, elle n'aimait pas collecter les cotisations parce que nous détestons toutes nous séparer de notre argent. Carla nous a toutes remplacées au moins une fois, toutes sauf... Kristy. Devinez pourquoi ? Notre présidente n'a jamais manqué une seule réunion.

Jessica et Mallory sont les membres juniors du club. Elles

n'ont pas de véritables fonctions. Membres juniors signifie qu'elles n'ont pas le droit de faire des baby-sittings le soir (sauf si elles gardent leurs propres frères et sœurs). Elles peuvent seulement prendre des gardes après l'école et le week-end. Ça nous est quand même d'une grande aide. Les membres juniors nous permettent d'être disponibles le soir.

Et enfin une dernière chose, mais non la moindre, notre club compte deux membres intérimaires. Je vous en ai déjà parlé, il s'agit de Louisa Kilbourne et de Logan Rinaldi. Louisa est une amie de Kristy. Elle habite en face de chez elle dans son nouveau quartier et comme elle va dans une école privée personne ne la voit à part Kristy. Logan, comme je l'ai déjà dit, est le petit ami de Mary Anne. Il est en quatrième dans notre collège, et il est troooop mignon. Il lui convient à merveille. Il est drôle, doux et comprend très bien Mary Anne et ses humeurs. La famille de Logan vient de Louisville, dans le Kentucky, et il parle avec un terrible accent du Sud. Comme Logan et Louisa avaient déjà fait beaucoup de baby-sitting, ils étaient parfaits comme membres intérimaires et ils sont en fait nos baby-sitters de secours. Ce sont des personnes que nous pouvons appeler au cas où le Club des baby-sitters aurait une offre de garde et qu'aucune de nous ne soit libre. Croyez-le ou non, mais cela arrive quelquefois. Et dans ces cas-là, nous aimons pouvoir dire : « Nous sommes désolées, aucune de nous ne peut venir, mais nous pouvons vous recommander un de nos membres intérimaires. » Puis nous téléphonons à Logan ou à Louisa, comme ça nous ne décevons pas nos clients.

Je pense que c'est tout ce que vous avez besoin de savoir à propos du Club des baby-sitters. Cela peut paraître compliqué, mais ça ne l'est pas du tout. Et c'est vraiment génial de faire partie du club. C'est pour ça que j'étais si impatiente que mes amies arrivent ce lundi lugubre alors que Jane avait gagné son dix millionième prix et que j'avais été, une fois de plus, rabaissée plus bas que terre.

A dix-sept heures vingt, Kristy est arrivée. A dix-sept heures vingt-trois, c'était au tour de Carla et de Mary Anne. Et vers dix-sept heures vingt-neuf, nous étions toutes réunies dans ma chambre et prenions nos places habituelles. Kristy s'est enfoncée dans mon grand fauteuil, sa visière sur la tête et un crayon sur une oreille. Mallory et Jessica se sont mises par terre, adossées à mon lit. Carla, Mary Anne et moi, nous nous sommes installées côte à côte sur mon lit, et Lucy s'est assise sur ma chaise de bureau, à l'envers, ses bras entourant le haut du dossier. (De temps en temps, Carla prend la chaise et Lucy nous rejoint, Mary Anne et moi, sur le lit.)

Au moment même où mon réveil est passé de dix-sept heures vingt-neuf à dix-sept heures trente, Kristy, qui le fixait d'un œil de lynx, a annoncé :

– La séance est ouverte ! Du calme, s'il vous plaît !

Nous nous sommes toutes arrêtées de discuter et Mal et Jessi ont reposé les pliages en papier de chewing-gum qu'elles étaient en train de faire.

Avant même que Kristy ait eu le temps de finir de demander : « Quelqu'un a quelque chose à dire à propos du club ? », Lucy était déjà debout, avec l'enveloppe de la trésorerie et passait devant chacune de nous en disant :

– Le jour des cotisations ! Le jour des cotisations ! Sortez vos sous, tout le monde !

Grommelant et soupirant, mes amies et moi avons tiré nos porte-monnaie de nos poches et nous avons glissé nos cotisations dans l'enveloppe. Puis Lucy s'est laissée tomber par terre, elle a étalé l'argent devant elle, l'a compté dans sa tête simplement en le regardant et elle s'est mise à hurler :

– Nous sommes riches !

Elle a distribué de l'argent à Kristy pour payer Samuel, et à Carla, Jessi et Mary Anne qui avaient besoin d'acheter des fournitures pour leurs coffres à jouets. Juste au moment où elle avait terminé, le téléphone a sonné. Mary Anne a organisé quatre gardes. Puis j'ai sorti un paquet de marshmallows dans lequel tout le monde s'est servi – sauf Lucy et Carla – et Kristy nous a annoncé :

– Il faut que je vous parle de quelque chose.

Elle a ajusté sa visière.

– Bon, ce n'est pas exactement un problème qui concerne le club, mais je crois que je dois vous parler des difficultés qu'a Emily Michelle en ce moment.

(Nous essayons toutes de nous tenir au courant des problèmes concernant les enfants que le club garde.)

– Emily ? a répété Mary Anne. Quelque chose ne va pas ? C'est sérieux ?

(Elle s'inquiète très facilement.)

– Je... je ne sais pas. Je veux dire non, bon... oui, a soupiré Kristy. Bon. Voilà. Vous savez que le Dr Dellenkamp dit qu'Emily a un retard de langage.

Nous avons toutes acquiescé. Nous étions au courant et c'était plutôt logique : Emily a grandi au Vietnam et les gens autour d'elle parlaient une langue différente et, en plus, elle a passé une partie de sa vie dans un orphelinat où l'on ne devait pas beaucoup s'occuper d'elle. Ce n'est donc pas étonnant qu'à deux ans, elle ne parle pas tellement anglais.

– Eh bien, a poursuivi Kristy, la pédiatre dit qu'Emily ne fait pas autant de progrès qu'elle l'espérait. En plus, elle a des problèmes émotionnels. Elle a commencé à faire d'horribles cauchemars et elle se réveille en hurlant « Mè ! Mè ! ». « Mè » ça veut dire maman en vietnamien. Et puis, elle a peur de tout : le noir, le bruit, tout ce qui est nouveau, et elle ne supporte pas d'être séparée de nous, surtout de maman et de Jim. Le Dr Dellenkamp n'est pas tellement inquiète à propos de ça, alors que ça effraie maman et Jim. Elle dit que c'est une réaction à retardement à tout ce qui lui est arrivé. Vous savez, perdre sa mère, aller dans un orphelinat, être adoptée et partir dans un nouveau pays. Le docteur dit qu'Emily va venir à bout de ses peurs et de ses cauchemars en grandissant. Elle est plus préoccupée par la façon dont Emily parle et joue. Elle dit qu'elle ne s'amuse pas comme une enfant de deux ans. Elle espère quand même qu'elle va rattraper son retard.

Kristy a soupiré.

– Du coup, j'aimerais pouvoir passer plus de temps avec elle, mais j'ai plein de baby-sittings chez les Papadakis en ce moment.

Les Papadakis habitent juste à côté de chez Kristy. Ils ont trois enfants. L'aîné est un garçon, Lenny, qui est un ami de David Michael. Puis il y a Cornélia, sept ans, qui est l'une des meilleures amies de Karen, et Sarie qui a, à peu près, l'âge d'Emily. Récemment, leur grand-père est tombé et s'est cassé la hanche ; il a donc dû aller dans une clinique. Pendant qu'il était là-bas, il a attrapé une pneumonie et il est très malade. Bien sûr, M. et Mme Papadakis veulent rester le plus possible auprès de lui, ils ont donc demandé à Kristy de garder les enfants trois soirs par semaine, plus quelques autres fois. (Je pense qu'ils ont aussi pris d'autres baby-sitters, dont Louisa Kilbourne.)

Nous nous sommes toutes mises à essayer de rassurer Kristy, mais le téléphone s'est remis à sonner.

Jessi a répondu :

– Bonjour, madame Lelland !

(C'était la mère de Kristy !) Jessi a écouté pendant un moment puis elle a dit :

– D'accord, nous allons regarder le planning et nous vous rappelons.

Jessi a raccroché.

– Ta mère a besoin d'une baby-sitter pour vendredi soir prochain. Elle sait que tu seras chez les Papadakis ce soir-là. Elle a besoin de quelqu'un pendant environ trois heures pour garder David Michael et Emily Michelle. Andrew et Karen ne seront pas là ce week-end.

Mary Anne a consulté l'agenda.

– Claudia, tu es libre ce soir-là. Tu veux y aller ?

– Bien sûr !

Je commençais à me sentir un peu mieux. J'avais même presque oublié la cérémonie de l'après-midi.

④

Ma bonne humeur s'est vite envolée. Une fois la réunion terminée et mes amies parties, j'ai recommencé à me sentir triste. Je me suis affalée sur mon lit en posant ma jambe sur un coussin.

Je me suis cassé la jambe il n'y a pas très longtemps et, chaque fois qu'il va pleuvoir, elle me fait mal.

« Chouette, ai-je pensé sarcastiquement. La pluie. Rien de tel pour me remonter le moral. »

J'étais allongée sur mon lit à passer en revue les événements de la journée. Elle avait commencé avec Jane qui était venue dans ma chambre à peu près quinze fois, chaque fois avec une tenue différente (mais ses vêtements sont tellement tristes que ses tenues se ressemblaient toutes à mes yeux).

Comme je n'aime aucun des vêtements de Jane, je lui ai dit à chaque fois que c'était bien, ce qui l'a rendue encore plus indécise. Finalement, elle a choisi sa tenue pour la cérémonie de remise de prix toute seule. Ensuite, il y a eu le petit déjeuner, pendant lequel maman et papa n'ont parlé que de la logistique (qu'est-ce que c'est que la « logistique » ?) pour partir plus tôt du bureau, passer me prendre et arriver à l'heure à la cérémonie.

Pendant le cours de maths, le professeur nous a rendu un contrôle. Et devinez combien j'ai eu ? C moins...

Jane, elle, est aussi bonne en maths qu'en informatique ou en sciences.

Et enfin, il y a eu cette stupide cérémonie, et nous savons tous comment ça s'est passé.

– Claudia !... Claudia ?

Ma mère m'appelait d'en bas. J'étais supposée l'aider pour le dîner. C'était mon tour.

– J'arrive !

Je suis descendue et j'ai préparé une super salade. J'ai découpé les radis en forme de roses et j'ai disposé les lamelles de carottes et les quartiers d'œufs durs pour qu'ils ressemblent à un soleil. C'était un véritable travail d'artiste. Un vrai chef-d'œuvre culinaire ! (Attention, je sais ce que « culinaire » signifie. Ça veut dire « qui a rapport à la cuisine ».)

Et devinez quoi ? Quand j'ai apporté la salade à table, papa m'a félicitée :

– Claudia, comme c'est gentil ! Une salade de fête en l'honneur de Jane !

En l'honneur de Jane, tu parles ! J'avais simplement fait ça pour m'amuser.

J'ai quand même essayé de ne pas trop paraître vexée. Je me suis installée en me forçant à sourire.

Et devinez quoi ? A la seconde même où nous avons tous été servis, papa a dit (avec l'air affreusement content) :

– Eh bien, c'était une belle cérémonie, cet après-midi, Jane. Ta mère, ta sœur et moi, nous sommes très fiers de toi.

Jane a fait semblant d'être gênée, mais je savais qu'elle avait adoré être le centre de l'attention.

– Merci, a-t-elle répondu en baissant subitement la tête.

– Eh bien ? a continué mon père. Tu ne veux pas faire une surprise à ta sœur et à ta mère en leur apprenant l'autre nouvelle ?

L'autre nouvelle ? Il y avait autre chose ? Ce n'était pas fini ?

– D'accord...

Jane a reposé sa fourchette et s'est essuyé la bouche délicatement.

– Après votre départ aujourd'hui, une journaliste de Stamford est arrivée. Elle voulait m'interviewer. Et le journal de l'université, aussi. Ils veulent même me suivre et faire des photos de moi à l'université et à la maison. Ils vont publier un article que la journaliste appellera « Une journée dans la vie d'un génie ».

Oh, non, c'est pas vrai !

Je ne pouvais plus supporter tout ça. J'ai fourré trois morceaux d'œuf dur dans ma bouche, au cas où Jane me demanderait : « Qu'est-ce que tu en penses, Claudia ? Est-ce que tu veux qu'on parle de toi dans l'article ? »

Au moins, comme ça, je ne pourrais pas lui répondre. En

tout cas, tant que je n'aurais pas avalé, et cela allait prendre un moment.

Mais elle ne m'a rien demandé. On a changé de sujet de conversation... pour parler du chèque de Jane.

– Qu'est-ce que tu vas faire avec cet argent, chérie ? l'a questionnée maman. Il est à toi. Tu peux en faire ce que tu veux.

C'était à elle ? Waouh ! Si j'avais reçu un chèque de deux cent cinquante dollars, je me précipiterais chez *Bellair* et j'achèterais le sweat-shirt vert que j'avais vu là-bas. Puis j'irais au magasin d'arts plastiques prendre de nouveaux tubes de peinture, de nouveaux pinceaux et le génial nécessaire de sérigraphie que j'ai repéré. Après ça, s'il me restait de l'argent, je foncerais à la boutique de bonbons. Humm... M&M's, Maltesers, Mars, Smarties... oh, les possibilités sont infinies. Jane avait tellement de chance.

– Je pense, a répondu doucement ma sœur, que je vais redonner l'argent à l'université.

Quoi ! ? C'était la chose la plus idiote que j'avais entendue depuis des années.

Bien sûr, maman et papa ont souri fièrement.

J'avais l'impression d'être invisible. Personne ne m'avait dit un mot depuis le commentaire à propos de la salade. J'aurais tellement aimé que Mimi soit toujours en vie. Si elle avait été là, elle se serait assise juste à côté de moi. Et elle aurait deviné ce que je ressentais. Elle aurait partagé le triomphe de Jane, mais ensuite elle m'aurait dit : « Raconte-moi, ma Claudia, comment s'est passée ta réunion aujourd'hui ? Est-ce que vous avez eu de nouveaux baby-sittings ? » Mimi savait toujours exactement ce qu'il fallait dire et à quel moment.

Enfin, le dîner a pris fin et, alors que nous étions en train de débarrasser la table et que je me disais : « Hourra, j'ai survécu. Maintenant je vais pouvoir m'échapper et... », maman m'a prise à part et m'a murmuré :

– Nous avons une surprise pour Jane. Un gâteau ! Assure-toi qu'elle reste bien dans la salle à manger pendant que je m'en occupe.

Nous avons donc dû manger ce gâteau couvert de roses jaunes sur lequel était écrit : « FÉLICITATIONS, JEANNE » en bleu. La seule chose de bien à propos du gâteau, c'est que la personne qui avait fait le glaçage s'était trompée dans l'orthographe du prénom de ma sœur.

Enfin, j'ai vraiment pu quitter la table. J'avais l'intention de faire mes devoirs, mais je savais très bien que je ne serais pas capable de me concentrer, et encore moins avec le bruit des doigts de Jane sur son clavier d'ordinateur. Chaque fois que j'entendais ce bruit, cela me rappelait le prix qu'elle venait d'obtenir et aussi comme elle était intelligente et moi stupide. Du coup, je me suis réfugiée dans le bureau pour avoir un peu de calme.

D'abord, je me suis juste assise sur le fauteuil et j'ai regardé autour de moi. Mes yeux sont tombés sur les albums de photos de famille qui étaient rangés dans la bibliothèque. J'ai pris les plus anciens et j'ai commencé à les feuilleter. Dans le premier, il n'y avait quasiment que des photos de maman et papa. Le deuxième était rempli de photos de Jane bébé. Je ne l'avais jamais remarqué avant, mais honnêtement, il y en avait des tonnes. Il y avait des photos d'elle dans les bras de tous les amis de mes parents ; des photos d'elle avec de drôles de chapeaux, ou avec une énorme paire de lunettes de soleil, ou en train de regarder un magazine (elle savait sûrement déjà lire...) ; des photos d'elle à son premier, à son deuxième et à son troisième anniversaire, et même une photo de maman et papa la tenant dans leurs bras devant l'hôpital le jour où ils l'ont ramenée à la maison. Qui avait pris cette photo ? Mimi ? Peaches ? Une infirmière ?

J'ai refermé l'album en soupirant, je l'ai reposé, et j'ai pris le suivant. « Celui-là, ai-je pensé, doit être plein de photos de moi. »

Mais ce n'était pas le cas. Pas exactement. Il était plein de photos de Jane et moi. Là, j'étais dans les bras de Jane : j'étais bébé, ma tête tombait en arrière et Jane pleurait. Sur une autre, j'étais encore dans les bras de Jane qui essayait de me donner un biberon. Là, j'étais plus grande et Jane m'aidait à marcher. Puis j'ai trouvé un tas de photos du quatrième anniversaire de Jane.

Mais où étaient donc les photos de moi ? J'ai repris l'album du début pour voir si je n'avais pas raté une page avec une photo de maman et papa me ramenant de l'hôpital. Eh bien, non, je n'avais rien manqué. Il n'y avait pas de photos de moi à la naissance.

J'ai à nouveau regardé les photos de Jane et moi. Je les ai examinées scrupuleusement. Nous ne nous ressemblons pas maintenant, mais peut-être que nous nous ressemblions quand nous étions petites, lorsque nos parents nous habillaient avec les mêmes vêtements et nous faisaient la même coupe de cheveux.

Non. Nous n'avions vraiment pas l'air d'être de la même famille.

Je me suis dit alors que, non seulement, je ne ressemblais pas à Jane, mais pas non plus à mes parents, alors que Jane ressemble trait pour trait à papa.

Un drôle de sentiment m'a envahie. J'ai rangé les albums sur les étagères. Puis je suis allée fermer doucement la porte, je me suis approchée du bureau de mes parents sur la pointe des pieds, et j'ai commencé à fouiller dans les tiroirs. J'avais l'impression d'être une voleuse, mais j'espérais juste trouver plus de photos. « Maman et papa, me suis-je dit, ont dû prendre plein de photos de moi quand j'étais petite et ils n'ont simplement pas eu le temps de les mettre dans un album. » Je voulais à tout prix trouver ces photos. Je voulais surtout au moins trouver une photo de moi revenant de l'hôpital.

Rien.

Il y avait des trombones, du ruban adhésif, des ciseaux, de la colle, assez de crayons et de stylos pour une armée, une enveloppe contenant les bulletins scolaires de Jane et les miens (je les ai très vite reposés), un paquet de lettres et de cartes postales de Peaches, de Russ et d'autres personnes, un certificat disant que maman pouvait enseigner dans les écoles élémentaires du Connecticut (je l'ignorais), des livres de comptes et... tout au fond du tiroir... un petit coffre fermé à clé. C'était bizarre. Où était la clé ? J'ai cherché dans le bureau, mais les seules clés que j'ai trouvées, c'étaient les doubles de celles de la maison.

Qu'y avait-il dans cette boîte ?

Tout à coup, j'ai compris. Je savais. Je savais. J'avais été adoptée, et mes papiers d'adoption étaient là. Et cette adoption expliquait pourquoi je ne ressemblais à personne de ma famille, pourquoi je ne faisais rien comme les gens de ma famille, et pourquoi il y avait si peu de photos de moi bébé. Je n'étais pas la véritable fille de maman et papa. J'étais un enfant non désiré, ou une orpheline comme Emily Michelle.

Encore une fois, j'ai regretté que Mimi ne soit plus là. Sinon, j'aurais pu directement aller la voir et lui demander : « Est-ce que j'ai été adoptée ? », et elle m'aurait répondu honnêtement. Mais Mimi était partie. Et il n'était pas question que je pose cette question à maman ou à papa.

J'ai vérifié que le bureau était exactement comme je l'avais trouvé avant de fouiller, puis je suis montée dans ma chambre. Je me suis assise à mon bureau pour réfléchir.

« Ai-je vraiment été adoptée ? Qui sont mes vrais parents ? Pourquoi se sont-ils séparés de moi ? Mais alors... qui suis-je ? »

5

J'ai gardé l'affreux secret de mon adoption pour moi pendant toute la semaine. Je n'ai même pas parlé à Lucy de ma découverte, et pourtant c'est ma meilleure amie au monde.

J'avais envie de lui parler mais je ne pouvais pas. Pas encore. Il devait y avoir, ai-je pensé, une terrible raison pour avoir gardé mon adoption secrète. Mais quelle pouvait bien être cette terrible raison ? Quelle qu'elle soit, ce n'était pas de ma faute. Un bébé ne peut rien faire de mal. Peut-être que quelqu'un m'avait volée dans un hôpital et ensuite vendue à un avocat véreux qui avait permis à maman et à papa de m'adopter contre une énorme somme d'argent. Ensuite, maman et papa m'avaient ramenée à la maison mais, plus tard, ils avaient découvert que j'avais été volée, seulement ils avaient eu peur de me rendre. Et peut-être que nous avions tous changé d'identité et que nous étions ici incognito et que nous nous cachions.

Non. J'avais dû regarder trop de films.

Toujours est-il que, si j'avais été adoptée, je voulais être au courant.

Le vendredi soir, j'ai gardé David Michael et Emily Michelle chez Kristy. Ils sont tous les deux gentils, mais cette garde s'est avérée plutôt fatigante. David Michael était malade, du coup, il était grognon et ne se sentait pas bien. Et Kristy ne plaisantait pas quand elle avait dit qu'Emily avait des problèmes. J'ai pu m'en rendre compte par moi-même.

Je suis arrivée chez les Parker-Lelland à sept heures moins cinq. (Papa m'avait déposée. La mère de Kristy devait me raccompagner chez moi.) Alors que je me dirigeais vers la porte, j'ai entendu un grondement de tonnerre au loin. J'ai jeté un coup d'œil au ciel. Il était menaçant. Et le vent commençait à souffler. « Il va y avoir un orage », ai-je pensé.

J'ai sonné et Kristy est venue m'ouvrir. Elle était en train de partir chez les Papadakis.

– Salut et au revoir ! a-t-elle lancé gaiement. Tu sais où je suis si tu as un problème.

– D'accord, à tout à l'heure.

Kristy s'est précipitée dehors, puis elle est revenue en courant et a attrapé un parapluie dans l'entrée en disant :

– On dirait qu'il va sacrément pleuvoir.

Puis elle est repartie.

– Bonjour, Claudia ! m'a dit Mme Lelland. Ça fait plaisir de te voir ! Comment vas-tu ?

(Depuis qu'elle a déménagé, je ne vais plus tellement souvent chez Kristy. Avant je voyais sa mère pratiquement tous les jours.)

– Bien, ai-je répondu.

Qu'est-ce que j'aurais pu dire d'autre ? « Je suis une enfant adoptée, merci, et vous comment allez-vous ? » Pas question.

– Tant mieux. Bon, Sam et Charlie sont partis voir une pièce de théâtre au lycée. Tu sais où est Kristy, ma mère est sortie dîner avec des amis, et M. Lelland et moi, nous allons chez les Morgan, en bas de la rue. Nous serons de retour vers neuf heures et demie. Les numéros de téléphone des Morgan et des Papadakis sont dans la cuisine avec les numéros d'urgence. Je suis désolée mais je dois te laisser avec deux problèmes. David Michael est là-haut dans son lit. Il est malade depuis quelques jours, il est en voie de guérison, mais il ne se sent pas encore très bien. Et est-ce que Kristy t'a parlé d'Emily ?

– Oui.

– Très bien. Bon, elle risque de pleurer au moment de notre départ et tu auras sans doute un peu de mal à la coucher, mais elle te connaît, donc ça devrait aller. Maintenant, les heures de coucher…

La mère de Kristy m'a donné encore quelques instructions et ensuite elle et Jim sont montés dire au revoir à David Michael.

J'étais dans l'entrée, avec Emily dans mes bras, quand ils sont redescendus. Elle regardait ses parents mettre leurs manteaux.

Dès que Jim a atteint la porte, elle s'est mise à hurler :

– Pas au revoir !

Elle a tendu les bras vers sa mère.

Les Lelland sont restés très calmes. Ils l'ont embrassée, lui ont dit « au revoir » gaiement et se sont glissés dehors.

Je suppose que, dans ce cas, un départ rapide est ce qu'il y a de mieux à faire... mais, moi, je me retrouvais avec une Emily en train de hurler « pas au revoir ! pas au revoir ! ». Comme elle commençait à s'étrangler, je l'ai posée par terre. Elle a couru jusqu'à la porte et s'est jetée dessus en pleurant.

Bon, il fallait faire quelque chose.

– Viens, Emily. On va aller voir comment va David Michael. Tu n'es pas toute seule, tu sais. Tu veux aller voir ton frère ?

Elle a répondu par un nouveau hurlement, je l'ai reprise dans mes bras et je l'ai emmenée dans la chambre de David Michael. Le temps qu'on arrive, elle reniflait encore, mais ne pleurait plus.

– Salut, David Michael. Comment te sens-tu ?

– Ça ba.

Mais il n'avait pas l'air d'aller bien. En fait, il avait l'air de mauvaise humeur.

– Qu'est-ce qu'elle a ? a-t-il demandé en pointant Emily du doigt.

– Elle est triste parce que tes parents viennent de partir.

– Oh.

David Michael, qui était enfoncé dans ses coussins devant la télé, la télécommande à portée de main, s'est tourné de nouveau vers son dessin animé.

– Bouh ! a fait Emily dont les larmes séchaient.

Je l'ai posée par terre et elle s'est dirigée tout droit vers la télécommande.

David Michael s'en est emparé et l'a levée au-dessus de sa tête.

– Bouh ! a hurlé Emily en essayant de l'attraper.

– Tu pourrais la lui laisser un peu, non ?

– Don. Elle ba la casser. Elle abbuie sur tous les boutons en bêbe temps. Elle d'a bas le droit.

– D'accord. Écoute, David Michael, je vais donner un bain à Emily. Est-ce que tu as besoin de quelque chose ?

– Simblement du jus d'orange.

Je lui ai donc apporté du jus d'orange et j'ai fait prendre un bain à sa sœur. Le bain fut étonnamment facile. Au moins, Emily n'avait pas peur de l'eau.

Après je l'ai mise en pyjama et je l'ai ramenée dans la chambre de son frère.

– C'est l'heure de dormir, ai-je annoncé à David Michael. Pour tous les deux. Ta mère a dit que tu devais te coucher tôt pour reprendre des forces. Est-ce que tu as besoin d'autre chose ?

– Est-ce que tu beux bettre la boîte de bouchoirs à côté de bon lit ? Je bais sans doute en aboir besoin au bilieu de la duit.

– OK. Autre chose ?

– De l'eau. Et un gant de doilette hubide pour da tête. Baban a dit que ça be ferait du bien.

Quand David Michael a été enfin prêt, j'ai éteint la lumière, fermé la porte et je suis redescendue avec Emily.

– Allez, bonne nuit, ai-je dit en la couchant dans son petit lit.

Puis j'ai éteint la lumière.

– Aaah !

J'ai rallumé.

Emily s'est levée en disant :

– Bonjour !

Oh, oh. Qu'est-ce que je devais faire ? Emily ne s'endormirait pas avec la lumière éteinte et elle n'arriverait pas non plus à s'endormir si elle était allumée. Finalement, je suis allée dans la chambre de Karen, j'ai pris sa veilleuse et je l'ai branchée dans la chambre d'Emily.

Ensuite je lui ai redit « bonne nuit » et je suis sortie sur la pointe des pieds en laissant la porte légèrement ouverte pour qu'Emily puisse voir la lumière du couloir.

Elle s'est mise à pleurnicher mais elle ne pleurait pas vraiment. J'ai attendu un peu devant sa porte pour être sûre que tout allait bien. Puis, au bout de quelques minutes, je me suis dirigée vers les escaliers.

CRAASH ! Le tonnerre.

– Ouin-in-in !

Quelle barbe ! L'orage venait d'éclater et Emily était terrifiée. J'ai couru dans sa chambre, je l'ai sortie de son lit et je me suis installée avec elle dans le rocking-chair. Je l'ai gardée dans mes bras jusqu'à ce qu'elle s'endorme. Une fois qu'elle dormait, j'avais peur de bouger. Je ne voulais pas la réveiller mais je ne pouvais pas non plus rester assise là avec elle toute la nuit.

Avec beaucoup de précautions, je me suis levée. Emily a remué mais elle ne s'est pas réveillée. Ouf ! Je l'ai recouchée dans son lit. Elle semblait toujours dormir.

Je suis redescendue sur la pointe des pieds.

J'avais apporté mes livres de cours avec moi, et j'avais l'intention de commencer à faire mes devoirs du week-end, mais je n'arrivais pas à me concentrer. Je ne pensais qu'à une chose : à Emily et à la façon dont elle avait été adoptée. D'accord, elle avait eu un tas de problèmes mais, tous les jours, sa mère et son père lui parlaient de son adoption, même si elle était trop petite pour comprendre. Je le savais parce que Kristy me l'avait dit. Chaque jour, Jim ou sa femme disent à Emily qu'elle n'a pas été seulement adoptée mais qu'ils l'ont choisie.

J'aurais aimé que maman et papa me disent ça au lieu que je le découvre par moi-même à treize ans et que ça me bouleverse complètement.

Dring, dring !

Je me suis précipitée dans la cuisine pour répondre au téléphone.

– Bonjour, résidence Lelland, ai-je annoncé professionnellement.

– Salut. Ici la résidence MacDouglas.

– Oh, salut, Lucy ! Qu'est-ce qu'il y a ?

– Je pensais que tu aurais peut-être peur avec l'orage. J'ai déjà fait du baby-sitting dans cette immense maison pendant des orages et ça peut être terrifiant. Ça va ?

– Je crois, oui.

– Tu crois ? Claudia, quelque chose ne va pas ? Tu as été un peu bizarre cette semaine.

Tout à coup, je n'avais qu'une envie : avouer mon terrible secret à ma meilleure amie.

Et c'est ce que j'ai fait. J'ai tout raconté à Lucy en terminant par :

– Je ne comprends pas pourquoi maman et papa – qui, du coup, ne sont pas mes vrais parents – ne m'ont pas dit la vérité il y a longtemps ?

– Je ne sais pas, a répondu Lucy, perplexe. Claudia, tu es sûre d'avoir été adoptée ?

J'allais lui répondre « pratiquement certaine », mais au lieu de cela j'ai affirmé :

– Oui, j'en suis sûre.

– Bon, je pense que tu devrais commencer par faire des recherches. D'abord, tu dois trouver qui sont tes vrais parents. Tu sais, tu ne te sentiras pas mieux tant que tu ne l'auras pas fait.

– Tu as raison, ai-je répondu doucement.

– Eh ! s'est exclamée Lucy. En fait, il y a quand même un point positif dans cette histoire !

– C'est quoi ?

– Toi et Jane le Génie, vous ne faites plus partie de la même famille !

J'étais en train de rire quand un éclair a éclaté et que le tonnerre a grondé. J'ai alors entendu des cris venant d'en haut « Mè ! Mè !... Mè ! »

– Je dois y aller. Le tonnerre vient de réveiller Emily. On en reparlera demain. Et ne répète à personne ce que je viens de te dire, d'accord ? C'est un secret entre nous.

– D'accord.

Nous avons raccroché et je me suis précipitée voir Emily. Je l'ai prise dans mes bras et je l'ai bercée pendant qu'elle pleurait, pleurait. Mais, même en regardant son visage baigné de larmes, je ne pouvais pas m'empêcher de penser qu'elle avait plus de chance que moi. Elle ne serait jamais choquée par la nouvelle. Et elle avait des parents adoptifs honnêtes.

6

LUNDI

J'ai fait du baby-sitting chez toi aujourd'hui, Kristy! Comme tu gardais les Papadakis, je me suis occupée d'Emily Michelle et de David Michael pendant que ta grand-mère était à un tournoi de bowling et que tes parents travaillaient. Tu sais tout puisque tu es passée avec Lenny, Cornélia et Sarie, mais les autres baby-sitters ne sont pas au courant, alors je vais raconter.

L'après-midi s'est bien passé. David Michael est complètement rétabli et Emily était de bonne humeur comme d'habitude.

Il n'y a eu aucun coup de tonnerre ni de bruits qui auraient pu l'effrayer, nous avons donc passé un bon moment ensemble. La seule chose ennuyeuse, c'est ce dont Kristy et moi avons parlé...

Emily avait quand même été un peu perturbée quand Mamie était partie, mais pas tellement. La garde de Carla chez Kristy a été plus facile que la mienne. Elle m'a téléphoné une fois rentrée chez elle pour me demander un renseignement à propos des devoirs, et nous avons fini par parler d'Emily et des inquiétudes de Kristy à propos de sa petite sœur.

Carla et Kristy avaient pris le bus ensemble après l'école. C'était le moyen le plus simple pour Carla d'aller dans le quartier de Kristy car c'est trop loin pour y aller en vélo et, comme sa mère et son beau-père travaillaient tous les deux, ils ne pouvaient pas l'accompagner.

Enfin bon, quand elles sont descendues du bus, Kristy a annoncé à Carla :

– Je vais directement chez les Papadakis. Mamie est au courant. Qu'est-ce que tu dirais que je vienne avec les enfants tout à l'heure ? David Michael et Lenny seront contents de jouer ensemble, et peut-être qu'Emily et Sarie pourront aussi s'amuser toutes les deux. Emily ne voit pas assez d'enfants de son âge.

– Ça serait génial. Viens quand tu veux. Eh, je suis en train de t'inviter dans ta propre maison !

Kristy s'est mise à rire. Puis elle a traversé la rue et Carla a couru jusque chez les Lelland. Elle a sonné à la porte et Mamie est venue lui ouvrir.

– Bonjour, Carla. Regarde qui vient juste de se réveiller de sa sieste.

Emily était dans ses bras et se frottait les yeux. Quand elle a vu Carla, elle a enfoui sa tête dans le cou de sa grand-mère.

– Mademoiselle fait sa timide, a dit Mamie en souriant.

Elle a donné quelques instructions à Carla, puis elle lui a tendu Emily et elle est vite partie.

– Bonne chance pour votre tournoi ! a lancé Carla.

Emily a commencé à pleurnicher mais, à ce moment-là, David Michael est arrivé. Il descendait tout juste du bus de l'école élémentaire.

– Bonjour, Carla ! Salut, Emily !

Emily a fait un grand sourire et a ravalé ses larmes avant qu'elles aient eu le temps de couler.

– Carla ? a demandé David Michael après avoir posé ses affaires. Est-ce que Timmy peut venir jouer avec moi ? Timmy Tsu ? Il habite en bas de la rue. Il vient d'emménager. C'est un bon joueur de base-ball et il veut faire partie des Imbattables. Je lui ai dit que nous pourrions jouer ensemble pour qu'il s'entraîne.

– Bien sûr. Appelle-le.

David Michael lui a téléphoné et, quelques minutes plus tard, il jouait dans le jardin avec Timmy pendant que Carla surveillait sa petite sœur. Emily (qui ne marche pas très bien) trottait dans l'allée. Elle a humé une rose. Puis elle s'est accroupie et a attrapé une feuille. Puis elle a ramassé un caillou et l'a porté à sa bouche.

– Emily, NON ! a hurlé Carla en se précipitant vers elle.

Elle a atteint Emily juste à temps pour lui arracher le caillou des mains.

– Non ! Ça ne se mange pas, Emily, a-t-elle dit fermement. C'est un caillou.

Puis, pour insister, elle a ajouté un autre « NON ». Elle ne voulait surtout pas qu'elle s'étrangle avec quoi que ce soit.

« Ouf, a pensé Carla. Mais normalement les enfants de deux ans sont censés avoir dépassé le stade de tout porter à la bouche, non ? » s'est-elle dit en réalisant qu'Emily n'était pas comme les autres enfants de deux ans qu'elle connaissait. Elle pensait à Maud Barrett et à Gabbie Perkins, deux fillettes que le club garde. Elles parlent toutes les deux. (Gabbie est un peu plus vieille que Maud.) Gabbie est propre et ça ne devrait pas tarder pour Maud. Elles sont toutes les deux capables d'assembler les pièces d'un puzzle. Quand elles dessinent, on comprend bien leurs dessins. Et Gabbie a appris de longues chansons qu'elle arrive à chanter avec sa grande sœur.

Emily elle, par contre, n'est pas propre. Ses jouets préférés sont des jouets de bébé comme les anneaux qu'il faut empiler. Quand elle a des crayons dans les mains, elle gribouille. Et son vocabulaire se résume à quelques mots et à beaucoup de cris (comme « bouh » ou « da ») qu'elle utilise pour dire tout un tas de choses.

Mais elle est souriante, elle rit tout le temps et est très gaie. Elle est aussi affectueuse et elle essaie toujours de faire plaisir à sa nouvelle famille.

Voilà à quoi pensait Carla quand Kristy est arrivée avec les enfants Papadakis.

– Lenny ! s'est écrié David Michael. Timmy est là. Hé, Kristy, est-ce que tu peux jouer avec nous ? On n'a qu'à faire comme si on avait entraînement aujourd'hui, d'accord ?

– OK si ça n'embête pas Carla de surveiller Cornélia, Sarie et Emily. Tu es d'accord, Carla ? Je m'occupe des garçons et toi des filles ?

– Parfait.

Elles ont donc divisé les enfants en deux groupes.

Carla s'est tournée vers Cornélia, Sarie et Emily. Elle ne connaît pas très bien les Papadakis.

– Qu'est-ce que tu veux faire ? a-t-elle demandé à Cornélia.

– Hum... On n'a qu'à jouer à *Dansons la capucine.* Je viens juste d'apprendre la comptine à Sarie.

– D'accord.

– Venez toutes les deux, a ordonné Cornélia à Emily et Sarie, organisant déjà le jeu. Donnez-moi la main. Et donnez l'autre main à Carla... Tu t'appelles bien Carla, non ? a-t-elle ajouté, hésitante.

– Oui, a répondu Carla en souriant.

Elles ont formé une ronde et Cornélia a commencé à chanter.

– *Dansons la capucine*
Y a pas de pain chez nous
Y en a chez la voisine
Mais ce n'est pas pour nous
OUH !

Cornélia et Carla se sont assises par terre en entraînant Emily et Sarie avec elles. Sarie a pouffé de rire. Emily a eu l'air effrayée au début mais elle s'est finalement mise à rire.

– Encore ! a crié Sarie en se remettant debout. Encore, Cornélia !

Elle tirait sur le bras de sa sœur.

Carla et les filles ont recommencé. La deuxième fois, Emily a ri franchement.

Puis les filles ont continué. A chaque fois, Sarie chantait un peu plus et ensuite se baissait en faisant le pitre. Par contre, Emily ne prononçait jamais un mot. Et elle se rappelait rarement qu'il fallait s'accroupir. Carla devait quasiment toujours la tirer vers le bas. Emily avait pourtant l'air d'aimer le jeu. Elle souriait quand elle tournait et riait en regardant Sarie.

Quand Emily et Sarie se sont lassées du jeu, Cornélia les a prises sur son dos pour leur faire faire des tours du jardin. Kristy a arrêté l'entraînement et elle s'est assise dans l'herbe avec Carla. Elles ont discuté tout en gardant un œil sur les enfants.

– Je vous ai regardées pendant que vous jouiez, a dit Kristy à Carla. J'ai vu Emily.

– Oui ?

Carla n'était pas sûre de savoir où Kristy voulait en venir.

– Elle n'a pas vraiment compris le jeu, non ?

– Pas vraiment, mais elle s'est bien amusée.

Kristy a hoché la tête, puis elle a ajouté :

– Tu sais ce qui s'est passé ? Maman et Jim ont voulu mettre Emily à la maternelle. Juste deux matins par semaine. Mais elle a été refusée.

– Quoi ? s'est étonnée Carla.

– L'école ne veut pas la prendre. Ils disent qu'elle n'est pas prête. Elle est trop loin derrière les autres enfants. Elle doit être propre et combler son retard pour pas mal de choses. Tu as bien vu, avec Sarie. Elles sont à peu près du même âge. Regarde comme Sarie a vite compris le jeu, alors qu'Emily, pas du tout.

– Tu as vraiment l'air inquiète.

– Oui, mais j'ai l'impression d'être la seule. Tous les

autres – maman, Jim, Mamie, le Dr Dellenkamp et même les institutrices de la maternelle – pensent qu'Emily va rattraper son retard toute seule. J'aimerais pouvoir passer plus de temps avec elle, mais je suis prise par les Papadakis en ce moment.

– Bon, ne te tracasse pas trop. Crois-moi, ça n'arrangera pas les choses. Ça ne résout aucun problème de s'inquiéter.

« Carla a raison, ai-je pensé quand elle m'a raconté tout ça. On ne peut résoudre les problèmes qu'en passant à l'action. Et c'est exactement ce que j'ai l'intention de faire. »

7

J'avais décidé de passer à l'action pour retrouver mes vrais parents – mes parents biologiques. Le problème, c'est que je ne savais pas du tout comment m'y prendre.

Mais pendant la réunion du club, Kristy a dit quelque chose qui a renforcé ma détermination.

La réunion en était à la moitié. On discutait, on mangeait du pop-corn, on répondait au téléphone et, en plus, on écoutait Kristy nous parler d'Emily.

– Toute la famille adore Emily. Même Andrew et Karen qui au début ne l'ont pas acceptée. Ce qu'il y a, c'est qu'elle est vraiment différente de nous tous. Et je ne parle pas de son physique. Je ne peux pas m'empêcher de la comparer à tous les membres de ma famille. Elle est lente. Elle ressemble plus à un bébé qu'à une enfant de deux ans. Quand David Michael avait deux ans, il était fasciné par les voitures et il était capable d'en reconnaître une douzaine. Et Jim dit que, quand Karen avait deux ans, elle inventait des histoires et Andrew, lui, savait répondre au téléphone. Et Emily ? Eh bien, de temps en temps, elle fait quelque chose qui nous surprend mais c'est plutôt rare.

Sans pouvoir m'en empêcher, je commençais à me comparer à Emily Michelle. Elle ne ressemble à personne de sa famille et moi non plus. Elle n'a pas l'air d'être aussi intelligente que les autres membres de sa famille, et c'est pareil pour moi. Quand Jane était en quatrième, elle était en avance en maths et en sciences. Elle avait gagné le premier prix de sciences. Et moi ? Je réussis tout juste à passer de classe en classe, j'ai du mal à écrire correctement et je serais bien incapable de gagner un quelconque premier prix.

Et Emily est une enfant adoptée.

Donc, moi aussi. J'en étais certaine. Donc... par où commencer mes recherches ?

Ce soir-là, j'ai vite fini mes devoirs (en les bâclant) pour pouvoir réfléchir à la façon dont je pouvais retrouver mes vrais parents. Emily, je le savais, avait été adoptée par l'intermédiaire d'une agence qui s'appelle *Les Cigognes*.

En cherchant dans l'annuaire, j'ai trouvé leur numéro et j'ai décidé de les appeler le lendemain.

Je n'avais jamais été aussi nerveuse à cause d'un coup de téléphone. Nous étions mardi après-midi. J'étais libre jusqu'au dîner. Je n'avais même pas un baby-sitting. Et j'étais seule chez moi.

J'ai pris le combiné d'une main tremblante. J'ai jeté un coup d'œil au numéro dans l'annuaire et j'ai dû le refaire quatre fois avant d'y arriver car mes doigts étaient moites et dérapaient sur les touches.

– *Les Cigognes*, a répondu une voix charmante quand j'ai enfin réussi à composer le numéro.

– Hum… hum… bonjour.

J'ai failli raccrocher.

– J'ai… j'ai été adoptée et je recherche mes vrais parents. J'ai été adoptée il y a treize ans…

– Excusez-moi, m'a interrompue la femme. Je suis vraiment désolée, mais notre agence n'existe que depuis cinq ans. Et nous plaçons uniquement des enfants vietnamiens, a-t-elle ajouté.

– Oh ! ai-je fait, déçue.

Puis j'ai repris mes esprits, j'ai remercié la dame et j'ai raccroché.

Il n'y avait donc aucune chance que maman et papa aient pu m'adopter par l'intermédiaire des *Cigognes*. J'ai refermé les pages blanches et j'ai pris les pages jaunes de Stonebrook. Aucune autre agence d'adoption n'était répertoriée. Je suis donc descendue dans le bureau pour prendre les pages jaunes de Stamford. Sous l'intitulé « services d'adoption », il y avait des tas de noms et même des agences qui n'étaient pas à Stamford. Bon, je ne pouvais quand même pas appeler toutes les agences du Connecticut ! En plus, comment savoir si je n'avais pas été adoptée par un autre biais (par un avocat, par exemple) et non par une agence ?

Une pensée m'a traversé l'esprit. Mon certificat de naissance ! Il me dirait où j'étais née, non ?

« Bien sûr ! Bon, où maman et papa le rangent-ils ? Oh, oui. Avec tous les papiers importants, en sécurité dans un coffre à la banque. »

J'ai consulté ma montre. Normalement, notre banque ferme à quinze heures. Mais le mardi, elle reste ouverte jusqu'à dix-neuf heures. Génial ! J'ai griffonné un mot au cas où quelqu'un reviendrait à la maison avant moi. Puis j'ai couru dans le garage, j'ai enfourché mon vélo et j'ai filé en ville. Arrivée à la banque, j'ai attaché mon vélo à un lampadaire et j'ai poussé la porte tournante.

Bon. Où étaient les coffres ? J'ai demandé à l'homme qui était au bureau d'informations. Il m'a indiqué un petit escalier au pied duquel j'ai trouvé une femme derrière un guichet en verre. Elle m'a parlé à travers un hygiaphone.

– Bonjour. Mon nom est Claudia Koshi. Je suis la fille de M. John Koshi. J'ai besoin d'aller dans notre coffre.

– D'accord. Donnez-moi juste la clé... et une pièce d'identité pour que je puisse vérifier si vous êtes bien autorisée à accéder au coffre.

Je n'avais entendu qu'une chose : « Donnez-moi la clé. »

La clé ? Quelle clé ?

– Quelle clé ?

– La clé du coffre.

– Je pensais que vous l'aviez.

– J'en ai une. Vous, ou votre père, avez l'autre. J'ai besoin des deux pour ouvrir le coffre, m'a-t-elle expliqué, l'air un peu agacée.

Je me sentais complètement stupide. Pendant un moment, je n'ai pas su quoi faire. Puis je me suis pris la tête entre les mains et j'ai dit d'un ton dramatique :

– Quelle idiote ! Je n'arrive pas à croire que j'ai oublié la clé. Elle est à la maison. Désolée de vous avoir dérangée.

J'ai quitté la banque rouge comme une tomate.

Mais je n'étais pas prête à renoncer. J'avais une autre idée. Même si je n'allais plus chez le pédiatre (j'allais maintenant chez un médecin spécialisé pour les adolescents), qui pouvait mieux être au courant de ma naissance et de mon histoire que ma pédiatre, le Dr Dellenkamp ?

Son cabinet n'est pas très loin de la banque, je suis donc remontée sur mon vélo et j'ai pédalé jusque chez elle. Sur le chemin, je me suis mise à paniquer. Que se passerait-il la prochaine fois que mon père voudrait accéder à notre coffre (avec la clé, bien sûr), est-ce que la femme lui raconterait ma visite ?

Puis j'ai réalisé que je ne pouvais pas non plus faire irruption dans le cabinet du Dr Dellenkamp et lui demander si j'avais été adoptée. Elle risquait d'en parler à mes parents.

Je devais trouver une excuse, et très vite.

J'ai activé mes neurones, mais je n'arrivais pas à trouver une excuse valable. Bon, en fait, j'en avais trouvé plusieurs mais aucune de vraiment convaincante. D'abord, je me suis dit que je pourrais lui raconter que Jane avait une maladie de sang rare, et que seule une personne de sa famille (sa sœur) pourrait lui sauver la vie. Mais bien sûr, si je lui avais dit ça, elle aurait immédiatement téléphoné à mes parents pour demander comment allait Jane.

Puis, je me suis dit que j'allais lui raconter que je devais faire un travail pour l'école, mon autobiographie, et que je voulais commencer avec mon certificat de naissance, et aussi que j'aurais bien voulu voir mon dossier médical. Je savais que cette histoire paraissait plutôt bizarre. J'ai soupiré. Peut-être que je pourrais simplement y aller, discuter avec la secrétaire, lui dire que mon ancien médecin me manquait et demander à lui parler. Puis, une fois avec elle, je lui poserais une question d'un air désinvolte, genre : « Au fait, racontez-moi ma naissance. Est-ce que mon père était nerveux ? Est-ce que Jane est venue à l'hôpital voir sa nouvelle sœur ? »

Ça pouvait marcher. Juste au cas où, j'ai décidé de prévoir un plan de rechange. Peut-être que l'histoire du devoir pour le collège n'était pas aussi aberrante que ça finalement. A la fin, je pourrais demander à voir mon certificat de naissance.

Bien. J'étais prête.

J'ai attaché mon vélo devant le cabinet du Dr Dellenkamp. Mon cœur a commencé à s'emballer au moment où j'ai tourné la poignée de la porte en verre sur laquelle est inscrit « Cabinet pédiatrique ».

Je suis entrée et je me suis dirigée vers le bureau de la secrétaire. Elle m'a reconnue immédiatement et moi aussi. Elle s'appelle Mlle Wilson.

– Bonjour, Claudia ! s'est-elle exclamée, un peu surprise. Qu'est-ce qui t'amène ici ? On ne t'a pas vue depuis plus d'un an.

Les choses commençaient plutôt bien.

– Bonjour ! Je passais juste comme ça. Cet endroit me manque un peu. Oh, et puis, j'ai aussi besoin de renseignements pour un devoir. J'aimerais parler au Dr Dellenkamp.

– Je suis désolée, Claudia, mais elle est avec un patient,

m'a informée Mlle Wilson. Est-ce que je peux faire quelque chose pour toi ?

– Eh bien, je ne sais pas. Je voulais lui poser quelques questions sur ma naissance... et peut-être voir mon dossier médical. C'est pour un travail scolaire, me suis-je dépêchée d'ajouter.

Mlle Wilson m'a regardée bizarrement et m'a dit :

– Claudia, le Dr Dellenkamp n'était pas ton pédiatre à ta naissance. Je pensais que tu le savais. Quand tu as commencé à la voir, tu avais deux ans et Jane en avait cinq.

J'ai froncé les sourcils. Comment avais-je pu l'oublier ? Pourquoi personne ne me l'avait jamais dit ?

– Qui était mon premier pédiatre ?

– Oh, je n'en suis pas sûre. Il faut que je demande au docteur si je peux chercher dans ton dossier médical.

– Non, non. Ce n'est pas la peine. Ce n'est pas grave.

Cela devenait un peu compliqué pour un devoir scolaire. Cela aurait pu pousser le Dr Dellenkamp à appeler mes parents. J'ai changé de tactique et je lui adressé un grand sourire.

– Oh, bon. Je vais demander à mes parents pour mon dossier médical. Mon professeur a de ces idées ! Merci, en tout cas, mademoiselle Wilson. Au revoir !

Je suis sortie en vitesse en espérant que Mlle Wilson oublierait de mentionner ma visite au docteur.

Je suis rentrée chez moi en vélo, en me remémorant les événements de l'après-midi. Et, plus j'y pensais, plus j'étais convaincue que Mlle Wilson m'avait menti. Elle cachait un... secret.

8

Le lundi suivant, je suis retournée chez Kristy pour garder Emily et David Michael pendant que Kristy était chez les Papadakis.

Mais, cette fois-ci, j'ai fait le trajet en bus scolaire avec Kristy.

Cela faisait longtemps que cela ne m'était pas arrivé. C'était horrible. Les garçons embêtaient les filles de sixième et tout le monde s'amusait à lancer ses restes de sandwich dans tous les sens. J'ai demandé à Kristy comment elle faisait pour supporter ça deux fois par jour.

– Je dois être habituée, m'a-t-elle répondu alors qu'un morceau d'oignon venait de nous frôler le crâne.

Elle l'a regardé atterrir dans le couloir, puis a complètement changé de sujet comme si c'était normal de croiser des oignons volants dans le bus.

Moi, j'étais drôlement contente de descendre de cet engin.

Kristy a filé chez les Papadakis et moi chez elle. Mon baby-sitting a débuté à peu près comme celui de Carla la semaine d'avant. Mamie est partie, Emily s'est mise à pleurnicher, David Michael est arrivé et elle a arrêté de pleurer.

Mais, contrairement à la dernière fois avec Carla, David Michael n'a pas invité un de ses amis. En fait, c'est Timmy Tsu qui a téléphoné pour inviter David Michael chez lui.

Du coup, je me suis retrouvée toute seule avec Emily.

– Bon. Qu'est-ce qu'on va faire aujourd'hui, mademoiselle Emily ?

– Bo-é ! s'est-elle exclamée en montrant du doigt la cuisine où il n'y avait absolument rien.

Et elle m'a fait un grand sourire.

Qu'allions-nous faire toutes les deux pendant tout l'après-midi ?

Emily a trotté jusqu'au bureau et je l'ai suivie. Elle a déniché une boîte de crayons de couleur et un bloc de papier, elle s'est installée par terre et a commencé à gribouiller. Je me suis rappelée ce que Carla m'avait raconté : que les instituteurs avaient dit qu'Emily n'était pas encore prête à entrer en maternelle. Elle était trop en retard par rapport aux autres enfants.

– Eh, Emily, ai-je dit tout à coup. Montre-moi le crayon rouge.

Je voulais voir exactement ce qu'elle savait... comme ça, je pourrais lui apprendre quelques petites choses.

Emily m'a regardée sans rien faire.

J'ai essayé quelque chose de plus facile. Je savais qu'elle était capable de faire des choses simples.

– Donne-moi un crayon, s'il te plaît.

Avec beaucoup de précautions, très délicatement, Emily a pris un crayon bleu dans la boîte et me l'a tendu.

– C'est bien ! me suis-je exclamée en en rajoutant un peu. Bravo ! Merci !

Le visage d'Emily rayonnait. Elle adore qu'on s'occupe d'elle. Elle m'a donné un autre crayon.

– Oh, merci !

Puis j'ai essayé à nouveau :

– Maintenant, cette fois-ci, donne-moi le crayon rouge.

Emily a froncé un peu les sourcils. Elle a souri… et m'a tendu le crayon violet, puis le jaune.

D'accord, Emily ne connaissait pas encore ses couleurs. Elle ne devait certainement pas connaître leurs noms et, du coup, elle ne pouvait pas non plus les identifier. Je devais essayer quelque chose de plus simple. Je l'ai laissée recommencer à gribouiller et, pendant ce temps-là, j'ai cherché une paire de ciseaux et du papier de couleur. J'ai découpé deux grands carrés bleus, deux grands carrés rouges et deux grands carrés jaunes.

Puis j'ai rangé les ciseaux et j'ai annoncé :

– Eh, Emily, on va jouer à un jeu !

J'ai posé trois carrés par terre, un de chaque couleur, devant elle. Elle a immédiatement abandonné ses crayons. Puis je lui ai donné le deuxième carré rouge.

– Regarde. C'est un carré rouge. Est-ce que tu vois l'autre carré rouge ?

Je lui ai montré les trois carrés qui étaient devant elle.

Puis, comme je me doutais qu'elle n'avait aucune idée de ce que je voulais, j'ai pointé le doigt sur le carré rouge qui était par terre. Aussitôt, elle s'en est emparée et je l'ai félicitée comme si elle venait de faire une chose extraordinaire. Puis je l'ai chatouillée, ce qui l'a fait rire et se tortiller dans tous les sens. Je l'ai reposée par terre, et cette fois, je lui ai donné le deuxième carré jaune.

– Ça, c'est jaune, ai-je dit en insistant. Où est l'autre carré jaune ?

Emily m'a à nouveau tendu le carré rouge. Elle s'attendait à ce que je la félicite comme tout à l'heure. Hum. Ça allait être plus difficile que je ne le pensais.

J'ai essayé autre chose. J'ai mélangé les trois carrés, je les ai posés dans un ordre différent et j'ai redonné le second carré rouge à Emily.

– Emily, ça, c'est rouge. Où est l'autre carré rouge ?

Interdite, Emily a regardé les carrés qui étaient devant elle. Comme avant le carré rouge était au centre, elle a approché la main du carré du milieu, qui maintenant était bleu.

– Donne-moi le rouge, Emily, lui ai-je répété avant qu'elle ne fasse une erreur. Donne-moi celui qui est le même.

J'ai réalisé quelque chose. Je n'étais pas en train de lui apprendre les couleurs. Je lui apprenais à faire des paires. Est-ce que c'est ce que les professeurs sont censés faire ? Guider les enfants pas à pas ? Ce n'était pas facile. Je commençais à avoir un peu plus de respect pour les instituteurs de l'école de Stonebrook, et surtout pour mes instituteurs qui avaient probablement dû travailler plus dur avec moi qu'avec les autres enfants.

Emily a regardé tous les carrés qui étaient disposés devant elle.

J'ai décidé de l'aider un peu. Doucement, je lui ai pris la main en lui mettant le carré rouge dedans. Puis je lui ai fait placer son carré rouge à côté du jaune, puis à côté du bleu et enfin à côté du rouge.

– Ça y est ! Le voilà ! ai-je crié quand les deux carrés rouges ont été côte à côte. C'est le même.

J'ai levé les deux carrés pour qu'elle voie bien.

– Ils sont rouges tous les deux ! Ils sont pareils !

J'ai presque vu un déclic se faire dans la tête d'Emily. Elle a écarquillé les yeux.

– A-aah ! a-t-elle répondu.

J'ai mélangé à nouveau les trois carrés. Avant même que j'aie eu le temps de lui demander de trouver le carré rouge, Emily me l'a tendu triomphalement.

Waouh ! Je pense qu'à ce moment-là j'étais aussi fière qu'Emily. Je lui ai fait un énorme bisou pour la féliciter. Puis j'ai essayé de changer de tactique. Je lui ai pris son carré rouge et je lui ai demandé de trouver le jaune. Emily s'est trompée deux fois, puis elle a compris à quoi nous jouions. Elle a assemblé les carrés bleus comme une pro, et bientôt le jeu était trop facile pour elle. J'ai dû le compliquer un peu.

J'ai ajouté d'autres couleurs.

Puis j'ai découpé d'autres formes (mais toutes rouges pour que le jeu ne devienne pas trop compliqué). Emily arrivait à faire des paires ! Vivement que Mme Lelland rentre chez elle !

J'ai consulté ma montre. Nous avions encore vingt minutes à passer ensemble, et Emily ne s'était pas lassée de notre jeu. J'ai décidé de revenir en arrière et de lui apprendre les couleurs. J'ai donc retiré les différentes formes et j'ai reposé le carré rouge, le bleu et le jaune devant elle. Mais, je ne lui ai pas présenté un carré pour qu'elle l'assemble avec un autre. Je lui ai simplement dit :

– Emily, montre-moi le rouge.

Et puis je lui ai donné un indice en pointant le rouge du doigt. Et Emily l'a pris dans sa main !

Nous étions toujours en train de jouer au jeu des couleurs quand Mme Lelland est rentrée de son bureau. Emily était tellement concentrée sur les couleurs qu'elle n'a même pas vu sa mère au début. Quand elle a enfin relevé la tête et réalisé que sa mère était à la porte du bureau, elle a sauté sur ses pieds. Elle a couru vers sa mère et a serré ses jambes dans ses bras.

– Bonjour, madame, ai-je dit. Aujourd'hui, nous nous sommes amusées à faire des paires et à reconnaître les couleurs, avec Emily.

J'étais sur le point d'ajouter : « Voulez-vous voir ce qu'elle sait faire ? » quand Emily a tiré sa mère dans la pièce et s'est mise à lui faire une démonstration.

Mme Lelland a été très impressionnée. Puis elle m'a proposé la dernière chose à laquelle je m'attendais.

– Claudia, que dirais-tu de travailler avec Emily pendant quelque temps ? Peut-être deux fois par semaine... chez toi ? Je pense que le fait d'aller dans un nouvel endroit et de travailler avec quelqu'un qui ne vit pas avec elle serait très bien pour Emily. Cela pourrait être comme d'aller à la maternelle.

Moi ! Professeur ? Je n'arrivais pas à y croire ! Normalement, c'est toujours moi l'élève. Mais, bien sûr, j'ai répondu oui sans aucune hésitation. Puis Mme Lelland et moi, nous avons organisé ces cours.

Quand papa est venu me chercher en rentrant de son bureau, j'étais surexcitée !

9

Lundi soir

J'adore garder les petites Perkins! Elles sont tellement géniales. Je ne sais jamais à quoi m'attendre quand je vais chez elles... la seule chose dont je suis certaine, c'est que ça va être sympa et que je vais bien rigoler. Et le baby-sitting de ce soir n'a pas été différent des autres. Avant de partir, M. et Mme Perkins avaient autorisé Myriam et Gabbie à faire la cuisine avec de vrais ingrédients. Je n'étais pas très sûre de ce que ça allait donner, mais j'ai été surprise... agréablement surprise.

Et ce n'était pas fini ! Shewy aussi m'avait préparé une surprise. Quel foufou, ce chien! Mais il est adorable, quand même. Alors avis à toutes les baby-sitters:

Ne laissez jamais de cookies aux pépites de chocolat à portée de Shewy.

Lucy avait eu une plus grande surprise que celle des cookies ce soir-là (et moi aussi), mais elle avait été assez avisée pour ne pas en parler dans le journal de bord du club.

Tout le monde aurait pu lire ce qu'elle avait découvert, et je ne le voulais pas. C'était en rapport avec mon adoption.

Quoi qu'il en soit, Lucy est arrivée chez les Perkins à dix-huit heures trente, juste au moment où ils terminaient de dîner. M. Perkins devait aller voir un client (il est avocat) et Mme Perkins allait à un cours de chant. Elle a une voix magnifique et chante avec une chorale qui donne des concerts dans tout le Connecticut, et même à New York et à Washington.

– Maman ? a demandé Myriam au moment où ses parents s'apprêtaient à partir. Est-ce que Gabbie et moi, on pourrait cuisiner avec de vrais ingrédients ce soir ?

Myriam a cinq ans et demi, et elle est très intelligente. Gabbie a deux ans et demi, et elle est aussi très futée. Les filles sont connues dans le quartier pour apprendre et chanter de longues chansons. Myriam prend même des cours de danse. Elles ont une petite sœur, Laura, qui a quelques mois.

– Cuisiner avec de vrais ingrédients ? a répété Mme Perkins, hésitante.

– S'il te plaît ! ont insisté Myriam et Gabbie en chœur.

– Bon, d'accord, a répondu leur mère. A condition que vous nettoyiez tout après et que vous soyez au lit à huit heures et demie. Ça vous va ?

– Promis ! ont hurlé les filles.

M. et Mme Perkins ont donné quelques instructions à Lucy pour Laura, puis Lucy leur a demandé :

– Excusez-moi, qu'est-ce ça veut dire, cuisiner avec de vrais ingrédients ?

– Oh, a répondu Mme Perkins, les filles peuvent utiliser ce qu'elles trouvent dans la cuisine : lait, farine, chocolat, œufs… et confectionner quelque chose. Est-ce que je peux te demander juste deux faveurs ?

– Bien sûr.

– Fais une liste de tous les ingrédients qu'elles auront utilisés pour que je puisse les remplacer, et garde un œil sur ce qu'elles mettent dans leur création. Ne les laisse pas en manger si ça paraît vraiment trop horrible.

– D'accord, a répondu Lucy, pas franchement convaincue.

Elle n'était pas tellement enthousiasmée par cette idée. Que devait-elle faire si les filles voulaient utiliser douze œufs ? Que se passerait-il si elles voulaient faire un mélange dégoûtant comme du lait et du vinaigre, et insistaient pour le goûter ? Mais comme les Perkins n'avaient pas l'air inquiets, elle a décidé de ne pas s'en faire non plus.

M. et Mme Perkins sont partis et Lucy s'est installée sur une chaise dans la cuisine avec Laura dans les bras.

– Qu'est-ce que tu crois que tes sœurs vont faire ? a demandé Lucy au bébé.

Elle la tenait serrée dans ses bras, pensive. Il n'y a rien d'équivalent au sentiment qu'on éprouve quand on tient un bébé dans ses bras. Elle s'est penchée pour sentir l'odeur de bébé de Laura : lait, talc et savon.

– On va faire un gâteau au chocolat, a annoncé Myriam.

– Non, a répliqué Gabbie. On va faire une bouillie verte.

– Une bouillie verte ? s'est étonnée Lucy.

– Oui, a affirmé Gabbie, il va falloir beaucoup de trucs verts pour la faire.

– Mais ça ne se mange pas une bouillie verte ! a protesté Myriam. Tu ne voudrais pas plutôt faire des gâteaux? Comme ça on pourrait les manger après. Je veux faire des cookies aux pépites de chocolat.

– Vous ne voulez pas une recette ? a proposé Lucy.

– Non, non.

« Oh, bon, a pensé Lucy. Elles s'amusent juste. »

Gabbie a finalement accepté de faire des cookies au chocolat à condition qu'ils soient verts. Donc d'une main experte, Myriam a sorti des placards de la farine, de la vanille, du beurre, du sucre, un œuf, du bicarbonate de soude, des pépites de chocolat et du colorant alimentaire vert. Pour quelqu'un qui voulait juste s'amuser, elle avait vraiment l'air de savoir ce qu'elle faisait.

Puis les filles ont commencé à mélanger les ingrédients. Myriam donnait les instructions et Gabbie les suivait. Pendant ce temps-là, Lucy avait Laura dans ses bras et elle surveillait les filles afin d'être certaine que rien d'interdit n'était ajouté dans la mixture.

Myriam avait l'air très sûre d'elle. Elle n'utilisait même pas un verre doseur ou des cuillères pour mesurer les quantités. Elle ajoutait simplement les ingrédients au hasard et goûtait le mélange de temps en temps. Puis elle disait :

– Je pense qu'il faut plus de farine, Gabbie.

Ou :

– Juste un peu plus de sucre.

Les filles discutaient en même temps qu'elles cuisinaient.

– Tu sais quoi, Gabbou ? a fait Myriam. Mes amies Dana et Fiona vont partir en colo cet été.

– C'est quoi « encolo » ?

Myriam a essayé de lui expliquer.

Gabbie avait l'air perplexe. Finalement, elle a dit :

– Moi, ça me plaît pas « encolo ». Je préfère rester avec papa et maman.

Myriam a haussé les épaules.

– Bon, voilà. Il faut ajouter le colorant vert et les pépites de chocolat en mélangeant bien. Après, la pâte sera prête.

Elle a laissé tomber quelques gouttes vertes dans le saladier pendant que sa sœur y versait une montagne de pépites de chocolat.

Lucy a regardé la cuisine, qui était dans un état épouvantable, puis Laura, qui s'était endormie.

– Je ferais mieux d'aller mettre votre sœur au lit, les filles. Vous pouvez nettoyer pendant ce temps-là ?

– Bien sûr, ont-elles répondu.

Puis Myriam a ajouté :

– Est-ce qu'après on pourra faire cuire les cookies ?

Les faire cuire ? Des cookies verts ? Lucy n'avait pas pensé à ça. Elle pensait que les filles faisaient juste de la bouillie.

– Je ne sais pas...

– S'il te plaît ! l'a suppliée Gabbie.

– S'il te plaît ! a insisté Myriam. Ça prendra même pas dix minutes.

– Je vais y réfléchir pendant que je mets Laura au lit. Vous commencez à nettoyer, d'accord ? Mais ne touchez pas au four.

Lucy a donc porté Laura à l'étage. Les Perkins avaient emménagé dans l'ancienne maison de Kristy, et la chambre de Laura était l'ancienne chambre de David Michael. Lucy a couché Laura (qui était déjà en pyjama), elle a éteint la lumière et elle est redescendue sur la pointe des pieds.

Les filles étaient toujours en train de ranger la cuisine. Lucy leur a donné un coup de main. Quand tout a été à sa place, elle a examiné la pâte. Elle ne pouvait pas la goûter à cause de son diabète mais, bizarrement, elle avait l'air bonne malgré sa couleur. Du coup, les filles et elle ont fait des tas de pâte sur deux plaques qu'elles ont ensuite enfournées... et elles ont laissé les gâteaux cuire pendant dix minutes, comme Myriam l'avait indiqué.

Une fois le temps écoulé, Lucy a ouvert la porte du four. Les cookies étaient verts, bien sûr, mais à part ça, ils avaient l'air extra.

– Vous êtes de véritables cordons bleus, toutes les deux ! C'est incroyable, vous avez fait ça sans recette.

– Est-ce qu'on peut en avoir chacune un avant d'aller se coucher ? a demandé Gabbie.

– Bien sûr. Laissez-les d'abord refroidir un peu. En attendant, on va monter dans vos chambres pour que vous vous mettiez en pyjama.

Myriam, Gabbie et Lucy étaient en haut depuis à peine cinq minutes quand elles ont entendu... un gros CRASH !

– Oh, oh ! a dit Myriam. Je parie que c'est Shewy.

– Shewy ? Je croyais qu'il était dehors, a remarqué Lucy.

(Shewy, le diminutif de Shewbacca, est le labrador noir des Perkins. C'est le chien le plus gentil du monde, mais c'est aussi celui qui fait le plus de bêtises.)

– Il était dehors, lui a expliqué Myriam, mais on l'a fait rentrer pendant que tu couchais Laura.

– Il pleurait derrière la porte, a ajouté Gabbie. Il avait l'air tellement triste.

Lucy et les filles se sont précipitées au rez-de-chaussée. Lucy était plus qu'inquiète. Qu'allaient-elles trouver? Qu'est-ce que Shewy avait cassé ?

Elles ont traversé le salon en courant. Rien à signaler.

Elles ont traversé la salle à manger en courant. Rien à signaler non plus.

Puis elles sont arrivées à la cuisine.

Une des plaques était tombée par terre. Elle était sous la table avec des cookies en miettes partout. Shewy se tenait sur ses pattes de derrière, prêt à faire tomber la deuxième.

– Shewy ! Non ! a hurlé Lucy.

Shewy a regardé autour de lui comme pour dire : « Oh, bonjour tout le monde. J'étais juste sur le point de, hum... eh bien, non, non, je n'allais pas manger ces cookies si c'est ça que vous pensez. »

– Il ne faut pas le laisser en manger ! s'est mise à hurler Myriam. Le chocolat, c'est mauvais pour lui.

Lucy a pris Shewy par son collier et l'a emmené dans le garage.

– Désolée, mais c'est pour ton bien.

Elle est retournée dans la cuisine pour aider les filles à ramasser les miettes de gâteaux qui jonchaient le sol et, ensuite, elle leur en a donné un à chacune.

– Huuum ! s'est exclamée Myriam.

– Un gâteau tout vert ! s'est extasiée Gabbie.

Lucy leur a lu *Le Bateau vert* (à la demande de Gabbie) et

les a mises au lit. Puis elle est redescendue. Dans la salle de jeux, elle a regardé la bibliothèque des filles. Les Perkins ont un ami qui travaille dans une maison d'édition de livres pour enfants, et il leur envoie tout le temps des livres : des petits en tissu pour Laura jusqu'aux romans pour Myriam.

Lucy a parcouru les étagères des livres les plus gros et elle est tombée sur un livre au titre intéressant : *La Longue Quête de Nathalie*. C'était écrit par un auteur qui s'appelle Lois Lowry... et c'était l'histoire d'une fille adoptée, Nathalie Armstrong, et de sa quête pour trouver sa vraie mère !

Lucy n'arrivait pas à y croire. Elle a feuilleté le livre puis elle m'a téléphoné.

– Claudia ! s'est-elle exclamée. Tu ne devineras jamais ce que j'ai trouvé. Je garde les Perkins et ils ont un livre...

Lucy m'a raconté ce qu'elle avait lu, et j'ai failli m'évanouir. Il ne me restait plus qu'à me procurer un exemplaire de ce livre.

10

Quand Lucy m'a téléphoné, j'ai noté le titre et l'auteur du livre qu'elle avait trouvé. Je lui ai même fait épeler le nom de l'auteur pour être certaine de ne pas me tromper.

Je fais souvent des fautes d'orthographe mais, cette fois-ci, je ne voulais pas me tromper.

– *La Longue Quête de Nathalie*, a répété Lucy.

– *La Longue Quête*, ai-je dit lentement en l'écrivant, *de Nathalie.*

– Et l'auteur c'est ?

– Lois Lowry.

– Une seconde. Lois ?

– Oui. L-O-I-S. Et son nom, c'est L-O-W-R-Y.

– D'accord. Merci, Lucy. Je suis sûre que ce livre va être important pour moi.

Le lendemain, je suis arrivée en avance à l'école pour pouvoir passer au centre de documentation avant le début des cours. La documentaliste était très étonnée de me voir et c'est plutôt normal : je vais très rarement au CDI.

J'espérais vraiment trouver le livre au collège. Vous voyez, je n'avais aucune envie d'aller le chercher à la bibliothèque municipale. Il y avait trop de chances que je tombe sur ma mère. Ou, même si je ne la croisais pas, un de ses amis bibliothécaires pourrait lui dire : « Tu sais, Claudia est venue aujourd'hui et elle a emprunté *La Longue Quête de Nathalie.* » Non, je ne pouvais pas risquer ça.

Heureusement, le livre était là. Notre bibliothèque en avait deux exemplaires. J'en ai emprunté un. J'ai passé le mardi et le mercredi à le lire en cachette : pendant les heures de permanence, pendant un cours de sciences ennuyeux (j'avais caché le livre dans mon livre de cours), après l'école, et même dans mon lit avec une lampe électrique après l'heure à laquelle je dois éteindre.

Ce n'était pas facile. Je ne lis pas très vite (sauf quand c'est un roman d'Agatha Christie) mais le mercredi à vingt-trois heures trente j'avais terminé. Après avoir lu le dernier mot, j'ai soufflé et j'ai refermé mon livre. Terminé. J'avais besoin de réfléchir à beaucoup de choses, mais ça attendrait le lendemain. J'étais vraiment trop fatiguée. Je me suis endormie immédiatement.

Le jeudi, à peine réveillée, je me suis mise à penser, penser, penser. Ce roman m'avait donné plein d'idées. Et il m'avait aussi rendue triste. Vous voyez, dans ce livre, la famille adoptive de Nathalie Armstrong est très honnête avec elle. Et quand elle dit qu'elle veut retrouver sa vraie mère, ses parents lui donnent toutes les informations qu'ils ont sur son adoption, puis ils la laissent faire ses recherches. Ils lui louent même une voiture. (Évidemment, elle est plus âgée que moi.)

Pourquoi mes parents n'étaient pas comme ça avec moi ? Pourquoi n'étaient-ils pas comme la famille de Nathalie ? Ou comme les Lelland ? J'aurais parié que mes parents continueraient à nier mon adoption même si je retrouvais ma mère, que je l'emmenais chez moi et que je la présentais à tout le monde.

Oh, bon. Au moins, j'avais quelques idées pour continuer mes recherches. Malheureusement, je devais attendre le vendredi pour faire ma prochaine démarche : aller à la bibliothèque municipale (cette fois, je ne pouvais pas y échapper), et attendre que ma mère soit occupée pour qu'elle ne me voie pas. Tous les vendredis après-midi, elle a une réunion dans la salle de conférences au deuxième étage. J'avais besoin d'utiliser un lecteur de microfiches au premier étage. Donc, j'avais planifié ma visite à la bibliothèque pour qu'elle tombe en même temps que sa réunion.

La réunion commence toujours à quinze heures trente. A quinze heures trente-cinq, j'ai garé mon vélo devant la bibliothèque. A quinze heures trente-six, j'ai monté les marches et passé la porte d'entrée.

La première chose que j'ai faite, c'est de vérifier qui était au bureau principal. Super. C'était un étudiant bénévole. J'espérais que je trouverais un autre étudiant bénévole pour m'aider avec le lecteur de microfiches. Les étudiants ne viennent pas assez souvent pour savoir que je suis la fille de Mme Koshi.

Je me suis frayé un chemin derrière le bureau d'informations puis je me suis dirigée vers la section des périodiques. Il y avait un étudiant installé au bureau ! Génial. Je ne l'avais jamais vu avant. Peut-être que c'était un signe et que j'allais découvrir quelque chose d'important.

Et c'est ce qui s'est passé. J'ai découvert quelque chose d'important... et de complètement inattendu.

– Excusez-moi...

L'étudiant a relevé la tête de son livre et m'a regardée à travers ses épaisses lunettes.

– Oui ? Est-ce que je peux vous aider ?

– J'espère. J'ai besoin de voir des vieilles annonces de naissance dans le *Stonebrook News*. Et... et j'aurais besoin que vous me montriez comment on utilise un lecteur de microfiches. Enfin, si cela ne vous embête pas.

– Pas du tout. Je suis là pour ça. Quels numéros voulez-vous voir ?

J'avais décidé de chercher dans les journaux de la semaine de ma naissance et aussi dans ceux des deux semaines suivantes au cas où l'annonce aurait mis quelque temps à paraître.

Le garçon m'a installée devant un lecteur et m'a montré comment l'utiliser. Puis il m'a laissée toute seule.

J'ai rapidement trouvé les annonces de la semaine de ma naissance. Il y avait des noms que je connaissais : ceux d'enfants avec qui j'étais à l'école. Mais pas le mien.

J'ai cherché dans les journaux des deux semaines suivantes. Aucune Claudia Koshi. Ou Claudia quelque chose. Perplexe, je suis retournée voir l'étudiant. Je lui ai demandé de voir le mois suivant, et ensuite, le mois précédant ma naissance (on ne sait jamais). Était-ce possible que mon anniversaire ne soit pas mon véritable anniversaire ? Que je sois née quelques semaines plus tôt, mais qu'à cause de problèmes avec les papiers de l'adoption, j'aie été enregistrée comme étant née un autre jour ?

A ce moment-là, tout me paraissait possible. Je me suis donc mise à éplucher les annonces de ces deux mois.

Pas de Claudia.

J'ai soupiré. Cela voulait dire que j'avais été adoptée par l'intermédiaire d'une agence et que je n'étais pas née à Stonebrook. Ou bien j'avais été adoptée à Stonebrook où j'étais née mais ma vraie mère m'avait donné un autre nom. Puis maman et papa l'avaient légalement changé en Claudia. De toute façon, j'avais été adoptée. Toutes les annonces de naissances sont automatiquement publiées dans le journal local. Et aucune Claudia Koshi n'était mentionnée.

J'ai laissé ces nouvelles faire leur chemin dans mon esprit.

Puis j'ai respiré profondément et j'ai repris la liste des bébés qui étaient nés la semaine que je pensais être celle de ma naissance. Il fallait que je retrouve ces bébés. C'était un bon point de départ. Je ne pouvais pas, de toutes manières, rechercher tous les bébés qui étaient nés cette année-là.

Dix bébés étaient recensés cette semaine-là : six garçons et quatre filles. J'ai immédiatement éliminé les garçons. Il ne me restait donc que les filles. L'une d'elles s'appelait Francie Ledbetter. Je l'ai éliminée aussi : elle est à l'école avec moi. Il ne me restait plus que trois filles. Étais-je l'une d'elles ? Est-ce que mes parents avaient adopté Kara Ferguison ou

Daphné Selsam ou Resa Ho ? Aucune d'elles n'avait un nom japonais (et je ne pouvais pas mettre en doute le fait que je sois asiatique), mais j'ai décidé que ça n'avait pas d'importance. Tous les Japonais n'ont pas forcément un nom japonais. Ou peut-être que ma vraie mère était japonaise et que mon vrai père était américain, et que j'avais les traits de ma mère et le nom de mon père. Qui sait ?

J'ai sorti un crayon et du papier. En m'appliquant, j'ai recopié les noms des trois bébés et de leurs parents :

• *Sara Ferguison, née de M. et Mme Jim Ferguison de Rosedale Road.*

• *Daphné Selsam, née de M. et Mme Terance Selsam de High Street.*

• *Resa Ho, née de M. et Mme George Ho, en visite de Cuchara, État du Wyoming.*

Ce troisième bébé, Resa Ho, m'intriguait. Tout d'abord, Ho était un nom intéressant. Est-ce qu'il n'y a pas un chanteur hawaïen qui s'appelle Don Ho ? Est-ce que je pourrais être hawaïenne ou polynésienne et non japonaise ? Peut-être. Ensuite, le journal disait que les parents de Resa étaient en « visite ». Mais étaient-ils vraiment en visite ? Ou étaient-ils venus à Stonebrook pour avoir le bébé parce qu'ils savaient qu'ils ne pourraient pas le garder et qu'ils s'étaient arrangés pour que mes parents l'adoptent ? Je ne sais pas si les adoptions privées se passent comme ça, mais cela semblait possible. Et est-ce que les Ho venaient vraiment du Wyoming ? Peut-être qu'ils avaient voulu protéger leur identité. En fait, peut-être que leur nom n'était pas Ho du tout. Peut-être que c'était Hoshikawa ou Hoshimo, ou même Yagamuchi ou quelque chose de ce genre.

Je commençais un peu à avoir une idée de ce que j'allais faire.

Je commençais aussi à avoir peur.

J'ai téléphoné à Lucy tout de suite en rentrant de la bibliothèque.

– Lucy ? Est-ce que tu pourrais rester après la réunion aujourd'hui ? Tu pourrais dîner avec nous et, comme ça, on pourrait discuter après. Vraiment discuter. On n'a pas fait ça depuis longtemps.

– Claudia, qu'est-ce qui se passe ? Je vois bien qu'il y a quelque chose qui ne va pas.

– Je te le dirai ce soir.

Et comme Lucy est ma meilleure amie, elle ne m'a pas posé plus de questions. Elle savait que je lui parlerais quand je serais prête.

11

Lucy est restée dîner. Personne de ma famille n'a trouvé ça bizarre. Ni que Lucy monte avec moi dans ma chambre pour discuter. On fait ça assez souvent.

Au début, on a papoté... l'école, les garçons et d'autres choses sans importance. Et surtout, on a parlé pendant quasiment une demi-heure de ce garçon, Trevor Sandbourne, que j'aime beaucoup. Pendant tout ce temps, Lucy se demandait de quoi je voulais vraiment parler, parce qu'elle savait bien que ce n'était pas de Trevor.

Finalement, j'ai pris une grande respiration et j'ai dit :

– Bon, j'ai lu *La Longue Quête de Nathalie*. Du début à la fin.

– C'est vrai ?

J'ai hoché la tête.

– Et ça m'a donné des idées pour mes recherches. Tu sais comment Nathalie Armstrong a été adoptée ? De manière privée. Je veux dire, par l'intermédiaire d'un avocat et non par l'intermédiaire d'une agence comme Emily Michelle.

– Mmm.

– Eh bien, peut-être que c'est comme ça pour moi aussi. Je suis peut-être même née ici, à Stonebrook, d'un couple – un très jeune couple – qui savait qu'ils n'étaient pas prêts à élever un enfant. Donc, ils ont décidé, avant ma naissance, de me faire adopter par une famille qui voulait un bébé. Peut-être que maman et papa avaient découvert qu'ils ne pouvaient plus avoir d'enfant après Jane.

– Comme mes parents.

– Exactement. Donc, tu sais ce que j'ai fait aujourd'hui ? Je suis allée à la bibliothèque municipale et j'ai regardé les annonces de naissances.

J'ai raconté à Lucy tout ce qui s'était passé et ce que j'avais appris.

– Ça paraît un peu tiré par les cheveux, a remarqué Lucy quand j'ai eu terminé mon histoire. Je veux dire, pourquoi tu n'aurais pas été adoptée par l'intermédiaire d'une agence ? Ou peut-être que c'était une adoption privée, mais pas ici à Stonebrook ? Tu pourrais être née n'importe où.

– Je sais. Mais ça prouve une chose. J'ai été adoptée. Si j'étais née de maman et papa, l'annonce aurait été dans le journal. C'est comme ça que ça se passe. Toutes les naissances sont répertoriées. Et la mienne ne l'est pas.

– C'est vrai.

– Et il y a une chance que je sois née à Stonebrook. Cela

aurait été sans doute plus facile comme ça. Mes parents n'auraient pas eu besoin de voyager avec un nouveau-né.

– C'est vrai aussi.

– Alors, tu sais quoi ? Je crois que je vais aller voir ces trois couples. Ça pourrait être un bon point de départ. Simplement, je ne sais pas trop comment faire.

– Leurs adresses étaient dans le journal, non ?

– Oui. Mais c'était il y a treize ans.

– Et alors ? Ta famille vit dans cette maison depuis plus de treize ans. Et les Pike ont vécu dans la leur pendant très longtemps, aussi. Et jusqu'à récemment Kristy et Mary Anne vivaient dans la maison où elles sont nées.

– D'accord...

– Allez, va chercher l'annuaire de Stonebrook, m'a-t-elle pressée, complètement surexcitée.

– Oh ! là, là, là, là ! Ce que je suis nerveuse !

J'ai rapporté l'annuaire. J'ai fermé la porte et Lucy et moi, nous nous sommes installées côte à côte sur mon lit.

J'ai d'abord cherché les Ferguison. M. et Mme James Ferguison de Rosedale Road étaient bien répertoriés, juste là sur la page qui était devant nous.

– Je ne peux pas le croire ! ai-je crié.

J'ai noté leur numéro de téléphone, puis j'ai cherché les Selsam, mais je ne les ai pas trouvés.

J'ai soupiré, déçue.

– N'abandonne pas déjà. Tu as toujours leur adresse. Peut-être qu'ils ne sont simplement pas dans l'annuaire.

– Oh, tu as raison ! ai-je dit en reprenant confiance.

Puis, même si cela semblait complètement inutile, j'ai cherché les Ho. Bien sûr, ils n'y étaient pas.

– Bon, tu as deux pistes. Tu peux téléphoner aux Ferguison et tu peux aller chez les Selsam en vélo. Ce n'est pas très loin.

– C'est vrai.

J'ai attrapé le téléphone. Puis j'ai jeté un œil à ma montre.

– OH, NON ! Il est dix heures passées. Je ferais mieux d'attendre demain pour appeler les Ferguison.

– Et je ferais mieux de rentrer chez moi ! s'est exclamée Lucy en se levant.

– Ma mère va te raccompagner. Viens.

Après le départ de Lucy, je suis remontée dans ma chambre.

« Demain, je contacterai les Ferguison et les Selsam. »

J'étais tellement nerveuse que je savais que j'allais avoir du mal à m'endormir.

Tout juste. J'ai à peine fermé l'œil de la nuit. Quand je me suis réveillée, le samedi matin, mes yeux étaient tout collés.

Mais j'étais prête à passer à l'action, j'étais montée sur ressorts.

J'ai eu une chance incroyable. Vers dix heures et demie, mon père est parti faire des courses et maman et Jane sont allées à la bibliothèque – maman pour travailler et Jane pour faire des recherches.

Dès qu'ils ont été partis, je me suis précipitée dans ma chambre pour téléphoner. Je n'allais même pas avoir besoin de fermer ma porte ou de parler tout bas. Encore une fois, la chance était avec moi.

Pourtant, ce n'était pas si facile que ça de téléphoner à

des inconnus. J'avais inventé une histoire (j'en avais trouvé une bien pendant la nuit alors que je ne dormais pas) mais j'avais le ventre noué. C'était pire que le trac avant un exposé. C'était tout mon passé qui était en jeu.

Enfin, ça ne servait à rien de repousser le moment fatidique, alors j'ai décroché le combiné et j'ai composé le numéro. Un homme a répondu.

– Bonjour, résidence Ferguison.

J'ai supposé que c'était M. Ferguison.

– Hum, bonjour. Je m'appelle Claudia Koshi. J'habite à Stonebrook. Et, hum, je suis vraiment désolée de vous déranger mais, à l'école, nous devons faire une recherche sur les noms. On m'a donné le nom Ferguison à cause de sa prononciation inhabituelle. J'ai décidé de faire... de faire un arbre généalogique.

(Je savais que c'était plutôt vague, mais j'espérais que l'homme se prêterait au jeu pour que je puisse raccrocher très vite.)

– Oui ?

– Eh bien, je me demandais si vous aviez des enfants. Je veux dire, pour que je puisse les mettre dans l'arbre. J'ai juste besoin de connaître leurs noms et leurs dates de naissance. Vous avez des enfants ?

– Oui. Kara, Marcie et Joseph, m'a-t-il répondu.

Puis il m'a donné leurs dates de naissance. Kara était née la même semaine que moi.

J'ai fait comme si c'était une coïncidence extraordinaire.

– Eh ! Devinez quoi ? J'ai treize ans, comme Kara. Je me demande pourquoi je ne la connais pas. Nous devons être dans le même collège.

(Je voulais être sûre de l'existence de Kara Ferguison.)

– Elle va au collège privé de Stonebrook.

– Ah, c'est sûrement pour ça. Eh bien, merci pour votre aide. C'est très gentil de votre part de m'avoir répondu. J'ai besoin d'avoir une bonne note pour ce devoir.

M. Ferguison s'est mis à rire. Puis nous nous sommes dit au revoir et nous avons raccroché.

Et de un. Je devais passer au second. Il était temps que j'aille chez les Selsam. Une fois encore, grâce à ma nuit blanche, j'avais une histoire toute prête pour expliquer ma visite.

Quand je suis arrivée devant leur maison, j'ai réalisé que je n'étais pas aussi nerveuse que quand j'avais appelé *Les Cigognes* ou les Ferguison. Peut-être que je m'habituais à jouer les détectives.

J'ai sonné à la porte.

Une femme est venue ouvrir. Elle était jeune et jolie. Un petit garçon se cachait timidement derrière elle.

– Madame Selsam ?

– Non, a-t-elle répondu, l'air gênée.

– Oh. Je suis désolée de vous déranger. Vous voyez, j'habitais Stonebrook avant, mais nous avons déménagé. Et nous sommes revenus pour des vacances. Je suis à la recherche de ma meilleure amie du jardin d'enfants. Nous ne sommes pas restées en contact. Elle s'appelle Daphné Selsam. Je sais qu'elle habitait dans cette maison.

La femme a souri.

– Les Selsam étaient les anciens propriétaires. Ils habitent à Lawrenceville, maintenant. Ce n'est pas très loin. Peut-être que quelqu'un pourra vous emmener là-bas. En fait, je crois même que j'ai leur numéro de téléphone. Vous pouvez patienter deux minutes ?

La femme est rentrée à l'intérieur, puis elle est revenue avec un morceau de papier qu'elle m'a tendu.

– Merci !

Je suis retournée chez moi et j'ai appelé les Selsam sans aucune appréhension. J'ai raconté à la femme qui m'a répondu la même histoire que celle que j'avais racontée à M. Ferguison.

Et j'ai découvert qu'il y avait bien une Daphné Selsam et qu'elle avait treize ans.

Il ne restait donc plus qu'un seul bébé à retrouver : le bébé des Ho de Cuchara, Wyoming, si c'était bien leur vrai nom et s'ils étaient bien du Wyoming.

Mais comment allais-je faire ? J'étais à court d'idées. Mon esprit avait trop travaillé. Je me suis dit que j'allais faire une petite pause. Ces recherches devenaient un peu trop intenses.

J'étais toute contente que Lucy m'appelle.

– Alors ? m'a-t-elle demandé.

– J'ai joué au détective toute la matinée. Je peux passer chez toi ? Je te raconterai tout.

– Je ne manquerais ça pour rien au monde. Mais que dirais-tu d'un après-midi à ne rien faire ? Je suis un peu fatiguée aujourd'hui. Du coup, maman m'a dit de rester au lit.

– Au lit ? me suis-je étonnée.

– Oui. Ça veut dire que j'ai le droit d'être habillée et que je peux me lever quand j'en ai vraiment besoin, mais je suis censée rester le plus de temps possible allongée.

– Bon, je vais venir te distraire. Je vais te raconter ce qui s'est passé, et je vais apporter avec moi quelques fournitures pour qu'on puisse faire des bijoux. Ça ne devrait pas être trop fatigant.

– Génial !

Je suis allée chez Lucy en vélo et j'ai passé l'après-midi avec elle. C'était bien de faire une pause dans mes recherches.

12

Lundi

Cet après-midi, la rivalité entre mon frère et ma sœur a atteint son point culminant. (C'est pas une phrase géniale, « a atteint son point culminant » ? J'ai lu ça quelque part.) Enfin bref, David Michael est jaloux d'Emily parce que, en ce moment, elle est au centre de toutes les attentions.

C'est vrai qu'Emily nous accapare beaucoup, mais elle en a besoin. Elle a des problèmes et il faut qu'on s'occupe d'elle : en l'emmenant travailler chez Claudia, chez le médecin, etc. Mais David Michael se rend compte qu'on lui consacre moins de temps qu'avant. Donc, quand je l'ai gardé cet après-midi, j'ai essayé de le rassurer. J'espère que ça va aller mieux maintenant.

– Kristy, où est partie Mamie avec Emily cette fois-ci ?

C'est la première chose que David Michael a demandée à Kristy quand elle a commencé son baby-sitting. C'était un lundi, plusieurs semaines après le début de mes cours avec Emily, et Kristy devait s'occuper de son frère. Sa mère et Jim étaient au bureau, bien sûr, ses grands frères avaient des activités après l'école, et Mamie venait de partir avec Emily.

– Elle emmène Emily à la maternelle.

– Pourquoi ? Et pourquoi elle y va maintenant ? Il est trois heures et demie.

(David Michael est très fier de savoir lire l'heure et, en plus, d'avoir une montre à lui.)

– Mamie l'emmène pour qu'elle soit réévaluée.

– Quoi ?

– Les instituteurs sont d'accord pour tester à nouveau Emily. Maman et Jim pensent qu'elle a fait de gros progrès depuis que Claudia s'en occupe. Si c'est bien le cas, les instituteurs la laisseront sans doute entrer en maternelle.

– Oh.

David Michael a donné un coup de pied dans son cartable qu'il avait laissé par terre.

Kristy a fait comme si de rien n'était. Elle lui a juste dit :

– Viens. On a un entraînement des Imbattables aujourd'hui et il faut qu'on aille à pied jusqu'au terrain. Et, ensuite, on rentrera aussi à pied. Sam ne peut pas nous emmener ni venir nous chercher.

– D'accord, a-t-il grommelé.

Kristy et son frère se sont changés et ils ont enfilé leur maillot des Imbattables. Puis Kristy a pris son équipement et elle s'est mise en route avec David Michael.

Le trajet pour aller au terrain est assez long et il est resté silencieux pendant au moins la moitié du chemin. Au bout d'un moment, Kristy en a eu assez.

– Bon, qu'est-ce qu'il y a, David Michael ?

Il fixait ses pieds.

– Dis-moi ce qui t'embête. Vas-y. Dis-moi ce qui ne va pas.

Au début son frère est resté muet, puis il a explosé :

– Je déteste Emily !

– Tu la détestes ?

– Non, je la déteste pas vraiment, mais tout le monde s'occupe d'elle.

– Hum. Tu sais, parfois, moi aussi, je suis jalouse d'Emily.

(C'était très intelligent de la part de Kristy de dire ça. Elle n'accusait pas son frère ; elle supposait simplement qu'il était jaloux et elle avait l'air de trouver ça naturel. Ensuite elle admettait qu'elle aussi était jalouse. Comme ça, il se sentait moins coupable.)

– Toi aussi ? s'est étonné David Michael.

– Oh, oui. Elle passe du temps avec Claudia, qui est mon amie, et maman et Jim parlent d'elle à longueur de journée.

– C'est vrai.

David Michael avait l'air en colère.

– Alors tu sais ce que je fais ?

– Quoi ?

– Je me dis deux choses. La première, c'est qu'Emily a vraiment des problèmes et qu'elle a besoin d'aide, et que maman et Jim seraient aussi attentifs avec moi si, moi aussi, j'en avais besoin. Et la deuxième, c'est qu'il y a beaucoup de choses que je peux faire et qu'elle ne peut pas faire.

Réfléchis, si tu étais Emily, tu ne pourrais pas jouer au base-ball. Tu ne pourrais pas lire. Tu ne pourrais pas regarder tes émissions de télé préférées parce que tu ne serais pas capable de les comprendre. Tu ne pourrais pas aller à des goûters d'anniversaire...

– Je n'aurais pas d'amis, a continué David Michael, et je ne pourrais pas faire du vélo ou du skate-board.

– Exactement. Tu sais quoi ? J'aime Emily. Vraiment. Mais je pense aussi que tu es génial. Tu es gentil avec tes amis. Tu es drôle. Tu aimes les animaux. Et tu es aussi un grand frère super pour Karen et Andrew, et même pour Emily.

– Est-ce que je suis un bon joueur de base-ball ?

Kristy ne pouvait quand même pas mentir.

– Tu vas devenir un très bon joueur.

Cette réponse a paru satisfaire son frère.

Ce qu'il faut savoir sur les Imbattables, c'est que ce ne sont pas vraiment de bons joueurs. C'est d'ailleurs pour ça que Kristy a mis en place cette équipe au début. Elle savait qu'il y avait plein d'enfants de Stonebrook – garçons et filles – qui étaient trop jeunes ou pas assez bons pour rejoindre la Petite Ligue. Elle a donc décidé de créer une équipe pour ces enfants. Et elle s'est retrouvée avec des gamins qui savaient à peine jouer mais qui étaient vraiment très motivés. Ils s'entraînaient dur, s'encourageaient les uns les autres et ne se décourageaient jamais. En fait, ils travaillaient tellement dur qu'ils avaient été plusieurs fois sur le point de battre les Invincibles de Bart. C'est une autre équipe d'enfants qui ne font pas partie de la Petite Ligue. Il y a pourtant une différence entre les Invincibles et les Imbattables : les Invincibles sont plus vieux que la plupart des Imbattables... et ils sont plus doués. Ce qui est rigolo, c'est que Kristy et Bart Taylor sortent ensemble quelquefois, même s'ils entraînent des équipes rivales. Ils ne sont pas vraiment petit ami et petite amie (pas encore) mais, à mon avis, ça ne va pas tarder.

Bon, quand Kristy et son frère sont arrivés au terrain ce jour-là, David Michael se sentait vraiment plus sûr de lui grâce aux compliments que sa sœur venait de lui faire. Et cela s'est répercuté pendant l'entraînement.

– Votre attention ! a crié Kristy en tapant dans ses mains.

Toute l'équipe s'est rassemblée autour de son entraîneur. Il y avait Myriam et Gabbie Perkins (Gabbie, vous vous souvenez, n'a que deux ans et demi) ; Simon Newton, qui s'enfuit à chaque fois qu'une balle se dirige vers lui ; Max Delaney et Cornélia et Lenny Papadakis, qui ont du mal à frapper la balle ; Jackie Rodowsky (la catastrophe ambulante) ; Matt Braddock, qui est sourd ; et d'autres enfants dont Timmy Tsu qui venait de rejoindre l'équipe. Devinez qui d'autre était là ? Les pom-pom girls des Imbattables : Vanessa Pike, Charlotte Johanssen et Helen Braddock !

L'entraînement a commencé. Kristy a divisé les Imbattables en deux équipes et a choisi David Michael comme lanceur de son équipe. Puis elle a fait un petit discours d'encouragement :

– Maintenant, allez-y et jouez bien ! Vous êtes les meilleurs ! Vous avez bientôt un match contre les Invincibles !

David Michael a lancé exceptionnellement bien ce jour-là et Cornélia a manqué la balle.

Myriam s'est mise en place, a tapé dans la première balle de David Michael et a couru jusqu'en deuxième base.

Tout le monde l'encourageait, même les enfants de l'autre équipe. C'est tout à fait l'esprit des Imbattables.

Puis c'était au tour de Claire de frapper dans la balle. Kristy a échangé un coup d'œil avec les pom-pom girls. Immédiatement elles l'ont encouragée :

– Allez, Claire ! Allez, Claire !

Mais Claire n'a pas réussi. Et, comme tout le monde le redoutait, elle a piqué une colère.

– Pas juste ! Pas juste ! Pas juste ! a-t-elle hurlé en devenant toute rouge.

Vanessa a l'habitude des colères de sa sœur. Elle l'a prise à part et l'a calmée puis Claire est retournée dans son équipe.

– Bon, on change de côté ! a annoncé Kristy au bout d'un moment.

Les batteurs ont pris position sur le terrain et Kristy a aligné les autres joueurs dans leur ordre de frappe.

Le nouveau lanceur était un garçon appelé Jake Kuhn. David Michael était le premier batteur. Il a tapé dans la balle et… CRAC ! Il a fait un *home run*.

– Vas-y, David Michael ! a hurlé Kristy.

Les enfants criaient et sautaient sur place.

L'équipe de David Michael avait gagné. Ses équipiers (en fait, tous les Imbattables) l'ont entouré pour le féliciter d'avoir si bien joué.

– Peut-être que je suis prêt pour la Petite Ligue maintenant, s'est-il vanté.

– Oh, non ! Tu ne peux pas nous abandonner ! a protesté Timmy Tsu.

– Oui, les Imbattables ont besoin de toi, a ajouté Max Delaney.

David Michael n'a pas pu se retenir de sourire.

– D'accord, je vais rester une saison de plus.

Ensuite, les enfants ont commencé à partir.

Kristy et son frère allaient s'en aller quand quelqu'un a tapoté Kristy sur l'épaule.

Elle s'est retournée et s'est retrouvée nez à nez avec Bart Taylor… (elle a failli avoir une attaque !)

– Bart !

Son cœur battait à cent à l'heure.

– Je savais que je te trouverais ici.

– Tu espionnes les Imbattables, alors ? a plaisanté Kristy.

– Bien sûr que non. Je voulais simplement faire le chemin avec toi.

Il lui a passé le bras autour des épaules.

David Michael les regardait sans rien dire. Sa sœur s'est rendu compte qu'il se sentait, une fois encore, tenu à l'écart et, du coup, elle a glissé son autre bras autour de lui.

– J'ai vraiment de la chance. J'ai deux garçons géniaux pour me raccompagner jusque chez moi.

(Et elle avait aussi deux garçons géniaux pour l'aider à porter l'équipement.)

David Michael rayonnait.

Quand ils sont arrivés chez les Lelland, Kristy était prête à inviter Bart à entrer… mais, juste à ce moment-là, la voiture de Mamie a fait irruption dans l'allée.

– Bart. Je dois y aller. Je t'expliquerai plus tard. Merci d'être venu me chercher à l'entraînement. Ça m'a fait très plaisir.

Comme Bart est assez cool, il est parti sans poser aucune question.

Kristy s'est précipitée vers Mamie.

– Qu'est-ce qu'ont dit les instituteurs ? Qu'est-ce qu'ils ont dit ?

Mamie était en train de détacher Emily de son siège auto.

– Oh, chérie. Nous ne le saurons pas tout de suite. Ils ont besoin de plusieurs jours pour examiner les résultats des tests.

– Oh !

Kristy était déçue, mais elle était confiante. Elle m'a dit plus tard :

– Claudia, j'ai confiance en toi. Je suis certaine que tu as aidé Emily. Tu es vraiment douée !

Eh bien, j'espérais qu'elle avait raison.

13

Le lendemain, Samuel a déposé Emily chez moi pour un cours. Honnêtement, Sam pourrait monter une société de chauffeurs. Il ferait certainement fortune.

– Salut, mademoiselle Emily, ai-je dit en ouvrant la porte.

Sam a déposé sa petite sœur par terre.

– Bonjour, Ko-ia, a-t-elle répondu.

Elle a souri. Elle commençait à dire bonjour aux gens, à les appeler par leurs prénoms qu'elle prononçait aussi bien qu'elle le pouvait.

– Bonjour, Claudia. Je reviens chercher Emily dans une heure, d'accord ?

– Parfait, Sam. A tout à l'heure.

– Au revoir, Emily, a fait Samuel en descendant le perron.

– Au revoir, Sam-è.

Aucun gémissement. Elle était venue chez moi plusieurs fois et elle savait que Samuel (ou quelqu'un d'autre) viendrait la rechercher. Ses frayeurs commençaient à disparaître.

– Bon, Emily, ai-je annoncé en la faisant entrer. On va aller dans ma chambre.

Nous travaillions toujours dans ma chambre. J'avais décidé d'instaurer des habitudes avec Emily, exactement comme si elle était à l'école et qu'elle allait toujours dans la même salle de classe.

Nous sommes donc montées au premier étage. (Elle n'est pas très rapide pour grimper les escaliers.) Puis nous sommes passées devant la chambre de Jane.

– Bonjour, Jè ! a lancé Emily chaleureusement.

Qui pouvait résister à ça ? Personne, même pas Jane.

– Emily ! s'est exclamée ma sœur.

Et elle lui a tendu un ballon qu'elle avait manifestement gardé pour elle.

– Qu'est-ce qu'on dit ? ai-je murmuré.

– Merci, a répondu aussitôt Emily.

Puis je lui ai demandé :

– Emily, de quelle couleur est ton ballon ?

– Gon-fer !

– Oui, mais de quelle couleur est-il ?

– Rouze. Gon-fer !

Comme elle avait bien répondu, je lui ai gonflé son ballon. Puis nous sommes allées dans ma chambre où je l'ai installée par terre. J'ai posé le ballon sur mon bureau.

– Tu le reprendras quand Samuel viendra te chercher.

(Si je la laissais jouer avec, elle ne serait jamais capable de se concentrer.)

Pendant l'heure suivante, Emily a travaillé dur.

Elle était devenue une pro des paires, elle savait le nom de quelques couleurs et elle reconnaissait des formes. Elle n'arrivait cependant pas à dire les noms des formes, car c'était trop difficile. Une fois, je lui avais demandé de dire « triangle » et elle m'avait regardée comme si j'étais folle.

La leçon de ce jour-là portait sur les chiffres. En regardant les *Télétubbies*, Emily avait déjà appris à compter jusqu'à dix, mais les mots ne voulaient rien dire pour elle. Elle débitait simplement (très vite) : « un-deux-trois-quatre-cinq-six-sept-huit-neuf-dix ». Je devais donc lui apprendre ce que ces mots signifiaient.

J'ai mis trois triangles bleus par terre devant elle.

– Beu !

– Très bien, Emily. Ils sont bleus, et ils sont tous pareils, ce sont des triangles, mais combien y en a-t-il ?

Avant qu'Emily puisse avoir l'impression de ne rien comprendre, j'ai pris son doigt et je l'ai pointé sur chaque triangle en disant clairement :

– Un... deux... trois !

– Quatre-cinq-six-sept-huit-neuf-dix ! a continué Emily triomphalement.

– Non, on va recommencer.

C'est donc ce que nous avons fait. J'ai ajouté un autre triangle et j'ai compté jusqu'à quatre. Cet après-midi-là, nous avons compté des cercles, des carrés, les doigts et les orteils d'Emily, mes chaussures, des crayons. Et enfin, juste quand Sam est arrivé, nous étions en train de compter les carrés de chocolat que j'avais donnés à Emily comme récompense pour ses efforts. Elle ne comptait pas encore super bien, mais ça allait venir.

Quand elle est partie, j'ai fermé doucement la porte de ma chambre. J'entendais le cliquetis du clavier de Jane et je savais qu'elle travaillait dur et qu'elle était probablement à des millions de kilomètres d'ici dans sa tête, mais je ne voulais prendre aucun risque. J'avais décidé de téléphoner dans le Wyoming et je ne voulais pas qu'elle m'entende.

Il m'avait fallu longtemps, très longtemps pour trouver le courage de passer ce coup de téléphone dans le Wyoming mais là, j'étais prête. Si je n'appelais pas, je ne retrouverais jamais Resa Ho, et je le regretterais vraiment un jour. J'en étais certaine.

J'ai sorti l'annuaire.

J'ai cherché l'indicatif du Wyoming en espérant désespérément qu'il n'y en aurait qu'un seul.

Et, ouf, c'était le cas.

C'était le 307.

Je ne me suis pas laissé une seconde de répit. Je me suis lancée et j'ai composé le (307) 555-1212, le numéro des renseignements.

– Quelle ville, s'il vous plaît ? m'a demandé l'opératrice.

– Cuchara.

– Très bien, allez-y.

Allez-y ? Ah, elle voulait savoir quel numéro je voulais.

– J'ai besoin du numéro des Ho.

– Des Ho ?

– Oui, Ho. H-O.

– Il y a trois Ho à Cuchara, mademoiselle, m'a-t-elle

répondu patiemment. Est-ce que vous connaissez leur adresse ou est-ce que vous avez un prénom ?

– Hum, est-ce qu'il y a un George Ho ?

– Je suis désolée, je n'ai pas de George.

– Oh. Bon, pouvez-vous me donner les numéros des trois Ho que vous avez ?

L'opératrice m'a donné les numéros de Mary Ho, de Sydney et Sheila Ho et de Barry et Patty Ho.

– Merci.

J'ai raccroché et j'ai continué sur ma lancée. J'ai composé le numéro de Mary Ho. Le téléphone a sonné vingt fois. Pas de réponse. Elle n'était pas chez elle.

Ensuite j'ai essayé Sydney et Sheila Ho. Une femme m'a répondu dès la première sonnerie ! Et ensuite – je vous jure que je ne sais pas comment j'ai eu cette idée – je me suis retrouvée en train de dire :

– Mes félicitations ! Votre fille Resa a été choisie comme gagnante de...

– Excusez-moi, m'a coupée la femme, mais je n'ai pas de fille qui s'appelle Resa. Ma fille s'appelle Pamela.

– Est-ce qu'elle a treize ans ?

– Oui.

– Hum.

J'ai fait mine d'être perplexe.

– Est-ce que vous connaissez une jeune fille de treize ans à Cuchara qui s'appelle Resa ?

– Non.

La femme avait l'air agacée.

– Quel dommage. Je veux dire, pour votre fille. Elle aurait remporté une télévision couleur.

Puis j'ai raccroché et j'ai appelé Barry et Patty Ho en essayant le même subterfuge. Mais le garçon qui m'a répondu m'a dit qu'il avait quatorze ans et qu'il avait deux petits frères.

J'ai essayé à nouveau Mary Ho. Toujours aucune réponse.

Ensuite, j'ai téléphoné à Lucy.

– Devine quoi ? J'ai trouvé ma vraie mère.

– Tu plaisantes !

Lucy semblait stupéfaite.

Je lui ai expliqué ce qui s'était passé quand j'avais appelé le Wyoming et que, par élimination, Mary devait être ma mère.

Après un long silence, Lucy m'a dit :

– Claudia, écoute. Peut-être que tu as été adoptée. Mais je ne crois pas que Mary Ho soit forcément ta mère. Tout d'abord, tu ne lui as pas parlé et tu ne sais rien d'elle. Et puis, qu'est-ce qui te fait dire que tu es née à Stonebrook ?

– Je ne sais pas. Ça semble logique, c'est tout. Une fois, j'ai entendu une histoire à propos d'une femme qui avait accouché d'un enfant qu'elle ne pouvait pas garder, alors le médecin qui l'avait accouchée a adopté le bébé. Ce bébé est sans doute né dans la ville où vit sa mère. Bon, de toute manière, réfléchis. Je ne ressemble à personne de ma famille. J'ai un physique différent. Je crois que je suis peut-être seulement à moitié asiatique. Je pense...

Je me suis mise à pleurer.

– Claudia, calme-toi. Tu t'emballes trop vite. Regarde, dans une famille, chacun est différent. Je suis la seule MacDouglas à avoir du diabète. Et réfléchis, Jessi et Becca sont très différentes. Et regarde Nicky Pike. Tu dis que ça ne va pas dans ta famille mais, lui, ses frères se moquent de lui et il n'aime pas jouer avec ses sœurs.

J'ai reniflé.

– Je suppose que tu as raison.

– Ce qui est sûr, a continué Lucy, c'est que tu ne te sentiras pas mieux tant que tu ne connaîtras pas la vérité. Tu n'es même pas certaine d'avoir été adoptée.

– Mais comment vais-je faire pour le savoir ? Je ne sais plus où chercher.

– Demande à tes parents.

– Ils ne me diront jamais la vérité.

– Comment peux-tu en être tellement sûre ? Ils t'ont dit la vérité quand Mimi était malade. Ils t'ont dit la vérité à propos de plein de choses. Pose-leur la question. Tu dois le faire.

J'ai soupiré.

– D'accord. Je leur parlerai après le dîner.

14

Vous pensez que ça a été dur d'attendre la fin du dîner ?
Eh bien, vous avez raison.
Mais je n'avais pas le choix.

Quand maman et papa sont rentrés du bureau, ils étaient affamés et, du coup, nous sommes tout de suite passés à table. Et je n'allais pas aborder le sujet de mon adoption devant Jane. J'avais besoin d'avoir une discussion en tête à tête avec mes parents. Mes parents adoptifs.

Le dîner a été plutôt pénible. Mon estomac était noué et j'avais du mal à manger. Je ne pouvais pas me concentrer non plus. Je passais mon temps à dire « Quoi ? Quoi ? » et maman m'a demandé deux fois si je me sentais bien. Elle s'est même penchée vers moi pour me toucher le front.

Quand Jane a fait tomber sa fourchette, j'ai sursauté comme une folle. J'ai failli tomber de ma chaise. A ce moment-là, j'ai vu maman et papa échanger un regard inquiet qui, bien entendu, me concernait.

Pendant tout le dîner, je m'étais creusé la tête pour trouver comment demander à mes parents d'avoir une discussion en tête à tête avec eux, mais finalement, je n'ai même pas eu besoin de le faire. C'est eux qui me l'ont proposé. Ils ont commencé par dire :

– Jane, tu peux ranger la cuisine ce soir, s'il te plaît ?

– Mais c'est le tour de Claudia, a répliqué ma sœur.

– Tu vas échanger pour ce soir, lui a dit papa d'un ton qui n'admettait aucune contestation. Claudia rangera demain.

– D'accord, a répondu Jane en faisant la moue.

Puis maman a ajouté :

– Viens dans le bureau, Claudia. Ton père et moi, nous voulons te parler.

Ils voulaient me parler ? Allaient-ils me dire qu'ils étaient au courant de ce que j'avais fait – mes recherches et tout le reste – et qu'ils avaient décidé de me dire la vérité ?

Non.

Nous nous sommes installés dans le bureau, maman et papa sur le canapé avec moi entre eux. Une Claudia en sandwich entre ses parents.

– Claudia, a commencé mon père, visiblement quelque chose ne va pas. Tu n'avais pas l'air bien au dîner ce soir. Nous espérons que tu vas nous dire ce qui ne va pas et nous laisser t'aider.

J'ai hoché la tête. J'avais une énorme boule dans la gorge qui m'empêchait de parler.

– Est-ce que tu as des problèmes à l'école ? m'a demandé doucement maman.

Elle a repoussé une mèche de mon front.

J'ai secoué la tête.

– Ce n'est pas un interrogatoire, a dit papa en essayant de plaisanter.

Je n'ai même pas réussi à sourire.

– Tu t'es disputée avec Lucy ?

Une nouvelle fois, j'ai secoué la tête. Et ensuite, je n'ai pas pu me retenir de fondre en larmes.

Mes parents ont eu l'air très inquiets.

– Claudia ?

– Vous m'avez menti ! ai-je fini par lâcher.

Sans le voir, je savais que maman et papa échangeaient un regard interrogatif au-dessus de ma tête.

– Nous t'avons menti ? a répété papa.

– Oui, ai-je affirmé en hoquetant. Toutes ces années. Chaque fois que vous disiez : « Quand Claudia est née... », ou « Quand Claudia était bébé... », ou « Quand Claudia est rentrée de la maternité... ». Et jamais, non jamais, vous ne m'avez dit que vous m'aviez adoptée.

– Adoptée ! s'est exclamée ma mère.

– Oui. Je sais tout. J'ai trouvé des indices. Tout se tient. Il n'y a aucune photo de moi bébé et il y en a des tonnes de Jane. Des tonnes, ai-je ajouté en insistant.

– Mais..., a commencé papa.

– Et je suis tellement différente de vous et de Jane. Vous êtes tous intelligents et vous êtes assez... – comment on dit ? – classiques. Alors que je suis mauvaise en classe, que je m'habille de façon plutôt originale et que j'aime bien faire la folle. En plus, je ne ressemble même pas à l'un d'entre vous.

– Mais..., est intervenue maman.

– En plus, ai-je continué, j'ai trouvé le petit coffre fermé à clé. Là, ai-je dit en désignant le bureau. Je ne fouillais pas. Juré. Je cherchais des photos de moi bébé parce que je n'en avais pas trouvé beaucoup dans les albums. Je sais que mes papiers d'adoption sont dans cette boîte.

– Mais..., a essayé papa.

– Et enfin, l'ultime preuve, c'est que ma naissance n'est pas annoncée dans le *Stonebrook News.* Je suis allée à la bibliothèque et j'ai cherché avec le lecteur de microfiches. Donc je sais que je ne suis pas née ici. Ou si c'est le cas, ma vraie mère m'a donné un autre nom. Alors, maintenant, je vous demande de me dire la vérité. Allez-y. Je suis prête.

Mes parents avaient l'air choqués. C'est la seule manière de décrire leur expression. Je parie qu'ils ne pensaient pas que j'étais assez intelligente pour découvrir tout ça.

– Allez-y, les ai-je défiés.

– Claudia, chérie, m'a répondu maman. Tu n'as pas été adoptée.

Elle a prononcé ces mots tellement simplement que je l'ai crue immédiatement.

– Je n'ai pas été adoptée ?

– Non, ont répliqué mon père et ma mère en même temps.

– Vous voulez dire que je suis votre véritable enfant ?

– Bien sûr.

Papa m'a pris la main.

– Mais, et les photos ? ai-je demandé.

Maman a paru embarrassée.

– Je suis désolée, mais nous n'avons aucune explication pour ça, excepté le fait que tu es le deuxième enfant. C'est une triste réalité mais il y a souvent plus de photos du premier bébé que du deuxième. Les parents sont complètement émerveillés par leur premier bébé. Ils ont du mal à croire que c'est eux qui lui ont donné la vie. Du coup, ils n'arrêtent pas de prendre des photos. Mais, quand le deuxième enfant – ou le troisième ou quatrième ou cinquième – arrive, ils sont plus habitués. Et ils n'ont pas autant de temps pour prendre des photos parce que le nouveau bébé n'est pas leur seul enfant. Ils sont plus occupés.

Je me suis un peu détendue.

– Et tu sais, a ajouté papa, crois-moi, tout le monde est différent. Ce serait triste si tous les membres de la famille étaient exactement pareils.

– Regarde Peaches et moi, a insisté maman. Qui pourrait deviner que nous sommes sœurs ? Mais Peaches et toi, vous vous ressemblez beaucoup.

– Et, tu sais, est intervenu papa, tu ressembles énormément à Mimi quand elle était jeune.

– C'est vrai ?

– Oui, a affirmé ma mère les larmes aux yeux. Je te montrerai des vieilles photos de Mimi plus tard.

Je me sentais de mieux en mieux.

– Maintenant, a demandé papa, est-ce que tu voudrais savoir pourquoi ta naissance n'a pas été annoncée dans le *Stonebrook News* ?

– Oui. Vraiment beaucoup.

– Parce qu'elle a été annoncée dans la *Gazette de Stonebrook*. Et celle de Jane aussi.

– La *Gazette de Stonebrook* ? C'est quoi ?

– Un journal local qui s'est arrêté il y a environ neuf ans.

– Si tu retournes à la bibliothèque et que tu regardes dans la *Gazette* sur le lecteur de microfiches, tu trouveras l'annonce de ta naissance, m'a assuré maman. Mais ne t'embête pas avec ça, j'ai un exemplaire du journal dans le bureau de ma chambre.

– Oh, waouh !

Je me suis mise à rire, et mes parents m'ont souri.

– Tu te sens mieux ? s'est enquis mon père.

– Je me sentirai complètement bien quand vous m'aurez montré ce qu'il y a dans cette boîte qui est dans le premier tiroir du bureau.

Papa n'a pas hésité une seconde. Il s'est levé, a pris ses clés dans sa poche et a ouvert la boîte qu'il avait tirée du tiroir. Il l'a tenue ouverte devant moi.

Elle était pleine d'argent.

– Oh, là, là ! ai-je hurlé. C'est pour quoi faire ?

– Pour les urgences, m'a expliqué maman. Il y a cinq cents dollars dans cette boîte. Et rien d'autre. Nous aimerions cependant que tu n'en parles à personne. Nous ne voudrions pas être volés. L'argent est là au cas où nous aurions un besoin urgent d'argent liquide en pleine nuit.

Je me suis effondrée sur le canapé.

– Je n'arrive pas à y croire, ai-je murmuré. Je me sens tellement idiote. Vous devez penser que je suis folle.

– Bien sûr que non, m'a rassurée papa. Nous pensons que tu es brillante, sensible et créative. Et différente.

J'ai souri.

– Et nous t'aimons exactement comme tu es, a ajouté maman. Nous savons aussi que ce n'est pas facile d'avoir treize ans. Je suppose que c'est encore plus difficile pour toi que pour la plupart des autres enfants avec une sœur comme Jane.

– Ça, c'est sûr.

– Bon, surtout, a dit papa, dans l'avenir, si tu te poses d'autres questions, viens nous en parler tout de suite, d'accord ?

– D'acc', et je suis vraiment, vraiment désolée de vous avoir accusés de m'avoir menti.

Maman et papa m'ont souri. Puis nous nous sommes embrassés.

Et ensuite, bien évidemment, j'ai filé dans ma chambre pour téléphoner à Lucy.

Plus tard, maman m'a montré des photos de ma grand-mère. Nous avons comparé les photos de Mimi quand elle avait douze ans avec les miennes au même âge.

Nous aurions pu être jumelles.

Cette nuit-là, j'ai dormi avec une des photos de Mimi sous mon oreiller.

15

Nous étions vendredi, ça faisait trois jours que j'avais découvert que je n'avais pas été adoptée. J'attendais que mes amies arrivent pour la réunion du Club des baby-sitters.

Pendant ce temps-là, je regardais le mur au-dessus de mon bureau. J'y avais accroché un nouveau truc. Je peins des tableaux ou je fais des dessins pour décorer ma chambre, et je les change souvent.

Pourtant, là, ce n'était pas l'une de mes créations. Enfin, pas vraiment. J'avais pris une photo de Mimi quand elle avait douze ans et une de moi datant de mon année de cinquième, et je les avais collées sur un carton pour les mettre l'une à côté de l'autre dans un même cadre. Je savais que je ne le décrocherais jamais. Ce cadre resterait accroché dans ma chambre jusqu'à ce que je parte à l'université (si j'étais un jour acceptée dans une université) et, ensuite, je pourrais l'emporter avec moi pour le mettre au-dessus de mon bureau dans ma chambre universitaire.

J'étais tellement absorbée dans la contemplation des photos que je n'avais même pas entendu Lucy entrer dans ma chambre.

– Oh, oh ! a-t-elle fait en découvrant les photos. C'est toi et Mimi, c'est ça ?

– Euh... Ah, oui.

Je m'efforçais de ne pas montrer à Lucy qu'elle avait failli me tuer en s'approchant de moi comme ça, sans faire de bruit.

– Eh bien, il n'y a aucun doute : Mimi est bien ta grand-mère. Tu es son portrait tout craché.

– Oui, et si elle était toujours vivante, elle m'aurait probablement montré ses photos dès que j'ai commencé à penser que j'avais été adoptée...

– Sans doute, a acquiescé Lucy. Mais il faut apprendre à se débrouiller sans les gens que nous aimons.

(Je savais que Lucy était en train de penser à son père et au divorce de ses parents.)

– Dis donc, quelle conversation joyeuse ! me suis-je exclamée.

Lucy s'est mise à rire. Puis elle s'est laissée tomber sur mon lit.

– Je suis épuisée, a-t-elle déclaré. Pourtant cet après-midi, j'ai gardé Laura Perkins, et elle a dormi pratiquement tout le temps. On croirait que j'ai couru un marathon. Carla va prendre la chaise de bureau aujourd'hui parce que je revendique une place sur le lit.

J'ai regardé Lucy d'un œil inquiet. Elle était toujours fatiguée ces derniers temps.

– Lucy..., ai-je commencé.

J'étais sur le point de lui faire la morale quand Kristy est entrée en trombe.

– Salut, vous deux ! a-t-elle hurlé.

Elle s'est installée dans le grand fauteuil, a mis sa visière et coincé un crayon derrière son oreille.

Dans les cinq minutes qui ont suivi, Jessi est arrivée, puis Mal, et enfin Mary Anne et Carla. Tous les membres du Club des baby-sitters étaient présents.

– Une info pour le club ? nous a demandé Kristy.

– Je vais essayer de nous trouver quelque chose à goûter, ai-je annoncé.

– Tout à fait d'accord, a approuvé Mallory.

– Bon, OK, a fait Kristy. Claudia, fais passer ce que tu as caché sous ton lit, et ensuite j'ai des nouvelles à vous apprendre. Des nouvelles concernant le club, a-t-elle dit en insistant sur le mot « club ».

J'ai sorti un paquet de mini barres au chocolat de sous ma couette et un sachet de chips de sous mon oreiller. Pendant que mes amies se servaient, Kristy a repris :

– Bon, il y a toutes sortes de nouvelles. D'abord, M. Papadakis – je veux dire, le grand-père de Cornélia, Lenny et Sarie – rentre demain. Il est guéri de sa pneumonie et sa hanche est complètement remise.

– C'est génial ! se sont exclamées Carla et Mary Anne en même temps.

– Je sais, a continué Kristy. Mais, je dois admettre que ces gardes vont me manquer. Les enfants Papadakis sont tellement géniaux. Je les adore vraiment. Vous auriez dû voir ce qu'ils ont fait pour souhaiter la bienvenue à leur grand-père chez lui.

– Quoi ? a demandé Jessi.

– Une carte de bienvenue qui est plus grande que Lenny.

– Tu plaisantes ? s'est étonnée Lucy.

Kristy a secoué la tête.

– Non. Ils ont travaillé dur pour la faire. Même Sarie. Mme Papadakis leur a donné beaucoup de matériel – des napperons en papier, des paillettes, des étoiles, enfin plein de choses. Lenny a écrit : « BIENVENUE A LA MAISON, POPPY » en grosses lettres, Cornélia les a coloriées et Sarie a collé des gommettes partout. La carte est vraiment sympa et ils sont très fiers de leur œuvre.

– C'est vraiment super, ai-je dit.

– Oui. Bon, maintenant que je n'aurai plus ces gardes régulières chez les Papadakis, je vais pouvoir passer plus de temps avec ma famille. Ce qui m'amène à mon autre nouvelle. Les instituteurs ont donné à maman et à Jim les résultats du deuxième test d'Emily.

Nous avons toutes retenu notre souffle.

– Et elle a bien réussi.

Nous avons toutes poussé un soupir de soulagement.

– Les instituteurs disent qu'Emily a fait beaucoup de progrès. D'abord, elle n'a plus peur de tout. Elle fait plus confiance aux autres. Quand on la laisse quelque part, ou toute seule dans sa chambre, elle sait que quelqu'un viendra la rechercher. Elle n'aime toujours pas les coups de tonnerre ou le noir, et elle pleure toujours de temps en temps la nuit, mais elle va beaucoup mieux pour plein de choses.

– Et pour la maternelle ? ai-je demandé d'une voix tremblante comme un parent nerveux.

– Les instituteurs sont d'accord pour qu'Emily vienne à partir de la rentrée, a répondu Kristy. C'est très bien pour nous. Elle aura trois ans à ce moment-là, ce qui est exactement l'âge auquel Karen et Andrew y sont allés aussi. Et...

Dring, dring !

– Je réponds, a annoncé Carla. Bonjour, le Club des baby-sitters, Carla Schafer à votre service. (Un silence.) Oh, bien sûr. Je vous rappelle tout de suite. Au revoir.

Carla a raccroché et nous avons arrangé un baby-sitting pour les Delaney (ils habitent dans le quartier de Kristy). Mais pour ça nous avons dû téléphoner à nos membres intérimaires car nous étions toutes prises ce jour-là. Heureusement, Louisa Kilbourne a pu prendre cette garde.

Le téléphone a sonné deux autres fois de suite, et nous avons été occupées par nos emplois du temps. Kristy était aux anges. Elle adore les réunions animées.

Ça s'est finalement calmé et elle a pu continuer l'histoire d'Emily.

– Cet été, nous allons lui apprendre à être propre. Mais je pense qu'Emily y arrivera. Les instituteurs étaient vraiment épatés par ses progrès. Et ça, c'est grâce à toi, Claudia.

J'ai souri jusqu'aux oreilles. Je me sentais tellement fière. Moi, Claudia Koshi, l'élève de quatrième médiocre, j'étais professeur ! Et un excellent professeur. Je pouvais enseigner des choses à des enfants, et tellement bien que de vrais professeurs étaient impressionnés !

– Tu te rappelles comme tu étais inquiète à propos d'Emily, Kristy ? a demandé Jessi.

– Oui. Je crois que je m'en suis trop fait. Maman, Jim, le médecin et les instituteurs n'arrêtaient pas de dire qu'Emily allait bien. Mais j'avais peur que quelque chose n'aille vraiment pas. Heureusement, ils avaient raison. Ils savaient ce qu'ils faisaient. Oh, vous savez ce que les instituteurs ont dit d'autre ?

Kristy me regardait.

– Quoi ?

– Que tu pourrais continuer à faire travailler Emily. Maman veut t'en parler. Ils pensent que tes petits cours préparent bien Emily pour l'école.

– Waouh ! Ils veulent vraiment que je la fasse travailler ?

– Oui. Je pense que je pourrais le faire, ou Mamie. Mais maman dit que c'est bien pour Emily d'être avec quelqu'un qui n'est pas de la famille. En plus, tu fais un travail génial.

– Merci ! Je peux appeler ta mère ? Nous n'avons pas organisé le prochain cours d'Emily. Tu crois qu'elle est rentrée du bureau ?

Kristy a consulté sa montre.

– Je ne sais pas. Ça dépend. Peut-être. Essaye de l'appeler, d'accord ?

– D'accord.

J'ai composé le numéro des Parker-Lelland.

Après trois sonneries, j'ai entendu un bruit à l'autre bout du fil. Puis il y a eu un silence et une petite voix a dit avec entrain :

– Ayo !

Oh, là, là ! Emily avait répondu au téléphone.

– Emily, c'est Claudia.

– Bonjour, Ko-ia.

– Bonjour !

J'ai posé ma main sur le combiné.

– Eh, vous toutes ! Vous n'allez jamais me croire. Emily a répondu au téléphone !

Kristy a écarquillé les yeux.

– Oh ! J'aimerais lui parler.

Je lui ai tendu le téléphone.

– Salut, Emily ! C'est moi, Kristy.

Kristy s'est tue et elle a souri. Puis elle nous a regardées et a annoncé :

– Emily a juste dit « ayo ».

Bon, bien sûr, tout le monde a voulu parler à Emily. Après, j'ai demandé à Kristy :

– Tu crois que ta mère est là ? Quelqu'un a dû aider Emily à prendre le téléphone, et il faut que je parle à ta mère pour organiser les prochains cours.

Kristy s'est mise à rire.

– J'avais oublié.

Après avoir demandé à Emily cinq fois si elle pouvait parler à maman, Kristy a enfin réussi à avoir Mamie qui lui a dit que sa mère n'était pas rentrée mais qu'elle me téléphonerait le soir.

Comme il était plus de dix-huit heures, mes amies sont parties. Je suis restée dans ma chambre. Je me suis assise à mon bureau pour regarder les photos de Mimi et moi.

« C'est fou que je me sois imaginé que j'avais été adoptée, ai-je dit à la photo de Mimi. Mais tu dois admettre que les indices étaient trompeurs. Emily Michelle et moi, nous avons beaucoup de points communs. Mais je suis tellement, tellement contente d'être ta vraie petite-fille. Je veux dire ta petite-fille de sang. Et je suis contente que maman et papa soient mes vrais parents. Je suis même contente que Jane soit ma vraie sœur. Vraiment. »

Je me suis levée et je suis allée trouver Jane dans sa chambre.

– Viens, on va préparer le dîner toutes les deux ce soir, lui ai-je proposé. On va faire une surprise à maman et papa. Ça va être drôle.

Jane m'a regardée, étonnée. Puis elle m'a répondu :

– D'accord.

Mais, d'abord, elle a sauvegardé son travail et elle a éteint son ordinateur. Puis elle m'a souri.

Ma sœur et moi, nous avons descendu les escaliers ensemble.

LE CLUB DES BABY-SITTERS

MALLORY fait la grève

L'auteur tient à remercier
Jahnna Beecham et Malcolm Hillgartner
pour l'avoir aidée à préparer le manuscrit de ce livre.

1

Aujourd'hui, à exactement deux heures et quart, ma vie a basculé. M. Dougherty, notre professeur de création littéraire, nous a parlé de la Journée des jeunes auteurs.

Je m'appelle Mallory Pike, j'ai onze ans et je veux devenir écrivain. Correction : je *vais* devenir écrivain. J'écris déjà beaucoup, sur des tas de sujets différents. Et j'illustre moi-même mes récits.

Je disais donc que j'étais en atelier d'écriture quand M. Dougherty nous a parlé de cette fameuse journée. Tout de suite, je me suis dit que j'allais y participer. (J'espère que je n'ai pas l'air trop prétentieuse en disant ça.) Je suis déjà tellement contente d'avoir été acceptée au cours de M. Dougherty. C'est le prof le plus sympa, le plus drôle… le plus génial que j'aie jamais eu. En plus, il a écrit un livre qui a été publié. C'est donc un véritable auteur et un modèle pour moi. Les élèves du cours le surnomment Monsieur D., ce qu'il a l'air d'apprécier. C'est un homme tout rond et très gai. Il a une moustache touffue qu'il entortille autour d'un doigt quand il est content. Ce qu'il ne manque pas de faire quand on l'appelle Monsieur D.

Bon, où en étais-je ? A la Journée des jeunes auteurs. Monsieur D. nous a dit que c'était un jour spécialement dédié aux jeunes talents. Une romancière célèbre va venir au collège pour nous parler du travail d'écriture et nous expliquer comment faire pour être publié. Il y aura aussi un concours pour récompenser le meilleur poème, la meilleure nouvelle, le meilleur roman policier, les meilleures illustrations et, surtout, le meilleur texte de fiction toutes catégories des classes de sixième. C'est, bien sûr, dans la dernière catégorie que j'ai l'intention de m'inscrire. Et j'espère bien remporter le premier prix ! Quand je l'ai annoncé à Monsieur D., il a entortillé sa moustache au bout de son doigt d'un air amusé. J'ai tout de suite compris qu'il approuvait mon choix.

J'étais impatiente d'en parler à Jessi. C'est ma meilleure amie.

En fait, elle s'appelle Jessica. Elle est très jolie : grande, mince, avec de longues jambes de danseuse. Elle prend des cours de danse classique dans l'une des meilleures écoles de Stamford. Et elle a obtenu plusieurs rôles principaux dans des ballets aussi célèbres que *Coppélia*. J'ai assisté à toutes ses représentations. Mes amies du Club des baby-sitters et moi sommes ses fans les plus fidèles. Il faudra que je vous parle d'elles plus tard.

Jessi a le même âge que moi et nous sommes toutes les

deux les membres juniors du club. On se ressemble beaucoup. Sauf que, moi, je viens d'une famille nombreuse avec sept frères et sœurs – dont des triplés – et que Jessi n'a qu'un frère et une sœur. Je suis l'aînée de la famille; les triplés – Byron, Jordan et Adam – viennent juste derrière moi et ils ont dix ans; Vanessa a neuf ans, Nicky huit, Margot sept et Claire, la petite dernière, a cinq ans. Imaginez un peu nos repas! Une vraie pagaille, mais nos parents s'en sortent plutôt bien. Ils sont formidables.

Nicky et moi sommes les deux seuls à porter des lunettes. Je déteste ça. J'ai déjà supplié mes parents de me laisser porter des lentilles de contact, mais ils disent que je dois attendre d'être plus grande. J'ai aussi un appareil dentaire! Puisque je vous parle de ce que je n'aime pas en moi, autant vous dire que j'ai un nez horrible. Je le tiens de mon grand-père. J'aurais pu me passer de cet héritage!

Jessi a la chance de ne porter ni lunettes ni appareil dentaire. Elle vit avec ses parents, sa sœur et son frère – Rebecca, huit ans, et P'tit Bout qui est encore un bébé – ainsi que sa tante Cécilia. Le vrai prénom de son frère est John Philip Junior, mais c'est drôlement long pour un si petit bonhomme.

Jessi est la seule fille noire de toutes les classes de sixième. Cela n'a aucune importance pour moi, mais cela n'a pas été le cas pour tout le monde, surtout au début. J'ai honte d'avouer que des personnes de notre ville ont d'abord mal accueilli sa famille, heureusement, les choses se sont arrangées depuis.

J'ai retrouvé Jessi après les cours et nous sommes rentrées ensemble. Je lui ai parlé de la Journée des jeunes auteurs et du concours qui allait être organisé. Comme on était vendredi après-midi, nous étions plutôt de bonne humeur. Quand je lui ai dit que j'avais toutes mes chances pour le prix du meilleur texte de fiction, elle a sauté de joie et m'a prise dans ses bras. On est restées un bon moment au coin de la rue à papoter au lieu de rentrer directement.

– Voilà ce que je vais faire, lui ai-je dit en remontant mes lunettes sur le nez, je vais passer tout le week-end à travailler sur mon histoire. Et c'est moi qui vais gagner le premier prix !

– Tu sais déjà sur quoi tu vas écrire ?

J'ai secoué la tête.

– J'ai l'intention de ne pas sortir de ma chambre avant d'avoir trouvé l'idée qui va me faire gagner le concours.

– Tu pourrais écrire une histoire de chevaux. Tout le monde adore ça. La preuve, regarde les romans de...

– Mary O'Hara ! me suis-je écriée en même temps qu'elle.

C'est notre auteur préféré à toutes les deux. Nous avons éclaté de rire. Sans aucune raison d'ailleurs, mais on était vendredi après-midi et on ne pouvait pas s'empêcher d'être de bonne humeur.

– Il faut que je vérifie dans mon journal, ai-je ajouté en reprenant mon sérieux. Je note toutes mes idées dedans et il faut que je fasse le tri avant de décider quoi que ce soit.

Je garde précieusement mon journal dans ma chambre, sous mon matelas. Je partage ma chambre avec Vanessa, mais ce n'est pas pour ça que je cache mon journal. Je sais qu'elle respecte mon intimité. Elle écrit elle-même des poèmes et elle comprend donc qu'on ait besoin de garder des choses pour soi.

– Je vais d'abord faire tous mes devoirs cet après-midi

pour pouvoir me consacrer entièrement à mon histoire ce week-end.

J'ai réalisé à cet instant précis que j'avais surtout des exercices de maths et de sciences, les deux matières où je suis la moins bonne. Cela allait me demander beaucoup d'efforts et de concentration, ce qui ne serait sûrement pas une mince affaire vu mon état d'excitation.

Jessi a regardé sa montre.

– Tu ferais mieux de t'y mettre tout de suite, m'a-t-elle conseillé. La réunion du club commence dans à peine deux heures.

– Deux heures ! Il faut que je me dépêche alors ! A tout à l'heure chez Claudia ! ai-je crié en m'éloignant.

(Claudia est la vice-présidente du Club des baby-sitters et toutes nos réunions se déroulent chez elle.) Je suis rentrée chez moi le plus vite possible. Notre maison est de taille moyenne, ce qui fait qu'on est un peu à l'étroit tous les dix. Les triplés et Nicky sont ensemble et dorment dans des lits superposés. Claire et Margot sont dans une chambre et Vanessa et moi dans une autre. Ce sont nos parents, bien sûr, qui ont la plus grande. Vous vous doutez bien qu'autant de monde dans si peu de place, ce n'est pas facile tous les jours. On se bouscule toujours un peu. Il n'y avait aucune raison pour que ce jour-là échappe à la règle.

A peine ai-je ouvert la porte d'entrée que j'ai été accueillie par les cris perçants de Claire.

– Au secours ! Les grands méchants loups vont m'attraper ! a-t-elle hurlé en s'agrippant à ma jambe.

– Les grands méchants loups ?

En général, il n'y a qu'un seul méchant loup. J'étais étonnée qu'il y en ait plusieurs après elle. Claire m'a alors montré du doigt le salon, où j'ai pu voir les triplés à quatre pattes, prêts à l'attaque. Byron portait un casque de base-ball, Adam un masque de plongée, et Jordan des lunettes de ski. Ce dernier avait la raquette de tennis de papa à la main et tous trois avaient l'air prêts à bondir sur leur proie. C'est vrai qu'ils faisaient peur !

– Mousse est partie ! a continué Claire, d'une voix tremblante. (Mousse est le surnom que ma sœur donne à notre mère.) Ils l'ont nappée !

– Nappée ? Tu veux dire qu'ils l'ont kidnappée ?

– Oui ! m'a-t-elle répondu dans un sanglot.

Les garçons ont ignoré ses pleurs et se sont mis à rugir en grimpant sur le canapé.

– Arrêtez tout de suite, les garçons ! ai-je ordonné. Vous faites peur à Claire et ce n'est pas drôle.

– On le fait pas exprès ! a plaidé Jordan en abaissant sa raquette d'un air déçu. On jouait juste à l'invasion des mutants de l'espace !

– Eh bien, allez jouer dehors, ai-je répliqué en leur montrant le jardin. Je dois faire mes devoirs et j'ai besoin de silence.

– Quel rabat-joie ! a grommelé Byron en précédant ses frères dans le couloir. Venez, on va voir si d'autres envahisseurs ont atterri dans le jardin.

Une fois les garçons sortis, j'ai voulu monter dans ma chambre, mais c'était sans compter Claire qui était toujours cramponnée à moi.

– C'est bon, Claire, tu peux me lâcher maintenant. Les grands méchants loups sont partis. Où est maman ?

– Je t'ai déjà dit, m'a-t-elle répondu en frottant ses yeux pleins de larmes, ils l'ont nappée.

– Où l'ont-ils cachée ?

Claire a levé son doigt en l'air. Je suis alors montée à l'étage avec elle.

– Voyons ensemble si on peut la retrouver, ai-je proposé.

En montant les escaliers, j'ai jeté un coup d'œil à l'horloge du salon. Cela faisait déjà quinze minutes que j'avais quitté Jessi et je n'étais pas encore dans ma chambre ! J'allais être obligée de travailler encore plus vite que prévu pour finir mes devoirs à temps.

Nous avons regardé dans la chambre de nos parents où nous avons surpris Margot devant la coiffeuse de maman. Elle avait tracé deux gros traits bleus sur ses paupières, deux beaux cercles rouges sur ses joues et barbouillé sa bouche avec un rouge à lèvres orange vif.

– Comme elle est jolie ! s'est exclamée Claire en voyant sa sœur. Moi aussi, je veux me maquiller !

– Certainement pas ! Je ne pense pas que maman aime qu'on s'amuse avec son maquillage. Et je suis sûre qu'elle ne va pas être contente en voyant le résultat.

Ma remarque n'a pas eu l'effet espéré sur Margot. Au contraire, elle nous a fait son plus beau sourire.

– C'est maman qui m'a donné la permission !

– C'est vrai ?

Je dois reconnaître que maman est assez souple mais, en général, elle pose des limites pour que la situation ne dérape pas. Je me suis méfiée.

– Margot, tu es vraiment jolie, mais je crois que ça suffit. Maintenant, tu vas ranger le maquillage de maman.

J'ai emmené Claire dans la chambre, consciente que les minutes continuaient de filer. Vanessa était allongée sur son lit avec un cahier à fleurs et un stylo violet. Elle avait l'air rêveur qu'elle prend quand elle écrit des poèmes.

– Vanessa, j'ai besoin de ton aide ! ai-je imploré. Est-ce que tu peux t'occuper de Claire ? Je ne trouve maman nulle part, Margot s'est barbouillé le visage de maquillage et les triplés sont en train de jouer dans le jardin.

Vanessa a posé ses grands yeux sur moi d'un air absent.

– Humm ?

– Redescends sur terre ! ai-je crié en agitant ma main devant son visage. Prends Claire et essaie de trouver maman.

– Mais où elle est ? m'a-t-elle demandé en se relevant.

J'ai levé les yeux au ciel. Ma sœur est plutôt futée en général, mais il lui arrive parfois d'être un peu lente...

– Si je le savais, je ne te demanderais pas de la trouver. Elle ne doit pas être très loin.

Ma réponse a paru être suffisante à Vanessa. Elle a aussitôt pris Claire par la main pour se mettre à la recherche de maman.

– Enfin seule ! ai-je soupiré en refermant la porte derrière moi.

Je me suis affalée sur mon lit, j'ai calé deux oreillers dans mon dos pour m'installer confortablement et j'ai pioché dans mon sac le livre de maths que j'ai ouvert à la page quatre-vingt-dix, puis j'ai pris une feuille blanche et un stylo.

– Au travail !

Mais j'avais parlé trop vite. La porte s'est ouverte violemment. C'était Nicky. Il tenait son doigt en l'air.

– Frodo m'a mordu ! m'a-t-il annoncé, en larmes.

Frodo, c'est notre hamster.

– Quoi ? Montre-moi ça.

J'ai refermé mon livre de maths pour regarder de plus près son doigt. C'était celui qu'il s'était déjà cassé une fois en jouant au volley. Il y avait une légère marque rouge, mais rien de grave. Pas de sang, même pas la trace des dents du hamster. Mais mon expérience de baby-sitter m'a appris à ne pas sous-estimer les émotions des enfants : que la blessure soit grave ou superficielle, ce qui compte, c'est que l'enfant croie qu'il s'est réellement blessé.

Je me suis levée et je l'ai pris dans mes bras.

– Oh, Nicky, ça doit faire très mal.

– Oui. Très mal.

– Pourquoi Frodo t'a-t-il mordu ?

– Je ne sais pas, a-t-il dit en faisant la moue. J'ai été très gentil pourtant. J'ai même partagé ma barre de chocolat avec lui. Mais quand j'ai essayé de la reprendre, il n'a pas voulu la lâcher et il m'a mordu. Et puis il est parti en courant.

Je me suis précipitée vers la porte.

– Frodo s'est échappé de sa cage ?

Nicky a acquiescé. J'ai levé les yeux au ciel et je me suis pris la tête dans les mains.

– Bon, il faut le retrouver alors !

J'ai donc passé la demi-heure suivante à quatre pattes en train de chercher une boule de poils. Quand je repérais Frodo derrière une chaussure ou sous un lit, Nicky s'écriait :

– Je l'ai !

Mais chaque fois, le hamster s'enfuyait et se trouvait une autre cachette. On a finalement réussi à le coincer quand il a voulu se réfugier dans le sac d'école de Nicky.

Une fois cette affaire réglée, j'avais la tête qui tournait. A peine m'étais-je réinstallée sur mon lit que j'ai entendu la voix de maman en bas des escaliers :

– Mallory, ma chérie, tu es en haut ?

Quand elle m'appelle ma chérie, c'est qu'elle a un service à me demander.

– Mallory ! Les garçons sont en train de se disputer dans le jardin. Tu veux bien aller voir pourquoi ? Je suis occupée pour l'instant. Je suis dans la cuisine avec Claire et Margot. J'avais dit à Margot qu'elle pouvait utiliser mon baume à lèvres et elle a compris qu'elle pouvait jouer avec tout mon maquillage.

– Je sais ! ai-je grommelé en me relevant encore une fois.

J'ai frotté mes tempes qui commençaient sérieusement à cogner en repensant à la série de catastrophes qui venaient de se succéder dans la dernière demi-heure.

– Je ne sais pas ce qui a pu faire croire à Claire que j'avais été kidnappée. Mais quand je suis descendue à la cave prendre des boîtes de conserve, j'ai entendu les triplés lui faire peur.

– Je te préviens, c'est toi qui vas aller le chercher ! braillait Jordan dans le jardin.

– Non, c'est toi ! lui répondait Adam.

– Non, toi !

– Non, toi !

Je passais devant la cuisine quand un bruit assourdissant a retenti.

– Ma casserole ! Mallory, s'il te plaît, occupe-toi des garçons, m'a-t-elle suppliée.

J'avais très envie de parler à maman de la Journée des jeunes auteurs et de mon intention de gagner le concours. Je voulais aussi lui dire que, si mes frères et sœurs ne me laissaient pas tranquille, je ne voyais pas comment j'allais finir mes devoirs et avoir le temps de commencer mon histoire. Mais j'ai vu qu'elle était débordée et que ce n'était pas le moment de me plaindre, alors je n'ai rien dit, et je suis allée m'occuper des trois monstres.

J'ai jeté un coup d'œil à l'horloge en passant. Il était déjà cinq heures et quart. J'avais juste le temps de calmer les garçons et d'aller chez Claudia.

J'ai ouvert la porte du jardin au moment même où les triplés se ruaient à l'intérieur. Ils me sont rentrés dedans de plein fouet.

– Mallory ! Frodo s'est de nouveau sauvé ! m'a annoncé Nicky.

J'ai senti ma gorge se nouer. J'avais soudain une terrible envie de pleurer. Sept frères et sœurs, c'est trop ! C'est affreux, mais il m'arrive d'avoir envie de les voir disparaître d'un coup de baguette magique. Je pourrais enfin avoir une vie normale, comme tout le monde. Comme Jessi et toutes mes autres amies...

2

Il était cinq heures vingt quand j'ai pu échapper à mes quatre frères, mes trois sœurs et mes exercices de maths. J'ai sauté sur mon vélo pour me rendre chez Claudia.

J'ai fui le plus vite possible avant qu'une autre catastrophe ne me rattrape. Une réunion du Club des baby-sitters allait commencer. Enfin quelque chose d'agréable ! En plus, le baby-sitting est ce qu'il y a de plus important dans ma vie. Avec, maintenant, la Journée des jeunes auteurs, bien sûr. Je crois que c'est le moment pour moi de vous parler de mes amies du club.

Kristy Parker est la présidente. Elle a toujours plein d'idées géniales, c'est elle qui a créé le club. Elle est châtain aux yeux marron, et c'est la plus petite de toutes les filles de quatrième. Elle n'attache pas beaucoup d'importance à son apparence, elle porte toujours un jean, des baskets et un sweat-shirt. Elle est aussi très sportive. On la voit souvent avec une casquette sur la tête. Elle accroche des posters de joueurs de base-ball aux murs de sa chambre, un vrai garçon manqué, quoi ! Elle a la langue bien pendue, ce qui lui attire parfois des ennuis, mais elle est aussi très drôle et s'entend à merveille avec les enfants. Elle entraîne même une équipe junior de base-ball : les Imbattables. Ils jouent souvent contre les Invincibles de Bart Taylor, le petit copain de Kristy. Il est super mignon et vit à côté de chez elle. Mais il ne va pas au même collège que nous ; il est inscrit dans une école privée.

La famille de Kristy est aussi grande que la mienne, mais c'est une famille recomposée. Un peu comme un patchwork avec des pièces de toutes les tailles et de toutes les couleurs. Elle a deux grands frères qui vont au lycée, Samuel et Charlie, et un petit frère de sept ans, David Michael. Leur père est parti juste après sa naissance, les laissant seuls avec leur mère. Heureusement, Mme Parker a rencontré Jim Lelland et s'est remariée avec lui. C'est un millionnaire qui habite une immense villa dans le quartier chic de la ville. Kristy et sa famille ont emménagé chez lui maintenant. Jim a deux enfants d'un premier mariage : Karen, sept ans, et Andrew, quatre ans. Ils vivent chez leur mère mais viennent chez leur père un week-end sur deux. Kristy les adore. Ce n'est pas tout. Jim et Edith ont aussi adopté une petite Vietnamienne qui a deux ans et demi : Emily Michelle. Et Mamie, la grand-mère de Kristy, est venue vivre avec eux pour s'occuper des enfants. Ce n'est pas du tout une grand-mère vieillotte et démodée. Au contraire, elle est pleine de vie, s'habille en jean et joue au bowling avec ses amis. Quand tout ce petit monde est réuni, la maison est pleine.

Claudia Koshi, comme je vous l'ai déjà dit, est notre vice-présidente. C'est l'artiste du club. Elle est très belle et toujours à la mode. Elle est américano-japonaise et a de longs cheveux noirs et des yeux en amande. Elle se coiffe de mille façons différentes et c'est toujours très réussi. Elle fabrique elle-même ses bijoux en papier mâché ou en pâte à sel. Elle aime bien mettre des boucles d'oreilles dépareillées et a la chance d'avoir deux trous à une oreille ! Tous les styles lui vont, elle est tellement jolie ! Elle porte aussi bien des minijupes que des pantalons corsaires. Et surtout elle a plein d'accessoires qu'elle sait mettre en valeur.

Claudia est intelligente, mais ce n'est pas une élève très brillante. Les professeurs disent qu'elle aurait de meilleurs résultats si elle travaillait un peu plus. Le plus dur pour elle, c'est qu'elle a une grande sœur surdouée. Alors que Jane passe le plus clair de son temps devant son ordinateur, Claudia ne se passionne que pour les matières artistiques et les romans d'Agatha Christie. Ses parents préféreraient qu'elle lise des livres plus sérieux, alors elle dévore ses romans policiers en cachette. Ce n'est d'ailleurs pas la seule chose qu'elle cache à ses parents. Comme elle adore manger des friandises, il y a des barres de chocolat et des bonbons un peu partout dans sa chambre. On peut trouver des M&M's dans sa boîte à bijoux, des sucettes dans une taie d'oreiller, ou encore des Mars au fond de ses chaussures ! Ce qui est incroyable, c'est qu'elle n'a jamais un seul bouton. La vie est vraiment injuste !

Claudia vit avec ses parents et sa sœur. Sa grand-mère Mimi habitait avec eux, mais elle est morte il n'y a pas très longtemps. Cela a été très dur pour tout le monde, parce qu'elle était vraiment adorable.

Heureusement que Lucy, la meilleure amie de Claudia, est revenue vivre à Stonebrook peu de temps après. Et on espère toutes que, cette fois, c'est pour de bon. Lucy a eu une vie un peu mouvementée. Elle est née et a grandi à New York, puis elle est venue vivre ici quand son père s'est fait muter dans la région. Seulement un an plus tard, il a de nouveau dû retourner travailler à New York. Lucy a alors déménagé. Mais ses parents ne s'entendaient plus et ils ont fini par divorcer. Sa mère a décidé de revenir à Stonebrook et Lucy l'a suivie. Elle retourne bien sûr très souvent voir son père. Maintenant, elle habite juste derrière chez moi. Elle est aussi jolie et sophistiquée que Claudia, mais avec un style bien à elle. Elle a les cheveux courts et les yeux bleus. Elle adore porter les boucles d'oreilles que lui fabrique Claudia. (Au fait, toutes les filles du Club des baby-sitters ont les oreilles percées, sauf Kristy et Mary Anne.)

Lucy doit faire très attention à sa santé, parce qu'elle est diabétique. Son organisme n'assimile pas le sucre, alors elle doit surveiller tout ce qu'elle mange et éviter les sucreries. Elle doit aussi se faire une piqûre d'insuline tous les jours. Moi qui déteste les piqûres, je n'aimerais pas être à sa place ! Mais Lucy suit son régime très consciencieusement, sinon elle risque de tomber dans un coma diabétique. Cela lui est déjà arrivé une fois de ne pas faire attention à ce qu'elle mange et elle a dû être hospitalisée. Heureusement, tout s'est bien terminé.

Mary Anne est la secrétaire du club. C'est aussi la meilleure amie de Kristy. Elles se connaissent depuis qu'elles sont toutes petites et se ressemblent un peu. Elles sont toutes les deux petites et brunes aux yeux marron. Ce qui différencie Mary Anne, c'est son caractère. Elle est très timide et très sensible. Il lui arrive souvent de pleurer, même pour pas grand-chose. Elle est toujours à l'écoute des autres et sait rester discrète. Mary Anne était fille unique jusqu'à ce que son père se remarie avec la maman de Carla Schafer. Mme Cook est morte quand Mary Anne était encore bébé et son père l'a élevée seul. Cela explique peut-être pourquoi il est aussi strict. Jusque récemment encore, c'est lui qui choisissait ce qu'elle devait porter. Elle ressemblait à une vraie petite fille modèle. Mais les choses ont changé. Mary Anne a réussi à lui faire comprendre qu'elle n'était plus un bébé et, maintenant, elle a le droit de choisir elle-même ses vêtements. Ce qui lui va beaucoup mieux. Depuis, elle a rencontré Logan Rinaldi et ils sortent ensemble. Mary Anne est la seule fille du club à avoir un petit ami régulier. Ils ont connu des moments difficiles, mais cela s'est arrangé et ils ont l'air de bien s'entendre à nouveau.

Logan est un membre intérimaire du Club des baby-sitters, cela veut dire qu'il ne participe pas aux réunions. On l'appelle uniquement en cas d'urgence. Je trouve que c'est mieux comme ça, même si je le trouve très sympa. Je préfère qu'on reste entre filles. Louisa Kilbourne, qui habite à côté de chez Kristy, est aussi un membre intérimaire.

Mary Anne a une autre meilleure amie : Carla. Cela

tombe bien puisqu'elles sont demi-sœurs maintenant. Carla est membre suppléant du club. Elle doit être capable de remplacer n'importe laquelle d'entre nous en cas d'absence. C'est un rôle important et elle s'en sort très bien.

Carla est super mignonne. Elle a de longs cheveux blonds éclaircis par le soleil et les yeux bleus. Elle ne suit pas la mode et a un style bien à elle. Cela vient de son caractère très indépendant. Il lui arrive de superposer trois T-shirts de couleurs différentes sur une jupe courte en jean, mais c'est toujours de bon goût. Ce qui compte pour elle, c'est qu'elle se sente à l'aise.

On ne la surprendra jamais avec des bonbons ou un hamburger à la main parce qu'elle fait très attention à son alimentation. Elle ne mange que des choses diététiques comme du boulgour, du soja ou du riz complet. Ce doit être son côté californien. Elle n'habite pas à Stonebrook depuis longtemps et a passé son enfance en Californie. Elle a emménagé ici il y a un an quand ses parents ont divorcé. Elle a souvent le mal du pays et son père lui manque, ainsi que son frère David qui a préféré repartir vivre avec son père.

Ce qui est arrivé est vraiment étonnant. Quand Carla et Mary Anne ont fait connaissance et qu'elles sont devenues amies, elles ont découvert que leurs parents se connaissaient aussi et qu'ils étaient même sortis ensemble au lycée ! Elles se sont arrangées pour qu'ils se revoient… et ils sont retombés amoureux l'un de l'autre, puis ont fini par se marier. Ainsi, Mary Anne, son père et leur petit chat Tigrou sont allés vivre avec Carla et sa mère dans leur vieille ferme. Carla se sent moins seule depuis que sa meilleure amie est devenue sa demi-sœur, même si parfois elle regrette d'être si loin de son frère et de son père. C'est quelqu'un de très positif et elle voit toujours le bon côté des choses.

Jessi et moi, nous sommes les membres juniors du club, parce que nous sommes plus jeunes et que nous n'avons pas le droit de faire du baby-sitting le soir.

Bon, donc, j'allais à la réunion en vélo. J'étais perdue dans mes pensées et je ne faisais pas très attention. Je n'ai donc pas vu à temps le ballon rouge et blanc surgir juste devant moi...

– Attention ! a crié un petit garçon.

J'ai braqué pour éviter la balle et j'ai foncé droit sur le trottoir. Heureusement, je ne suis pas tombée, mais il s'en est fallu de peu ! J'étais surtout gênée que le petit garçon m'ait vue dans cette situation. J'ai repris mon équilibre, je suis descendue de vélo et j'ai continué à pied. J'étais presque arrivée chez Claudia.

3

Quand je suis entrée dans la chambre de Claudia, tout le monde était déjà installé à sa place habituelle. Kristy était dans son fauteuil de présidente avec sa casquette sur la tête et un crayon coincé derrière l'oreille.

Elle avait le journal de bord ouvert sur les genoux. Claudia, Mary Anne et Carla étaient assises côte à côte sur le lit. Lucy était à califourchon sur une chaise, les bras autour du dossier. Je me suis mise par terre à côté de Jessi au moment même où le réveil affichait cinq heures trente.

Toutes les réunions commencent à cinq heures trente précises et durent une demi-heure. Il y a trois réunions par semaine, les lundi, mercredi et vendredi. Les clients appellent à ce moment-là. Mais commençons par le commencement. Il faut que je vous raconte comment le club est né.

Kristy, Mary Anne, Claudia et Lucy étaient encore en cinquième au collège de Stonebrook, et moi, à l'école primaire. Jessi et Carla n'étaient même pas encore là. A cette époque, Kristy, Claudia et Mary Anne faisaient de temps en temps du baby-sitting. Un jour, Mme Parker a eu besoin de quelqu'un pour garder David Michael, mais Kristy et ses frères étaient tous les trois occupés et leur mère a mis un temps fou à trouver une baby-sitter. En la regardant passer un nombre incalculable de coups de fil, Kristy a eu l'idée géniale de fonder un club de baby-sitters qui centraliserait les appels et organiserait les gardes d'enfants. Ainsi, les parents pourraient joindre en une seule fois toute une équipe de baby-sitters !

Elle a convaincu Claudia et Mary Anne de faire partie de l'aventure. Mais elles se sont vite rendu compte qu'il fallait être au moins quatre pour que le club fonctionne bien. C'est alors que Claudia a proposé la candidature de Lucy, dont elle venait de faire la connaissance. Voilà comment est né le Club des baby-sitters.

Elles ont choisi la chambre de Claudia comme quartier général parce qu'elle possède sa propre ligne de téléphone (quelle chance !). Comme ça, c'est plus pratique. Ensuite, elles ont passé une annonce dans le journal local pour se faire connaître.

Elles ont aussi distribué des prospectus dans les boîtes aux lettres du quartier. Il y a eu des appels dès la première réunion ! Une personne a même appelé pour faire garder son chien… Toute une histoire ! Les affaires marchaient tellement bien qu'elles ont recruté Carla pour agrandir l'équipe. Mais Lucy a dû retourner vivre à New York. Kristy nous a alors embauchées, Jessi et moi, comme membres juniors. Quand Lucy est revenue, elle a bien sûr réintégré l'équipe sans problème. Ce qui fait sept membres en tout ! La chambre de Claudia ne pourrait pas accueillir une personne de plus. Quand on est toutes réunies, on fait tellement de bruit qu'on dirait qu'il y a une fête. Heureusement que Kristy est là pour nous rappeler à l'ordre. C'est la seule à rester toujours sérieuse lors des réunions. Elle a le sens des affaires et est très stricte sur les horaires. Elle ne supporte pas qu'une de nous arrive en retard. C'est aussi elle qui vérifie que le journal de bord est régulièrement mis à jour.

Vous vous demandez ce que ça peut bien être ? C'est un cahier dans lequel chacune de nous fait le compte rendu de ses baby-sittings. Cela nous permet de mieux connaître les enfants que nous gardons, de savoir si l'un d'eux a peur du noir et s'il a besoin d'une veilleuse, ou s'il a des problèmes scolaires. Les expériences des autres nous ont souvent été très utiles. On sait aussi tout de suite lesquels sont insupportables ou particulièrement turbulents. J'aime bien écrire dans le journal de bord et je crois que Kristy aussi ; ce qui n'est pas le cas des autres, surtout Claudia qui déteste écrire (je crois que c'est à cause de son orthographe catastrophique).

Quant aux coffres à jouets, c'est aussi une idée de Kristy. Chacune de nous a fabriqué le sien avec une boîte en carton remplie de petits jeux. Les enfants les adorent. Dans le mien, il y a des livres, bien sûr, mais aussi des crayons de couleur, du papier, des autocollants et quelques-uns de mes vieux jouets. C'est notre petit plus. Comme les enfants sont contents, les parents le sont aussi. Du coup, ils nous rappellent !

Mary Anne a le rôle le plus difficile en tant que secrétaire du club. C'est elle qui doit tenir à jour l'agenda, noter les adresses et les numéros de téléphone de nos clients, l'argent que nous gagnons à chaque fois et surtout le planning des gardes. Elle doit donc toujours avoir en tête nos emplois du temps respectifs, comme les cours de danse de Jessi, mes rendez-vous chez l'orthodontiste ou les entraînements des Imbattables de Kristy. Elle ne s'est jamais emmêlé les pinceaux jusqu'à maintenant !

Lucy est notre trésorière, elle a la charge de collecter nos cotisations tous les lundis. On râle toujours un peu quand elle nous les demande. Ce qui se comprend facilement : personne n'aime donner de l'argent. Cela nous sert à payer la note de téléphone de Claudia, ce qui est normal puisqu'on utilise sa ligne, ainsi que les frais de transport de Kristy. En effet, depuis qu'elle a déménagé à l'autre bout de la ville, elle doit payer son frère Samuel pour qu'il l'emmène en voiture trois fois par semaine à nos réunions. L'argent collecté sert aussi à renouveler les coffres à jouets et à organiser de petites fêtes. Lucy adore son rôle. Ses yeux pétillent toujours quand elle ramasse l'argent et qu'elle le met dans la caisse commune (une grande enveloppe en papier kraft).

Voilà, maintenant, vous savez tout sur le fonctionnement du Club des baby-sitters.

Ce jour-là, le téléphone a sonné dès le début de la réunion. Lucy, qui était juste à côté, a décroché.

– Allô, le Club des baby-sitters... Bonjour, madame Prezzioso.

Les Prezzioso habitent tout près de chez moi. Ils ont

deux filles, Jenny, qui a quatre ans, et Andréa, qui est encore un bébé. Ils avaient besoin d'une baby-sitter pour le samedi après-midi suivant. Mary Anne aime beaucoup garder Jenny et elle s'est tout de suite proposée. Dès que Lucy a raccroché, il y a eu un autre appel. Puis deux autres à la suite.

– Quatre baby-sittings pour samedi, a remarqué Mary Anne en finissant de noter les rendez-vous. Kristy avec les Papadakis et Jessi chez les Arnold, ainsi que Carla pour Lucy Newton.

– On dirait qu'un grand événement se prépare ! s'est exclamée Carla.

– Vous n'êtes pas au courant ? nous a alors demandé Claudia qui était à la recherche d'un paquet de chips qu'elle avait caché sous son lit. Le restaurant *Chez Maurice* organise un repas de charité samedi midi. Une partie de l'argent récolté va être reversée à la bibliothèque municipale. C'est le restaurant préféré de mes parents et c'est vrai que c'est le meilleur que je connaisse ! a-t-elle ajouté, la bouche pleine de chips.

Le paquet est passé de main en main. Même Carla, qui pourtant fait attention à ce qu'elle mange, en a pris une poignée. Je suppose qu'entendre Claudia parler de cuisine française nous avait ouvert l'appétit à toutes. Sauf moi. J'avais l'estomac noué et rien n'aurait pu me faire envie.

Je n'arrêtais pas de penser à tout ce que j'avais encore à faire avant de pouvoir me consacrer à l'écriture. La Journée des jeunes auteurs avait lieu dans quatre semaines. Un mois est si vite écoulé ! Moi qui peux passer deux semaines à réécrire un poème pour qu'il soit parfait, comment allais-je faire pour écrire une histoire digne de remporter le premier prix ? Il fallait pourtant absolument que je gagne ce concours. Et ce pour deux raisons qui me tenaient vraiment à cœur. Premièrement, parce que cela prouverait que j'ai du talent et que je pouvais espérer devenir un écrivain célèbre et, deuxièmement, parce que je voulais que M. Dougherty soit fier de moi.

– Il y a un plat délicieux qui s'appelle « anguilles rôties », a poursuivi Claudia tout en continuant à manger des chips. Avech duch beurrech et dechlail. (Je suppose qu'elle voulait dire : « avec du beurre et de l'ail ».)

Jessi, qui est très douée en langue et qui apprend le français en option, a voulu en savoir plus.

– Est-ce que tu as bien dit « anguilles » ?

Claudia a hoché la tête.

– Oh, mais c'est un poisson qui ressemble à un serpent ! s'est-elle exclamée en fronçant le nez.

– Un serpent ! a crié Claudia en s'étranglant à moitié. Berk !

Cela nous a beaucoup fait rire. Elle sautillait dans tous les sens parce qu'elle avait avalé de travers. Je n'arrivais pas pour autant à oublier mes devoirs et le concours d'écriture. Je riais avec les autres, mais le cœur n'y était pas. Jessi a dû le remarquer. Elle s'est penchée vers moi et a passé son bras autour de mes épaules.

– Tu te rends compte, Claudia a mangé une espèce de serpent sans le savoir ! m'a-t-elle murmuré d'un air complice.

Je n'ai pas eu le temps de lui répondre. Le téléphone a de nouveau sonné. Kristy nous a rappelées à l'ordre et s'est éclairci la voix avant de décrocher.

– Le Club des baby-sitters, à votre service quelle que soit la demande, allô ?

On n'a pas pu s'empêcher d'éclater de rire en l'entendant dire ça. Mary Anne nous a fait signe de nous calmer pendant que Kristy hochait la tête d'un air sérieux.

– Je vous rappelle tout de suite, a-t-elle fait en raccrochant. C'était Mme Hobart. Elle a besoin de quelqu'un pour garder James, Chris et Johnny. Comme par hasard, c'est pour samedi, même si elle ne va pas *chez Maurice.*

– Pour manger des anguilles..., a murmuré malicieusement Lucy.

Claudia a fait semblant de s'étouffer et s'est tenu la gorge avec les deux mains. Carla est repartie dans un fou rire.

Kristy a ajusté sa casquette en prenant l'air le plus professionnel possible.

– Mme Hobart va suivre une formation de quatre semaines. Elle a donc besoin d'une baby-sitter pour les quatre prochains samedis. Elle paie un supplément si on accepte de faire du soutien scolaire.

Les Hobart sont quatre garçons en tout. Ben, l'aîné, a mon âge et on s'aime bien. En général, c'est lui qui s'occupe de ses frères, mais je suppose que, ce jour-là, il ne pouvait pas.

– Zut ! On est déjà débordées le samedi, a dit Mary Anne en vérifiant dans l'agenda. On a fixé deux rendez-vous aujourd'hui et Claudia et Lucy étaient déjà prises. Je crois qu'il ne reste que Mallory de disponible.

– Quelle chance ! m'a fait Kristy. Tu vas gagner beaucoup d'argent.

J'ai essayé de prendre une décision rapide. Si j'acceptais

de garder les Hobart le samedi, il ne me resterait que le dimanche pour faire mes devoirs, m'occuper de mes frères et sœurs et travailler sur mon histoire. Ce qui faisait trop peu de temps. Il fallait que je fasse un choix et la décision n'était pas facile.

– Je suis désolée, Mary Anne, mais je ne peux pas.

Tout le monde m'a regardée avec stupéfaction.

– Tu as déjà un baby-sitting prévu ? m'a demandé Lucy.

– Non. Je préférerais juste ne pas accepter ces gardes, si cela ne vous dérange pas.

J'ai failli leur expliquer que c'était à cause de la Journée des jeunes auteurs et leur dire à quel point le concours comptait pour moi, mais je me suis abstenue. J'avais peur qu'elles me trouvent égoïste. Je me suis mordu les lèvres et j'ai évité leur regard en espérant qu'elles allaient arrêter de me fixer.

– Bon..., a continué Mary Anne en haussant les épaules, je crois qu'on est obligées d'appeler un des membres intérimaires.

– Je téléphone à Louisa, s'est empressée de dire Kristy en décrochant le combiné. Elle a besoin de travailler, je crois.

Je me suis faite toute petite jusqu'à la fin de la réunion tellement je me sentais gênée. Heureusement qu'il était déjà cinq heures cinquante-cinq. Quand Kristy a annoncé la fin de la séance, je me suis précipitée chez moi, sans même attendre Jessi. J'étais perplexe, je ne savais plus quoi penser. Il me fallait un peu de temps pour réfléchir.

4

J'ai réglé mon réveil à sept heures pour le matin suivant. C'est horrible d'avoir à se lever aussi tôt !

Normalement, je ne sors jamais de sous ma couette avant huit heures, le samedi matin.

Vanessa dormait encore. Je me suis habillée en vitesse et je suis descendue sur la pointe des pieds dans le bureau. J'avais l'intention de vite finir mes devoirs pour passer le reste de la journée à écrire l'histoire qui allait gagner le concours.

La maison était calme. Pour une fois, il n'y avait aucun bruit. Je n'entendais que maman dans la cuisine en train de moudre du café pour le petit déjeuner. Tout en faisant mes exercices de maths, je tendais parfois l'oreille pour l'écouter. Elle préparait certainement des *pancakes* aux groseilles. C'est ce que mes frères et moi préférons ! Quelle chance d'avoir une mère aussi attentionnée !

J'ai réussi à me concentrer sans problème et j'ai fini mes maths en moins d'une heure. J'ai pu ensuite passer à la physique. La maison commençait à se réveiller tout doucement. Une fois les enfants levés, le vacarme habituel se réinstallait. Les triplés ont dégringolé les escaliers en courant et ont allumé la chaîne hi-fi, volume au maximum. Quelques instants après, Nicky s'est joint à eux. Ils se chamaillaient comme tous les samedis matin pour savoir quel CD mettre. Mon père a fini par s'en mêler. J'ai entendu sa voix calme et amusée.

– Pouce ! Cela ne sert à rien de se battre. On va décider ça à la régulière.

Cela ne pouvait signifier qu'une chose : il allait les départager à pile ou face. Un silence a suivi.

– Attention..., a annoncé papa.

– J'ai gagné ! J'ai gagné ! a hurlé Nicky.

Je l'imaginais en train de sauter de joie en narguant ses frères. J'ai poussé un grand soupir et je me suis remise à mes devoirs. Il ne me restait plus qu'une fiche de lecture à faire pour le cours de M. Williams. J'avais lu le dernier chapitre la veille et j'avais encore l'histoire bien en tête.

Je refermais mes cahiers quand mon père m'a appelée :

– Mallory ! Tu es dans le bureau ? Le petit déjeuner est servi !

Je me suis étirée comme un chat. Je venais de passer deux heures et demie à faire mes devoirs ! J'étais plutôt fière de moi. Mon estomac s'est mis à gargouiller et j'ai réalisé que j'étais affamée.

– J'arrive, papa !

J'étais en pleine forme. Mes devoirs étaient faits et la journée ne faisait que commencer. J'allais pouvoir consacrer tout mon temps à l'écriture.

J'ai senti une bonne odeur de bacon frit. J'adore manger des œufs au bacon le matin. Je me suis dépêchée d'aller rejoindre les autres à table.

– Où étais-tu passée, Mallory ? m'a demandé maman. Je ne t'ai pas vue de la matinée.

– Je faisais mes devoirs, ai-je dit fièrement en m'installant entre Claire et Margot.

Mes deux sœurs avaient visiblement joué dans le jardin. Leurs vêtements étaient tout tachés de boue.

– Bravo ! Tu veux bien emmener Claire et Margot se débarbouiller dans la salle de bains avant de commencer à manger ? Merci.

– J'ai fait un gâteau de boue avec une surprise dedans, m'a raconté Claire en se levant.

– Une surprise ? Quelle surprise ? a voulu savoir Vanessa qui prenait la conversation en route.

Elle venait de se réveiller et avait encore les yeux pleins de sommeil. Ses cheveux étaient tout ébouriffés.

– C'était des noix ! ont répondu en chœur Claire et Margot pendant que je les entraînais dans la salle de bains.

– Où les avez-vous trouvées ? leur ai-je demandé.

– On a dit que les pierres, c'était des noix, et on a fait un gâteau au chocolat et aux noix, m'a expliqué Margot.

– Ça a l'air délicieux ! me suis-je exclamée en lui passant un gant de toilette sur le visage.

Elles étaient mignonnes comme tout. Les écouter parler

de leur gâteau au chocolat me donnait faim, même si ce n'était que de la terre et des cailloux. J'ai fini de les débarbouiller et nous sommes retournées dans la cuisine.

J'étais à peine assise que Byron a renversé son verre de lait en essayant d'attraper le pot de confiture.

– Oh, oh, a-t-il commenté en regardant le lait se répandre sur la table.

– Mallory, ma chérie, a enchaîné maman, tu veux bien t'en occuper pour moi ? Je suis en train d'aider Jordan à défaire les nœuds de ses lacets. (Puis en se tournant vers Nicky :) Il semblerait que quelqu'un se soit amusé à les emmêler exprès.

Je me suis relevée pour prendre une éponge et nettoyer la table. Avec huit enfants à la maison, les verres renversés ne se comptent plus ! En général, cela a le don de m'énerver mais, ce matin-là, rien ne pouvait entamer ma bonne humeur. Il était à peine dix heures et j'avais déjà fini tous mes devoirs.

C'est après le petit déjeuner que les choses ont commencé à dégénérer. J'ai aidé à vider le lave-vaisselle et à ranger les couverts puis je suis montée dans ma chambre avec Vanessa. Je voulais lui demander un service.

– Vanessa, s'il te plaît, ai-je commencé pendant qu'elle enfilait un jean et un T-shirt.

– Quoi ?

– Je suis en train de travailler sur une histoire très importante pour mon atelier d'écriture.

– Ah oui ? De quoi ça parle ?

– Je n'en suis qu'au début, je dois choisir un sujet et je n'arrive pas à me décider. Il faudrait que je prenne le temps d'y réfléchir. Mais pour ça, j'ai besoin d'être seule.

Vanessa s'est contentée de me fixer d'un air étonné. J'ai dû m'expliquer de façon plus claire :

– Ce qui veut dire que j'aimerais pouvoir avoir la chambre pour moi toute seule aujourd'hui... Ça te dérangerait de me laisser quand tu auras fini de t'habiller ?

Elle a froncé les sourcils, considérant ma requête.

– Pour combien de temps ?

– Toute la journée. Enfin... jusqu'à ce que j'aie fini de travailler.

Vanessa gardait son air renfrogné. Elle ne semblait pas ravie à l'idée d'être mise à la porte de sa propre chambre. Il fallait la convaincre et vite.

– Et si je te donnais un dollar en échange ? lui ai-je proposé.

Elle a réfléchi quelques secondes.

– D'accord. A condition que tu me paies tout de suite.

Je me suis dit qu'elle avait peut-être un achat prévu, alors je lui ai donné l'argent sans attendre. Je mets de côté ce que je gagne avec les baby-sittings dans une boîte en fer au fond de mon tiroir. J'y ai pioché une pièce et je l'ai tendue à Vanessa.

– N'oublie pas que tu dois me laisser la chambre jusqu'à ce que j'aie fini de travailler, lui ai-je rappelé.

– Oui, oui, ne t'inquiète pas.

Elle a empoché l'argent et a pris quelques livres avant de quitter la pièce. Je me suis installée confortablement sur mon lit, deux oreillers calés dans le dos. Mon cahier de brouillon sur les genoux, mon stylo fétiche en main, je pouvais enfin me consacrer à l'écriture. J'ai poussé un grand soupir en pensant à la belle journée qui commençait.

J'étais loin de savoir ce qui m'attendait ! Cinq minutes ne s'étaient pas écoulées depuis le départ de Vanessa qu'on a toqué à la porte.

– Ce n'est pas juste, Vanessa. Tu avais promis de ne pas me déranger !

– Ce n'est pas Vanessa, s'est excusée maman en passant la tête dans l'entrebâillement de la porte. C'est moi, ma chérie. J'ai une faveur à te demander.

Une faveur ! Tiens donc...

– J'ai lu une annonce dans le journal pour une tondeuse d'occasion. Ton père et moi aimerions faire un saut à cette vente entre particuliers. Les triplés viennent avec nous. Est-ce que tu peux t'occuper des autres ? On en a pour une demi-heure au maximum.

J'ai regardé la page blanche devant moi. Je n'avais pas écrit un seul mot !

– D'accord, j'arrive, ai-je accepté à contrecœur.

J'ai refermé mon cahier et je suis descendue faire du baby-sitting.

Le seul point positif est que mes parents ont tenu parole. Ils ne se sont pas absentés plus d'une demi-heure. Mais j'étais à peine réinstallée sur mon lit qu'on a de nouveau frappé à ma porte. Cette fois-ci, c'était mon père.

– Mallory ? Est-ce que je peux te parler une minute ?

– Bien sûr papa, entre, ai-je répondu en essayant de garder mon calme.

– J'ai promis à Margot et aux garçons de monter le filet de badminton dans le jardin. Tu veux bien aider Claire à faire un B.C.C. ? (C'est ce qu'on appelle entre nous un sandwich beurre-de-cacahuète-confiture.)

– Mais on vient juste de prendre le petit déjeuner ! ai-je rétorqué sans bouger de mon lit.

– Je sais, mais elle veut faire un pique-nique avec ses poupées.

– Bon, d'accord.

Je me suis résignée à refermer une nouvelle fois mon cahier et j'ai suivi mon père. J'ai rejoint Claire dans la cuisine et je lui ai fait un sandwich B.C.C. que j'ai coupé en petits triangles pour ses poupées. Je n'avais pas plus tôt fini que maman m'a appelée pour me demander un autre service...

– Mallory, ma chérie, tu veux bien m'aider à plier le linge ?

– Maman ! Tu sais bien que je dois écrire mon histoire !

– Cela ne prendra qu'une minute, ensuite je te promets de te laisser tranquille.

La minute concédée s'est transformée en une heure ! Margot a reçu le volant de badminton dans la figure. Rien de grave, mais elle a eu très mal. Maman m'a laissée finir de plier le linge toute seule pour aller la consoler. Puis j'ai dû faire un autre sandwich à Claire pour remplacer le premier que le chien des voisins lui avait chipé.

Une fois seule, j'ai essayé de faire le vide dans mon esprit pour ne penser qu'au travail d'écriture. Mais, chaque fois que l'inspiration venait, j'étais interrompue par un de mes frères ou par mon père. Ça a duré tout l'après-midi. J'avais envie de hurler. J'ai pris mon stylo et j'ai écrit en gros en travers de la page : « A deux, on est bien. A trois, cela commence à faire beaucoup. A dix, la vie est un enfer ! »

– Mallory ! m'a appelée maman. C'est l'heure du dîner. Viens mettre la table !

Il était six heures du soir, et je n'avais pas avancé d'un pouce.

– Mallory ! ai-je répété en imitant la voix de ma mère. Lave la vaisselle, nettoie le sol, sors les poubelles... Sois mon esclave !

J'avais envie de jeter mon cahier par la fenêtre et de me taper la tête contre les murs. Mais je savais que cela ne servait à rien de s'énerver. J'ai pris une profonde inspiration pour essayer de me calmer.

Je ne comprenais pas pourquoi j'étais aussi révoltée. Jusqu'à maintenant, j'avais toujours fait ce qu'on me demandait sans rechigner. Mais là, j'avais juste l'impression d'un immense gâchis. J'avais donné un dollar à Vanessa pour qu'elle me laisse tranquille et c'étaient mes parents qui n'avaient pas arrêté de m'embêter. Tant d'efforts pour rien ! De toute la journée, je n'avais écrit qu'une phrase... A ce rythme, je n'étais pas près de finir mon histoire.

5

L'atelier d'écriture a lieu tous les mardis et vendredis. M. Dougherty a su donner à sa classe une atmosphère détendue et studieuse à la fois.

Il y a des plantes vertes et les étagères sont pleines de romans et de recueils de poésie. On s'y sent bien. Cela n'a rien à voir avec une salle de classe ordinaire, froide et impersonnelle, bien au contraire. Je ressens quelque chose de très fort chaque fois que j'entre dans cette pièce. Comme si mon rêve d'être écrivain commençait à se réaliser.

Ce mardi-là, j'avais mis une chemise blanche, mon pull bleu marine et des ballerines blanches. Je voulais avoir l'air studieuse. C'était important que M. Dougherty me prenne au sérieux. Son avis compte énormément à mes yeux.

Il était en train d'écrire au tableau et tournait le dos à la classe. Je me suis installée à ma place habituelle. Les tables sont rangées en arc de cercle ; M. Dougherty nous a expliqué que c'était mieux pour la dynamique de groupe. Tous les élèves se voient et peuvent échanger leurs idées comme dans un séminaire à l'université. C'est très motivant et, en plus, cela donne du poids à ce qu'on dit. Ce que j'aime surtout, c'est être traitée comme une adulte.

On est dix élèves en tout, et la classe est toujours au complet longtemps avant le début du cours. Nous attendions tous avec impatience que M. Dougherty se retourne. A la sonnerie, il a posé sa craie et nous a fait face. Il portait une veste en laine marron avec des empiècements en cuir aux coudes par-dessus une chemise à carreaux rouges et jaunes, avec un pantalon en velours beige. Je trouve que tous les professeurs devraient s'habiller comme lui. Cela leur donnerait l'air plus crédible.

– La vocation, a-t-il commencé en montrant du doigt les mots inscrits sur le tableau. La question est de savoir si vous l'avez, a-t-il ajouté en souriant.

J'ai baissé les yeux sur la table en me triturant les doigts. J'avais du mal à avaler ma salive. J'espérais que je l'avais. Le garçon à côté de moi n'avait pas l'air plus à l'aise. Il n'arrêtait pas de croiser et décroiser les jambes en se raclant la gorge.

– Chaque métier demande de s'impliquer, a continué M. Dougherty devant notre silence gêné. Il faut du courage pour être pompier et affronter le feu, il faut de l'audace pour se lancer à la conquête de l'espace.

Il a marqué une pause dramatique, nous a regardés sans sourciller, avant de poursuivre :

– Il en est de même pour devenir écrivain, c'est une question de vocation. On ne devient pas auteur par hasard. Il faut de la créativité, de l'assiduité et une grande force intérieure. C'est ça, la vocation.

J'ai retenu ma respiration tandis qu'il passait parmi nous en nous dévisageant un par un.

– Je crois que vous l'avez, a-t-il finalement dit.

Soulagement général. On s'est tous détendus.

– Mais ce n'est pas un acquis, a-t-il ajouté en levant un doigt en l'air. C'est quelque chose que vous devrez entretenir. Écrire demande beaucoup d'autodiscipline. Vous devez vous efforcer de travailler sans cesse. Et ça, personne ne peut le faire à votre place.

Je ne le lui faisais pas dire ! Personne ne semble comprendre qu'écrire est une activité sérieuse. Il n'y avait qu'à voir ma famille ! Ils ne me laissaient pas une minute de tranquillité.

Monsieur D. est retourné sur l'estrade et s'est assis sur le bord de son bureau.

– Combien d'entre vous ont décidé de s'inscrire au concours de la Journée des jeunes auteurs ?

Dix doigts se sont aussitôt levés.

– Bien ! a-t-il fait en tortillant le bout de sa moustache. Je vais prendre vos noms pour prévoir assez de professeurs pour la lecture des manuscrits.

Il a sorti une feuille de papier sur laquelle il a écrit nos noms. Puis il nous a à nouveau regardés fixement.

– Je vais consacrer la séance d'aujourd'hui à vous parler individuellement de votre inscription. Pendant que je m'entretiendrai avec chacun d'entre vous, les autres devront choisir un objet quelconque de cette pièce et le décrire en une page maximum. Vous devrez imaginer d'où il vient et comment il est arrivé ici.

Nous avons sans plus attendre sorti nos blocs de papier et nos stylos pour commencer l'exercice. Chacun cherchait du regard l'objet qu'il allait choisir. J'hésitais encore entre la vieille corbeille à papier toute rouillée et le cactus qui trônait sur le rebord de la fenêtre, quand M. Dougherty m'a appelée à son bureau.

– Si j'ai bonne mémoire, Mallory, m'a-t-il dit en jouant avec sa moustache, tu veux t'inscrire à l'épreuve du meilleur texte de fiction toutes catégories des classes de sixième, c'est bien ça ?

– Oui, monsieur.

J'avais autant le trac que si je passais un examen. Pourtant, je savais que M. Dougherty était adorable. Mais ce n'était plus seulement le professeur qui s'adressait à moi, c'était aussi l'auteur confirmé et il me parlait d'égal à égal.

– De quoi vas-tu parler ?

C'était au moins une chose à laquelle j'avais eu le temps de réfléchir, même si mes frères et sœurs ne m'avaient pas laissé beaucoup de temps.

– Je raconte l'histoire de Tess, une jeune fille qui vient d'une famille nombreuse et qui se sent incomprise. Ses parents ne semblent pas remarquer sa présence et ne se préoccupent que de sa grande sœur, qui sort avec un garçon qu'ils n'aiment pas, ou de ses petits frères, qui ont des problèmes à l'école. Au milieu d'eux, Tess se sent seule et abandonnée.

– C'est un bon début, m'a-t-il encouragée. Et que lui arrive-t-il ?

– Eh bien, un jour ses parents doivent s'absenter et c'est à elle que revient la lourde tâche de s'occuper de ses frères et sœurs. C'est à cette occasion qu'elle réalise combien elle compte pour eux tous.

Monsieur D. lissait sa moustache du bout des doigts, ce qui était plutôt bon signe. J'étais rassurée, mais pas pour longtemps. Il m'a demandé ensuite de lui montrer ce que j'avais déjà écrit.

J'ai machinalement ouvert mon cahier à la première page, révélant ainsi mon travail peu avancé. J'ai essayé de masquer les blancs en mettant mes mains dessus, mais c'était trop tard.

– Trois paragraphes ! s'est exclamé mon professeur en fronçant les sourcils. C'est tout ce que tu as écrit ?

– Euh... je... je n'ai pas eu le temps d'aller plus loin. J'avais beaucoup de choses à faire à la maison et je me suis surtout concentrée sur l'intrigue.

Je ne faisais que dire la stricte vérité. Je n'avais vraiment eu que le temps de mettre au clair les grandes lignes de l'histoire.

M. Dougherty a poussé un profond soupir. Il avait l'air déçu. C'était le genre de soupir que je redoutais le plus.

– C'est vrai que l'intrigue ne doit pas être négligée, a-t-il enchaîné calmement. Mais le plus important, c'est de la transcrire avec des mots.

J'ai baissé les yeux sur mon cahier, trop honteuse pour soutenir son regard.

– Je sais, ai-je murmuré.

J'étais sur le point d'éclater en sanglots. J'ai dû faire appel à toute ma volonté pour me retenir et ne pas m'humilier davantage devant M. Dougherty et toute la classe. Je ne l'aurais pas supporté.

Il s'est levé, me signifiant par là que notre entretien était fini. Il a remarqué à quel point je me sentais mal et m'a tapoté l'épaule pour me réconforter.

– Je sais que tu es capable d'écrire, Mallory, mais le temps presse. Il ne te reste que trois semaines pour présenter un récit complet.

J'ai refermé mon cahier et je l'ai serré contre ma poitrine.

– J'en suis consciente, monsieur Dougherty, ai-je réussi à articuler. Je vais y consacrer tout mon temps libre et donner le meilleur de moi-même. Vous pourrez être fier de moi.

Les mots que je venais de dire résonnaient dans ma tête pendant que je regagnais ma place. Et si je ne pouvais pas tenir ma promesse ? Je savais que je ne pourrais plus jamais le regarder en face.

En rentrant à la maison, j'ai décidé de me faire un emploi du temps et de le suivre coûte que coûte. J'ai fait un crochet par la cuisine pour prendre une pomme et je suis montée m'enfermer dans ma chambre. J'ai jeté mes livres en vrac sur le lit et j'ai sorti deux feuilles de papier à carreaux, une règle, du scotch et des crayons de couleur pour faire un grand tableau à double entrée. J'ai mis d'un côté les jours qui restaient jusqu'à la Journée des jeunes auteurs, de l'autre les heures de la journée. Voici un aperçu des quatre premiers jours :

	15H00	16H00	17H30	18H00	19H00	20H00	21H00
MARDI	Baby-sitting	devoirs	dîner	écriture			coucher
MERCREDI	Baby-sitting	écriture	réunion du club	dîner	devoirs		coucher
JEUDI	devoirs	tâches ménagères	dîner	écriture			coucher
VENDREDI	écriture		réunion du club	dîner	devoirs		coucher

J'étais en train de finir mon planning quand Vanessa est venue me rejoindre dans la chambre. Elle a jeté un coup d'œil par-dessus mon épaule pour voir ce que je faisais.

– A quoi ça sert ?

– C'est pour prévoir ce que je dois faire chaque jour. C'est essentiel pour un écrivain, lui ai-je expliqué. J'ai organisé mon emploi du temps jusqu'à la Journée des jeunes auteurs. Qu'est-ce que tu en penses ?

– Il est très chargé ! m'a-t-elle répondu d'un air dubitatif. Quand est-ce que tu prends le temps de t'amuser ?

J'ai regardé mon tableau et je me suis rendu compte que je n'avais effectivement pas laissé une seule minute pour téléphoner à Jessica, aller faire du shopping ou même voir mes amies.

– Je ne peux pas me permettre de m'amuser. Il y a des choses plus importantes qui passent en priorité.

– Si on suit ton emploi du temps, tu es censée être en train de faire tes devoirs..., m'a-t-elle fait remarquer à juste titre.

– Tu as raison, ai-je acquiescé en vérifiant l'heure. Merci,

Vanessa. Tu veux bien dire aux autres de ne pas me déranger pendant que je travaille ?

– Tu n'as qu'à le leur dire toi-même, m'a-t-elle répondu en montrant Claire qui attendait devant la porte.

Elle avait un pansement décoré au doigt et le tenait en l'air, bien en évidence. Les triplés se cachaient derrière elle en faisant des grimaces.

– Ils disent que tous les dinosaures sont morts ! a-t-elle déclaré d'une voix triste. Dis-leur que ce n'est pas vrai.

Chaque conversation avec Claire dure une éternité. Elle pose des questions qui n'en finissent pas. Cela demande beaucoup de patience et, donc, de temps. Deux choses que je ne pouvais pas lui accorder à ce moment-là. Mais son air désespéré et ses yeux implorants ont eu raison de moi. Je n'ai pas pu résister.

– Viens là, ma puce, lui ai-je dit en l'asseyant sur mes genoux. Je vais te raconter l'histoire des dinosaures qui vivaient au temps de la préhistoire et de ceux qui vivront pour toujours dans notre imagination et dans nos cœurs.

Claire a jeté un regard triomphant à ses frères et m'a gratifiée d'un grand sourire.

– Mallooryyy !

C'était maman. Elle a passé sa tête dans la chambre et a eu un air satisfait en nous voyant, Claire et moi.

– Je suis contente que tu sois là. Tu veux bien préparer le dessert de ce soir ? Je dois passer des tas de coups de fil pour organiser la réunion du comité de soutien de la bibliothèque, et cela va me prendre un temps fou. Tu serais un amour, a-t-elle conclu en soufflant sur une mèche folle et en me lançant un regard plein de gratitude.

J'ai ressenti exactement la même chose que Claire quand elle se tenait devant ma porte. J'étais toute retournée. Il était évident que je n'allais pas avoir le temps de faire mes devoirs avant le dîner. Cela décalait mon emploi du temps et j'allais être obligée de les faire au moment où j'étais censée écrire. Ce n'était vraiment pas juste ! J'avais envie de hurler : « Non, je ne veux pas ! Non, je ne suis pas à votre disposition ! Trouvez quelqu'un d'autre pour le faire ! »

Mais je me suis retenue.

– Bien sûr, maman. Qu'est-ce que tu veux que je prépare ?

– Des cookies aux pépites de chocolat ! s'est écriée Claire en jetant ses bras autour de mon cou.

5

Un peu de calme et de silence. Enfin !
On était vendredi après-midi. Cela faisait quatre jours que j'essayais de respecter mon emploi du temps sans y parvenir.

L'école était finie pour la semaine. J'ai dit au revoir à Jessi et je suis rentrée chez moi. Je suis montée directement dans ma chambre pour travailler à mon histoire.

A ma grande surprise, personne – ni mes parents ni aucun de mes frères et sœurs – ne m'a dérangée ! Incroyable, non ? Cela m'a permis d'avancer beaucoup. J'étais concentrée uniquement sur l'écriture. Plus rien au monde n'existait. C'était merveilleux !

Sur ma lancée, j'ai écrit cinq pages d'affilée. Et, sans vouloir me vanter, je pense que c'était pas mal. Mon histoire commençait à prendre forme. J'étais partie pour en écrire cinq de plus quand j'ai jeté un coup d'œil à ma montre. Il était cinq heures et demie pile !

– Zut ! me suis-je exclamée en sautant sur mes pieds.

La réunion du club ! J'avais complètement oublié !

Rappelez-vous, le Club des baby-sitters se réunit tous les lundi, mercredi et vendredi après-midi, à exactement cinq heures et demie. Et Kristy déteste qu'on soit en retard !

En rangeant mon cahier, j'ai éprouvé un sentiment nouveau. J'en voulais au club de m'obliger à tout laisser tomber pour aller à la réunion. Cette histoire était ce qu'il y avait de plus important pour moi et si j'avais pu continuer à travailler dessus, j'aurais pu espérer la finir à temps pour le concours. C'était la première fois que j'allais à une réunion à reculons. Mais un engagement est un engagement (comme le dit si bien ma mère). Je ne pouvais tout de même pas laisser tomber mes amies. Quel dilemme !

J'ai regardé l'heure : cinq heures trente et une. La réunion avait déjà commencé. Kristy et les autres devaient se demander ce qui m'était arrivé. Jessi allait sûrement appeler d'une minute à l'autre pour voir si tout allait bien. Je serais bien obligée d'arrêter d'écrire de toute façon. Allez ! J'ai pris mon vélo dans le garage et je suis partie à toute allure chez Claudia.

– Tu as dix minutes de retard, m'a lancé Kristy en guise d'accueil.

Elle ne m'a même pas demandé pourquoi et s'est contentée de regarder le réveil de Claudia en secouant la tête.

J'avais l'intention de m'excuser auprès de mes amies, mais la remarque de Kristy m'a énervée. Sans rien dire, je me suis assise par terre à côté de Jessi. Elle m'a regardée d'un air interrogateur, mais j'ai gardé le silence. Je m'en voulais d'être en retard et j'en voulais en même temps au club de m'empêcher de travailler à mon histoire. Je savais que c'étaient des sentiments contradictoires, mais il me fallait plus de temps pour démêler tout ça.

Heureusement pour moi, le téléphone s'est mis à sonner et a coupé court au malaise. Carla a décroché.

– Allô, le Club des baby-sitters. Ah, bonjour, madame Arnold... (Elle a pris un stylo pour prendre des notes.) Je vous rappelle tout de suite. (Elle a raccroché et s'est tournée vers nous.) Mme Arnold a besoin d'une baby-sitter demain matin pour garder les jumelles.

– Qui est disponible ? a demandé Kristy.

– Voyons voir, a fait Mary Anne en vérifiant dans l'agenda. Carla est prise avec les Rodowsky.

– On a inscrit cette garde au planning avant que tu n'arrives, m'a expliqué Kristy d'un ton accusateur.

Elle n'avait pas besoin d'ajouter : « Mais tu ne peux pas le savoir puisque tu étais en retard », je savais qu'elle le pensait.

– Jessi et Lucy ont déjà un engagement, a poursuivi Mary Anne. Et toi, Mallory ? Tu t'entends bien avec elles, non ?

J'étais prise toute la matinée du samedi. Il était hors de question d'accepter une garde.

– Désolée, je ne peux pas, ai-je répondu sans hésiter.

Jessi a écarquillé les yeux. D'habitude, j'aurais expliqué pourquoi je refusais ce baby-sitting, mais j'en voulais encore à Kristy, alors je me suis tue.

– Bon... d'accord. Et toi, Claudia ?

Elle était en train d'ouvrir un paquet de bonbons avec les dents.

– Ch'est bon pour moi, a-t-elle réussi à marmonner.

Le téléphone a encore sonné deux fois. Carla et Mary Anne ont accepté des gardes samedi soir avec les Soback et les Addison. Comme je suis membre junior du club, c'était de toute façon des gardes qui ne m'étaient pas destinées, puisque je n'ai pas le droit de travailler le soir. Puis Mme Perkins a appelé pour dimanche après-midi. C'est Jessi qui a eu la garde.

L'ambiance était morose. Personne ne parlait entre les appels. On se contentait toutes de regarder Claudia s'échiner à ouvrir son paquet de bonbons, sans même la taquiner. Je savais que c'était de ma faute si l'atmosphère était tendue, mais je n'y pouvais rien.

Claudia a fini par trouver une épingle à cheveux au fond d'un tiroir. Elle s'en est servie pour faire un trou dans le sachet.

– Et voilà le travail ! s'est-elle écriée. Je suis une vraie pro !

Elle a fait passer le paquet et tout le monde en a pris sauf, bien sûr, Carla et Lucy. Je crois qu'on avait toutes besoin de réconfort.

Le téléphone a de nouveau sonné. C'était les Perkins, ils voulaient une baby-sitter lundi après-midi. Mary Anne a consulté l'agenda avant d'annoncer :

– Je vois que Mallory est la seule à n'avoir pas eu de garde aujourd'hui. Je pense qu'on devrait lui laisser celle-ci, d'accord ?

– Désolée, je ne peux pas, ai-je encore une fois répondu.

Kristy a levé les bras, exaspérée.

– Qu'est-ce qui t'arrive, Mallory ? Ça fait deux fois que

tu refuses du travail. Tu ne veux plus faire de baby-sitting ou quoi ?

Tous les regards étaient posés sur moi. Elles attendaient une explication et je savais que je la leur devais.

– Bien sûr que je veux encore faire du baby-sitting. Mais je ne peux pas en accepter pour le moment, parce que je n'ai pas le temps. J'ai plein de devoirs à faire, je dois aider mes parents à la maison et mes frères et sœurs ne me laissent pas une minute à moi.

C'était bizarre. J'avais gardé le silence jusque-là et, à partir du moment où j'ai commencé à m'expliquer, les mots sont venus tout seuls.

– Je n'arrive jamais à rester un peu seule à la maison, ai-je continué. La Journée des jeunes auteurs est dans à peine deux semaines et je dois finir mon histoire. Mais c'est comme si la terre entière se liguait contre moi pour m'empêcher de le faire ! Je ne suis même pas censée avoir le temps de passer un coup de fil… Mon planning me l'interdit !

– Quel planning ? s'est étonnée Kristy.

– Celui que je me suis fait mardi.

Au début, j'avais accroché mon emploi du temps au-dessus de mon bureau, mais je m'étais vite rendu compte qu'il fallait que je l'emmène partout avec moi pour pouvoir le consulter à tout moment. Je le gardais dans ma poche.

– Voici, ai-je dit en dépliant les feuilles avant de les tendre à Kristy. Chaque instant est planifié. Je n'ai pas une minute de libre.

Elle a parcouru le tableau des yeux.

– Où sont les heures pour le baby-sitting ?

– Là, regarde, tout y est, lui ai-je répondu en montrant les cases correspondantes. Ce sont les gardes pour lesquelles je m'étais engagée.

– Mais pour celles à venir ?

– Je crois que je n'ai pas pensé qu'il y en aurait d'autres, ai-je admis.

Kristy a consulté les autres du regard. Puis elle s'est tournée vers moi.

– Tu sais que nous devons toutes être disponibles pour les baby-sittings, sinon plus personne ne fera appel à nous.

– Je sais, ai-je murmuré. Mais je dois écrire mon histoire et...

Je n'ai pas fini ma phrase. Je pense que mes amies savaient très bien à quel point le concours était important pour moi, mais le club aussi était très important, et elles voulaient s'assurer que je ne l'avais pas oublié.

Il y a eu de nouveau un long silence gêné. Un de ceux que je déteste. Personne ne savait quoi dire, ni où regarder. Le réveil de Claudia a fini par afficher six heures.

– Ch'est l'heure ! s'est exclamée notre vice-présidente, la bouche pleine.

Kristy a hoché la tête et a annoncé :

– La réunion d'aujourd'hui est officiellement close.

– Pensez à vos cotisations pour lundi ! nous a rappelé Lucy.

J'ai ramassé mon sac à dos et je suis partie en même temps que Jessi. On a descendu les escaliers sans dire un mot. Elle attendait que je parle en premier. C'était normal, mais je ne savais pas par où commencer.

Je me sentais coupable... J'avais déçu mes amies. J'étais

arrivée en retard à la réunion et, au lieu de m'excuser, j'avais été froide et agressive. Une petite voix résonnait dans ma tête et me suggérait de quitter le club.

Pas pour toujours. Seulement jusqu'à la Journée des jeunes auteurs. Mais je n'avais pas le courage d'aborder la question avec les autres. Kristy n'avait pas apprécié mon retard et avait été fâchée de me voir refuser deux baby-sittings de suite. J'avais peur qu'elle me demande de renoncer à faire partie du club à jamais.

Il valait mieux que je me taise et que je n'en parle à personne, même pas à Jessi.

6

– Regardez-moi ! Je fais du poney ! criait Liz Barrett en traversant le salon au galop.
– C'est moi le shérif ! hurlait son frère Buddy en la poursuivant. Et je vais t'arrêter pour excès de vitesse !

Ils étaient mignons, tous les deux. On avait planifié ce baby-sitting deux semaines plus tôt, c'était pour cela que je n'étais pas chez moi en train de travailler à mon histoire. Au lieu de ça, j'étais coincée tout l'après-midi chez les Barrett avec les trois monstres.

Ce surnom venait de Carla, qui avait été la première à les garder. Liz, Buddy et Maud avaient été particulièrement turbulents et lui avaient mené une vie d'enfer. Mais on s'était vite rendu compte que le problème venait de leur mère qui sortait d'un divorce difficile. Elle était tellement occupée à trouver du travail et à mettre un peu d'ordre dans sa vie qu'elle n'avait plus ni le temps ni l'énergie pour s'occuper de ses enfants.

En fait, les petits Barrett sont adorables mais, quand ils s'y mettent, ils peuvent faire de sacrées bêtises.

J'étais accroupie au pied des escaliers de l'entrée en train d'aider Maud à mettre ses chaussures. La petite fille de deux ans n'arrêtait pas de gigoter et de crier : « Moi aussi ! Jouer ! » chaque fois que son frère et sa sœur passaient à proximité. J'avais enfin réussi à lacer sa chaussure droite quand un bruit sourd a retenti dans la cuisine.

– Oh, oh !

C'était Liz.

– Ouh, là, là ! Tu vas te faire gronder ! a chuchoté Buddy.

J'ai couru dans la cuisine.

– Buddy a renversé le paquet de truc blanc ! m'a annoncé Liz.

– C'est pas vrai ! C'est elle !

– Non, c'est pas moi ! C'est toi en passant à côté !

– Quel paquet ? ai-je voulu savoir en m'avançant sur les lieux de la catastrophe.

Le sol était complètement recouvert d'une fine couche de poudre blanche.

– De la farine ! Et il y en a partout !

– J'ai rien fait ! a gémi Liz en s'agrippant à ma jambe.

J'ai essayé de ne pas m'énerver et me suis contentée de lui répondre :

– Je ne veux pas savoir qui a renversé le paquet de farine, Liz. Ce n'est pas ça qui compte, d'accord ? En revanche, on va nettoyer la cuisine tous ensemble.

Maud nous a rejoints à ce moment et elle a tapé dans ses mains.

– Neige ! s'est-elle exclamée ravie.

Avant que je n'aie eu le réflexe de l'attraper, elle s'est ruée dans la pièce, a glissé et s'est retrouvée les fesses par terre. La chute l'a d'abord surprise et elle est restée quelques secondes interdite. Puis elle s'est mise à pousser des hurlements.

– Buddy ! Va chercher le balai et la pelle, ai-je ordonné. Liz, aide ton frère à tout ramasser, s'il te plaît. Moi, je m'occupe de Maud.

Je me suis avancée avec précaution sur le sol glissant. J'ai pris Maud dans mes bras et me suis assise sur la chaise la plus proche.

– Tu as eu peur, ma puce, hein ? lui ai-je murmuré d'une voix rassurante.

Elle s'est frotté les yeux en se mettant de la farine sur tout le visage et s'est blottie contre moi.

– Regardez comme je sais bien nettoyer ! a crié Liz en suivant de près son frère.

Ils étaient tous les deux en train de traîner tant bien que mal un seau en plastique rouge. Je me suis rendu compte qu'il était rempli à ras bord. Mais il était déjà trop tard ! J'ai voulu me lever, seulement Maud avait attrapé le fil du téléphone et nous avait emmêlées dedans.

– Ne renversez pas d'eau par terre ! ai-je dû me contenter de dire, clouée sur mon siège.

– T'inquiète pas, m'a rassurée Buddy. On sait ce qu'on fait.

Il a alors vidé le seau entier sur le sol.

– C'est comme ça que maman fait pour laver par terre.

J'étais atterrée ! Je ne pouvais rien faire d'autre que regarder l'eau se répandre et se mélanger à la farine. Puis, Buddy s'est mis à frotter énergiquement le sol avec le balai, ce qui a eu pour résultat de former une espèce de pâte blanchâtre et grumeleuse.

Pour couronner le tout, Fred, leur petit basset, a annoncé sa venue par un aboiement joyeux.

– Hé ! C'est Fred ! a fait Liz en levant les yeux. Il veut venir jouer avec nous ! a-t-elle ajouté en allant ouvrir la porte qui donnait sur le jardin.

Le chien s'est aussitôt engouffré dans la cuisine. Il a dérapé et, en pataugeant dans cette espèce de pâte gluante, s'en est mis plein partout. Pour s'en débarrasser, il s'est ébroué vigoureusement, éclaboussant toute la cuisine.

J'ai réussi à me dégager du fil de téléphone. J'ai posé Maud sur la chaise. Debout au beau milieu de cette pagaille, j'ai repris la situation en main.

– Buddy ! Liz ! ai-je crié. Ça suffit maintenant !

Je ne pensais pas crier si fort mais, au moins, je me suis fait entendre. Buddy a aussitôt lâché le balai, qui est tombé en claquant au sol. Liz, qui dansait entre les flaques d'eau, s'est figée dans son élan pour retomber assise sur le sol gluant. Maud s'est arrêtée net de pleurer et a retenu sa respiration.

Buddy m'a regardée d'un air penaud.

– Qu'est-ce que j'ai fait de mal ? m'a-t-il demandé innocemment.

– Tu n'as rien fait de mal, Buddy, ai-je soupiré. Toi non plus, Liz. Vous avez bien voulu m'aider, et c'est très gentil de votre part. Mais on ne nettoie pas la farine avec de l'eau.

Liz m'a lancé un regard interrogateur, les sourcils froncés.

– Ce que je voulais dire, c'est qu'il vaut mieux que je m'en occupe maintenant, d'accord ? Vous m'avez assez aidée.

– C'est vrai ? s'est-elle écriée, les yeux pétillants de reconnaissance. Super !

– Je peux aller dehors faire du vélo ? m'a demandé son frère, heureux de pouvoir s'en tirer à si bon compte.

– Bien sûr, lui ai-je répondu en aidant Liz à se relever. Mais fais attention aux voitures. Reste bien sur le trottoir et emmène Fred avec toi.

– Merci ! Je ferai attention !

Liz a bien voulu se déshabiller et porter ses affaires sales dans la buanderie. Puis elle est montée dans sa chambre se choisir des vêtements propres. Heureusement, Maud ne s'était presque pas salie. J'ai enlevé la farine en tapotant doucement ses habits. Je l'ai installée dans sa chaise de bébé avec des céréales dans une petite assiette. Ensuite, j'ai pu commencer à m'occuper du sol de la cuisine.

J'ai mis vingt bonnes minutes pour décoller la bouillie de farine puis j'ai dû passer une serpillière humide pour enlever le léger film blanc qui recouvrait encore le sol.

Une fois que tout était rentré dans l'ordre, Liz a proposé d'aller jouer à la poupée avec sa petite sœur dans la salle de jeux.

– Bonne idée, lui ai-je dit en soulevant Maud de sa chaise et en l'emmenant dans mes bras.

Nous n'étions pas encore arrivées aux escaliers qu'un cri perçant nous a immobilisées.

– Mallory ! Au secours !

Buddy ! Je l'avais presque oublié. J'ai tendu Maud à Liz et je leur ai dit de m'attendre là un instant.

– J'arrive, Buddy !

Je me suis précipitée dehors. Son vélo était par terre juste devant la maison et il venait vers moi à cloche-pied, sans ses chaussures.

– Qu'est-ce qui t'est arrivé ?

Il avait l'air complètement bouleversé et avait du mal à parler.

– Je de… descendais la pente, m'a-t-il expliqué en hoquetant. Ça allait très vite, et… et je me suis pris le pied dans les rayons de la roue avant.

J'ai failli m'évanouir en voyant l'état de son pied. Il y avait tellement de sang que c'était difficile de dire si la blessure était profonde ou non. Je ne vais pas rentrer dans les détails, mais ce n'était pas beau à voir.

Je l'ai pris dans mes bras et je l'ai porté jusque dans la cuisine. Mon cœur battait à toute allure. « Pas de panique ! Pas de panique ! » ai-je dû me répéter pour garder mon calme. Il ne fallait surtout pas que les enfants sentent mon angoisse.

Liz et Maud nous ont suivis. Elles fixaient leur frère, l'air terrorisé.

– Tu vas rester assis sur cette chaise, Buddy, ai-je dit de ma voix la plus rassurante. Je vais prendre une serviette propre pour envelopper ton pied, d'accord ?

Il m'a fait oui de la tête.

Je me suis rappelé les consignes des cours de premiers secours : penser à surélever le membre blessé. J'ai attrapé une autre chaise pour poser son pied dessus avant d'aller chercher une serviette dans l'armoire à linge.

– Qu'est-ce qui s'est passé ? a demandé Liz.

– Ton frère a eu un petit accident, lui ai-je expliqué en soulevant délicatement le pied de Buddy pour l'envelopper dans la serviette.

J'ai bien serré pour arrêter le saignement.

– Je voudrais que tu t'occupes de Maud pendant que je téléphone au docteur, je peux compter sur toi, Liz ?

Elle m'a répondu d'un hochement de tête.

– Super. Et si tu l'emmenais dans le salon pour regarder dans mon coffre à jouets si vous trouvez quelque chose d'intéressant ? Il y a de nouveaux albums de coloriage. Tu pourrais les lui montrer.

– D'accord, a-t-elle murmuré tout bas en entraînant sa sœur par la main.

J'avais la tête qui tournait. J'ai servi un verre de jus de pomme à Buddy pour le faire patienter.

– Tiens, mon grand. Bois ça. Tu vas voir, tu vas te sentir mieux. Je vais passer quelques coups de fil et je reviens tout de suite.

Il a pris le verre et a bu une longue gorgée.

– Merci, m'a-t-il répondu d'une voix claire.

J'ai décroché le téléphone, mais je n'arrivais pas à me décider qui appeler en premier : les urgences ou ma mère ? La tonalité résonnait encore dans le combiné quand j'ai entendu du bruit à la porte d'entrée.

– Maman ! Maman ! s'est écriée Liz en se ruant dans le couloir. Buddy s'est fait mal. Il y a du sang partout !

– Quoi ?

Mme Barrett a couru dans la cuisine et j'ai entendu le bruit des sacs de courses qui tombaient par terre. En voyant sa mère, Buddy s'est remis à pleurer de plus belle.

– Oh, mon chéri ! s'est-elle écriée en le prenant dans ses bras. Tout va s'arranger. Je suis là, maintenant.

Puis, en levant les yeux vers moi, elle a demandé d'une voix sèche :

– Mallory, que s'est-il passé ?

J'ai pris une profonde inspiration avant de répondre le plus calmement possible.

– Buddy faisait du vélo dehors, et il s'est pris le pied dans les rayons de la roue.

Ma voix tremblait quand même un peu.

Mme Barrett s'est agenouillée à la hauteur du pied blessé, a enlevé la serviette doucement.

– Où sont tes chaussures ?

– J'étais pieds nus, lui a répondu Buddy entre deux sanglots.

– Comment ?

Sa mère et moi avions crié en chœur.

Quand je l'avais vu pieds nus dehors, je croyais qu'il avait enlevé ses chaussures après être tombé. Il ne m'était pas venu à l'esprit qu'il était sorti jouer sans chaussures. Comme je m'étais laissé déborder par la pagaille dans la cuisine, je ne m'étais pas bien occupée de lui. J'avais été irresponsable et je n'en étais pas fière.

– J'appelle le docteur ? ai-je demandé en refoulant mes larmes.

– Il a une entaille au niveau du talon, mais elle n'est pas profonde, m'a répondu Mme Barrett en levant les yeux sur moi et en esquissant un sourire. On a de la chance, ça a l'air terrible, mais ce n'est rien de grave. Ce n'est pas la peine d'appeler un médecin.

– Mais ça fait mal, maman ! s'est plaint Buddy.

– Je sais, mon chéri. Je vais voir dans la boîte à pharmacie si je peux trouver quelque chose pour te soulager, d'accord ?

Elle lui a refait un gros câlin avant de se relever.

– Mallory, tu peux t'occuper des filles encore quelques minutes ? Je n'en ai pas pour longtemps.

– Bien sûr, madame Barrett. Je reste tant que vous avez besoin de moi.

J'aurais fait n'importe quoi pour me rattraper. Je me sentais tellement coupable de ma négligence. Quelle lamentable baby-sitter je faisais !

Un quart d'heure plus tard, tout était oublié. Buddy sautillait dans le salon comme si de rien n'était, un pansement tout propre au talon.

Quand Mme Barrett m'a payée, je me suis de nouveau confondue en excuses pour avoir laissé son fils se faire mal.

– Ne sois pas si sévère avec toi-même, Mallory. Ça arrive à tout le monde.

Je n'étais pas d'accord avec elle. Cela n'arrivait certainement pas aux bonnes baby-sitters. Une baby-sitter responsable n'aurait pas laissé Buddy sortir sans chaussures. Cet accident ne serait jamais arrivé si j'avais fait plus attention.

8

MARDI

C'est toujours un plaisir de faire du baby-sitting chez les Pike. Et pas seulement parce que Mallory est ma meilleure amie. J'adore ses frères et sœurs ! Margot et Claire sont pleines d'imagination. Elles ont toujours des idées rigolotes. Aujourd'hui, par exemple, elles avaient décidé de se déguiser pour faire un spectacle de danse. Je les ai aidées en leur montrant quelques pas faciles.

Malheureusement, elles se sont laissé emporter par l'histoire et les choses ont mal tourné. J'avais envie d'en parler à Mallory – d'autant plus que ça la concernait –, mais je n'en ai pas eu le courage. Alors, Mallory, quand tu liras ça, dis-toi que je suis vraiment désolée. Je me suis laissé dépasser par les événements.

Jessi était venue garder Claire et Margot. Elle avait apporté son coffre à jouets. J'avais rendez-vous chez l'orthodontiste pour faire resserrer mon appareil dentaire (aïe !), et maman avait emmené les garçons et Vanessa faire du shopping.

Claire s'est jetée dans les bras de Jessi. Et Margot s'est écriée :

– J'suis super contente de te voir !

Jessica était étonnée d'un tel enthousiasme. Elles se voyaient presque tous les jours !

– Eh bien, moi aussi, je suis contente de vous voir. Je vous ai amené une surprise aujourd'hui ! leur a-t-elle dit en posant son coffre à jouets par terre.

– Moi d'abord ! a crié Claire en s'emparant du coffre. Ooooooh ! Une poupée !

– Elle s'appelle Cindy. Si on lui montrait comme il fait beau dehors ? On peut aller devant la maison et je vous montrerai ce que j'ai apporté d'autre.

Il y avait des livres avec des photos de chevaux et les marionnettes préférées de Jessi. Il y avait aussi la couronne de fleurs qu'elle portait pour la représentation de *Coppélia*, et une nouvelle boîte de craies que Margot a immédiatement repérée.

– Et si on jouait à la marelle ? s'est-elle écriée en s'élançant dans l'allée.

– Prems ! a fait Claire en courant derrière sa sœur.

Margot a commencé à tracer plusieurs cases en bleu avant de changer de craie et d'en choisir une rose, puis une verte.

– Un arc-en-ciel !

– Tu joues avec nous ? a demandé Claire en relevant la tête vers Jessica.

– Bien sûr, j'adore jouer à la marelle.

Elles ont chacune ramassé une pierre plate dans la pelouse et se sont mises en place.

– On aime bien jouer avec toi, a déclaré Margot très solennellement.

– C'est vrai, a renchéri Claire. Plus qu'avec Mallory-la-méchante.

– Pourquoi vous l'appelez comme ça ? s'est étonnée Jessi.

Claire a jeté sa pierre et s'est avancée de deux cases à cloche-pied.

– Elle n'est pas gentille.

– On n'a plus jamais le droit d'entrer dans sa chambre, a ajouté Margot. Et elle n'arrête pas de nous commander.

– Elle fait toujours la tête, a continué Claire en se croisant les bras.

– Je suis sûre qu'elle ne fait pas exprès d'être de mauvaise humeur, leur a dit Jessi en jetant à son tour son caillou. Elle a peut-être mal aux dents ?

Elle essayait de prendre ma défense comme elle le pouvait. Mais je savais bien que mes sœurs avaient raison. Depuis quelque temps, j'étais odieuse avec tout le monde, même avec elle.

– Vous savez, Mallory doit régulièrement se faire serrer son appareil dentaire, et ça fait très mal, a ajouté ma meilleure amie.

Mais mes sœurs n'étaient pas du tout convaincues par cette explication.

– Si elle a mal aux dents, elle n'a qu'à nous le dire ! a rétorqué Margot en prenant son tour.

– De toute façon, elle ne pourra plus rien me dire maintenant ! a déclaré Claire. Je ne veux plus lui parler.

– Tu as marché sur la ligne, a fait remarquer Margot à sa sœur.

– C'est pas vrai !

– Si, c'est vrai. Hein, Jessi ?

– Je n'ai rien vu, a-t-elle répondu prudemment. Mais tu n'as qu'à recommencer et on fera plus attention cette fois-ci.

Claire a relancé sa pierre et a sauté deux cases en faisant bien attention à ne pas marcher sur les lignes.

– Tu vois ! a-t-elle dit triomphalement.

Jessi a tout fait pour perdre cette partie, mais elle a fini par gagner quand même. Margot a voulu recommencer mais Claire n'en avait pas envie.

– On va inventer un nouveau jeu.

Elle est allée chercher une idée dans le coffre à jouets et a découvert la couronne de fleurs.

– Qu'est-ce que c'est ?

– C'est la couronne que je portais pour *Coppélia*, lui a expliqué Jessi en effectuant une arabesque et en la saluant avec une révérence.

– Oh, oui ! s'est exclamée Claire, enthousiaste. On va faire un pestacle !

Margot, qui adore se déguiser, a tout de suite adopté l'idée.

– Oui ! Oui ! Un spectacle ! Et on se déguise en danseuse et tout !

Nous avons une grosse malle pleine de vieux vêtements et de costumes pour se déguiser. Mes deux sœurs ont entraîné Jessi dans la maison.

Margot a attrapé au passage deux marionnettes : un ours à qui il manquait un œil et une grenouille avec un chapeau.

– On va prendre les marionnettes aussi. On n'a qu'à dire que ce sont les spectateurs.

Elles sont allées toutes les trois dans la salle de jeux et Claire s'est mise à fouiller dans la malle. Elle a fini par brandir une longue jupe rose pâle à froufrous qui avait dû appartenir à notre grand-mère.

– Des robes de danseuses !

– Elles sont superbes, a commenté Jessi en souriant. On appelle ça des tutus.

– Je croyais que c'était plus court et que c'était en tissu qui gratte, a fait Margot.

– Du tulle ? Oui, c'est bien ça, mais il y a des tutus courts et des tutus longs, a expliqué mon amie.

– Je porte un toutou ! a lancé fièrement Claire en dansant sur la pointe des pieds.

Enfin, elle essayait de danser. Sa jupe était beaucoup trop longue et elle s'empêtrait les pieds dedans à chaque pas.

Margot a enfilé une robe bleue à volants. C'était une robe des années cinquante, très élégante. Jessi s'est dit que c'était tout à fait le style de robe que pourrait porter Claudia. Elle adore le style rétro.

– De quoi va parler notre ballet ? a demandé Jessica en fouillant dans une pile de vieux disques.

– D'une très belle fille ! a proposé Margot en faisant un tour sur elle-même.

– De deux très belles filles ! a corrigé Claire en imitant sa sœur.

Elle a pris son élan et a fait trois tours d'un seul coup. Elle avait la tête qui tournait tellement qu'elle a titubé avant de tomber à genoux. Elle est restée quelques secondes par terre, morte de rire.

Puis Margot a enchaîné :

– L'histoire de deux très belles filles et de leur méchante grande sœur…

– Mallory ! a continué Claire en se relevant d'un bond.

Jessi s'est retournée vers mes sœurs, ne sachant pas comment réagir. Elle venait de mettre le disque de *Casse-Noisette*. Elle se disait qu'elle ferait mieux de dissuader Claire et Margot de dire du mal de leur grande sœur. Mais en même temps elle pensait que cela leur ferait peut-être du bien d'extérioriser leur rancœur.

– Comment on va appeler ce, hum, ballet ? a-t-elle demandé.

Elle avait mis la face B du disque et choisi un morceau qui s'appelle *La Valse des fleurs*. C'était ce qu'il y avait de plus entraînant et de plus gai, elle était sûre que les filles adoreraient. Margot a fait parler l'ours borgne :

– Appelons-le « Mallory la méchante sorcière ».

– Ouais ! a approuvé Claire en grimpant sur la malle. Et ça, on dirait que c'est le château !

Margot a rejoint sa sœur sur la malle.

– Et nous, on dirait qu'on est les deux belles princesses prisonnières du château. C'est Mallory la méchante sorcière qui nous a tendu un piège, a-t-elle continué en montrant l'ours.

– Mallory la méchante sorcière ! a répété Claire en tirant la langue à la marionnette.

Margot, qui la manipulait, lui a fait mordre le nez de sa sœur.

– Aïe ! Ça fait mal !

C'était un spectacle rigolo et il a beaucoup amusé Jessica. On aurait dit que les deux sœurs connaissaient leur rôle depuis toujours. Mais Jessi essayait de ne pas montrer qu'elle riait, parce qu'elles se moquaient quand même de sa meilleure amie.

– Bon, les princesses, a repris Margot avec une grosse voix, rangez votre chambre, dépêchez-vous !

– Non ! a répliqué Claire d'un air de défi.

Margot a agité les bras de la marionnette dans tous les sens en signe d'avertissement.

– Ça suffit maintenant, ou je vais m'énerver !

Jessi a dû faire appel à toute sa volonté pour ne pas éclater de rire tellement Margot m'imitait bien.

– Pourquoi doit-on se taire et ne pas faire de bruit, Mallory la méchante sorcière ?

– Parce que je me fais serrer les dents !

« Serrer les dents » ! Cette fois-ci, Jessi s'est écroulée de rire sur le canapé sans plus essayer de se retenir.

Claire s'est retournée vers elle, un grand sourire aux lèvres.

– Jessi trouve qu'on est rigolotes !

– Oui, je trouve que vous êtes très drôles, toutes les deux !

– Tu ferais mieux de ne pas rigoler, l'a menacée Margot en faisant parler la marionnette. Ou alors je t'obligerai à laver le sol et tu ne pourras pas aller danser au bal.

Jessica s'est relevée et s'est confortablement installée dans le canapé pour voir comment l'histoire allait évoluer. C'était un mélange de *Cendrillon* et des *Trois Petits Cochons*. Par exemple, Claire demandait :

– Mallory la méchante sorcière, est-ce que je peux danser sur le tapis ?

Et Margot lui répondait :

– Non ! Sinon, je soufflerai tellement fort que ta couronne s'envolera.

Mais Claire commençait à en avoir marre de s'entendre dire non tout le temps, et comme le morceau de musique finissait, elle semblait chercher une autre occupation.

– Ils sont de retour ! s'est-elle exclamée tout d'un coup.

Jessi a tendu l'oreille, mais tout ce qu'elle a pu entendre, c'était un léger bruit de moteur.

– Tu as l'oreille fine, Claire ! Bravo.

– Allez, viens ! a fait Claire en relevant les pans de sa jupe de danseuse. On va raconter ça à Mousse !

– Raconter quoi à Mousse ? a demandé Jessi.

– Eh bien, le ballet ! Celui qu'on vient d'inventer : *Mallory la méchante sorcière* !

– Non, je crois que ce n'est pas une bonne idée ! a protesté Jessi.

Mais c'était trop tard. Quand elle est arrivée en haut des escaliers, elle a vu les triplés s'engouffrer dans l'entrée en brandissant chacun une nouvelle paire de baskets.

– Tu as pris les miennes ! criait Jordan à l'attention de Byron.

Nicky arrivait juste derrière eux, une nouvelle paire de mocassins aux pieds. Vanessa et moi étions encore en train de sortir les sacs du coffre de la voiture. Je suis rentrée, les bras chargés, tout essoufflée.

– Devine quoi, Mallory ? m'a demandé Claire avant que Jessi n'ait pu la retenir. Jessica, Margot et moi, on a inventé un ballet qui parle de toi !

Jessi a souri d'un air gêné en hochant la tête.

– Ça raconte l'histoire de deux belles princesses, a-t-elle poursuivi, et de leur méchante sœur qui leur crie tout le temps après.

– Et elle est toujours de mauvaise humeur parce qu'elle doit écrire une histoire et qu'elle se fait resserrer son appareil dentaire ! a renchéri Margot. Et elle ne laisse jamais ses sœurs aller au bal ou s'amuser.

Ma mère était arrivée entre-temps et avait tout entendu.

– Vous savez, les filles, ce n'est pas drôle, les a-t-elle grondées gentiment.

– Mais Jessica a trouvé que si ! s'est défendue Claire. Même qu'elle a tellement ri qu'elle s'est écroulée sur le canapé.

– C'était leur numéro de danse qui était drôle, a tenté de corriger Jessi.

Mais Claire continuait de plus belle :

– Devine comment on a appelé le ballet ? *Mallory la méchante sorcière* !

Voilà, le mal était fait. Mes sœurs avaient raison. J'avais fini par me fâcher avec tout le monde. Avec les triplés dans le magasin de chaussures parce qu'ils faisaient les clowns. Avec Nicky parce qu'il criait à tue-tête les numéros d'immatriculation des voitures devant nous. Je m'étais fâchée avec mes amies, ma famille, tout le monde ! Le pire, c'était que mes dents me faisaient vraiment mal. Je n'en pouvais plus...

– Oh toi, tais-toi ! ai-je crié à Claire avant de m'enfuir me réfugier dans ma chambre sous leurs regards médusés.

J'ai claqué la porte derrière moi.

Jessi ne savait pas comment réagir. Elle avait envie de me rejoindre dans ma chambre et de me parler, mais elle a longtemps hésité. Comme j'avais l'air à bout de nerfs, elle avait peur de me braquer encore plus. Elle ne voulait pas que la situation dégénère. Elle a finalement préféré ne rien tenter.

– Bon, je crois que je vais aller chercher mon coffre à jouets et que je vais rentrer chez moi, madame Pike. Est-ce que vous pourrez dire à Mallory de m'appeler tout à l'heure ?

– Bien sûr.

– Merci beaucoup.

Jessi était affreusement triste. Les choses n'avaient pas tourné comme elle le souhaitait. Elle pensait sincèrement que cette petite mise en scène allait permettre à mes sœurs de se débarrasser de leur rancune, mais cela s'était fini en dispute. Et elle se disait que, en plus, sa meilleure amie allait lui en vouloir...

9

– Je déclare la séance du jour officiellement ouverte, a annoncé Kristy quand le réveil de Claudia a affiché cinq heures trente précises.

Ce mercredi après-midi, j'étais arrivée à la réunion avec dix minutes d'avance. Mais cela ne changeait rien à mon anxiété, bien au contraire. J'avais l'estomac complètement noué à l'idée d'annoncer la décision que j'avais prise à mes amies.

Kristy portait un bas de jogging et un T-shirt marqué : « Vive les Imbattables ! » Elle a redressé la visière de sa casquette et nous a passées en revue.

– Quelque chose à signaler ?

C'était l'occasion de leur annoncer la nouvelle, mais j'ai hésité, et Kristy a aussitôt enchaîné :

– Le journal de bord n'est pas à jour, personne n'a écrit dedans depuis la semaine dernière.

– Je plaide coupable, a dit Claudia. J'avais deux baby-sittings ce week-end et je n'ai pas encore fait le compte-rendu.

– Il faut absolument s'y tenir, c'est très important, nous a rappelé Kristy. C'est ce qui nous permet d'être les meilleures baby-sitters du monde ! a-t-elle ajouté d'une voix malicieuse.

Oh non ! Pourquoi avait-elle dit ça ? C'était comme si la foudre m'avait frappée sur place.

Lucy avait l'enveloppe de la trésorerie sur les genoux et la tapotait d'un air satisfait.

– On a pas mal d'argent de côté. Si l'une d'entre vous a besoin de renouveler son coffre à jouets, elle n'a qu'à m'en parler vendredi prochain.

– Je n'en crois pas mes oreilles ! C'est bien notre Lucy qui propose de dépenser de l'argent ? ! l'a taquinée Carla. Cette radine !

Tout le monde a éclaté de rire en voyant la tête que faisait Lucy. Tout le monde sauf moi. Leur gaieté me mettait encore plus mal à l'aise.

– Je ne suis pas radine ! Je ne vois pas du tout pourquoi vous dites ça..., a protesté Lucy en souriant. Je suis économe, c'est tout.

Sa réplique et son faux ton indigné les ont encore plus fait rire. J'ai jeté un coup d'œil au réveil. Cela faisait cinq minutes que la séance avait commencé. Les premiers clients n'allaient plus tarder à appeler. Il fallait que je prenne mon courage à deux mains et que je me lance. Je me suis éclairci la voix pour attirer l'attention de toutes, puis j'ai commencé :

– Excusez-moi, les filles, j'ai quelque chose d'important à vous annoncer.

Mon cœur battait à tout rompre et j'avais l'impression qu'on n'entendait que lui.

– C'est au sujet de Mlle Économe ? a demandé Claudia sur le ton de la plaisanterie.

J'ai fermé les yeux et j'ai enchaîné le plus vite possible :

– C'est au sujet du club.... J'aimerais changer de statut et avoir moins de responsabilités.

Un silence pesant a suivi mon annonce.

– Tu plaisantes, bien sûr, a finalement dit Kristy.

J'ai rouvert les yeux et fait non de la tête.

Jessi, qui était assise à côté de moi, m'a pris la main et l'a serrée fort.

– Mallory, c'est trop bête...

J'ai laissé ma main dans la sienne et je l'ai regardée droit dans les yeux.

– J'y ai beaucoup réfléchi avant de vous en parler. Je ne me sens pas à la hauteur pour continuer à être membre à part entière du club. Je pense sincèrement que vous devriez me considérer comme membre intérimaire.

Mes amies se sont toutes mises à parler en même temps pour essayer de me faire changer d'avis. C'était un tel brouhaha que je ne comprenais pas la moitié de ce qu'elles disaient. Finalement, Kristy a sifflé très fort. Tout le monde s'est tu d'un seul coup. Elle a pris la parole au nom de toutes :

– Qu'est-ce qui te fait dire que tu n'es pas à la hauteur ? m'a alors demandé Kristy.

– Je suis une très mauvaise baby-sitter. La semaine

dernière, je n'avais pas la tête à ce que je faisais et Buddy Barrett a failli perdre un pied.

– Cela aurait pu arriver à n'importe laquelle d'entre nous, a rétorqué Mary Anne.

– Non, ça m'est arrivé à moi. Et tout ça parce que je n'ai pas fait assez attention.

– Peut-être, m'a coupée Kristy, mais quand tu as vu qu'il était blessé, qu'est-ce que tu as fait ?

– Je l'ai porté dans la cuisine, je me suis assurée que son pied était surélevé et je l'ai enveloppé dans une serviette propre, en prenant soin de serrer fort pour arrêter le saignement, ai-je dit d'une seule traite, comme si je lisais le manuel de secourisme.

– Tu as donc fait le nécessaire, a conclu Kristy d'un ton posé. Ce qui me fait dire que tu es une bonne baby-sitter.

– Mais je ne suis pas fiable comme membre. Souvenez-vous de la semaine dernière. Je suis arrivée en retard et je ne me suis même pas excusée.

– C'est vrai, a fait Carla, mais tu nous as expliqué que tu étais débordée par ta famille et que tu n'avais même pas le temps d'écrire ton histoire pour le concours littéraire. On peut comprendre ça.

Il y a eu des murmures d'approbation.

– Mais je ne peux pas accepter de nouveaux baby-sittings, et vous avez déjà dû faire appel à un membre intérimaire à cause de moi. Regardons les choses en face, je ne peux pas vous laisser tomber à chaque fois !

– Arrête, Mallory ! a protesté Jessi.

– Quand tu refuses une garde, c'est plus de travail pour nous, et donc plus d'argent, a fait remarquer Claudia.

– C'est vrai ! a acquiescé Kristy.

Mais je ne me sentais pas mieux pour autant. Au contraire, je me rendais compte que, à cause de moi, mes amies devaient travailler plus dur et que, en plus, elles se sentaient obligées de me remonter le moral.

– Tu es juste débordée en ce moment, m'a rassurée Mary Anne. Mais ça ira mieux bientôt, et tu pourras de nouveau accepter des gardes. J'en suis convaincue.

– Oui, mais pour l'instant, je préférerais n'être qu'un membre intérimaire ! ai-je répliqué en parlant de plus en plus fort. Sinon, je démissionne.

Voilà, c'était dit. Jessi a sursauté. Elle n'en croyait pas ses oreilles ! J'ai vu les larmes monter aux yeux de Mary Anne et Claudia lâcher sa sucette de surprise. Toutes me fixaient, bouche bée.

– Démissionner ? ont murmuré Carla et Lucy en écho.

Kristy restait interdite. Personne n'avait jamais démissionné du Club des baby-sitters. Personne n'aurait pu croire la chose possible.

Le silence qui a suivi m'a semblé durer une éternité. Heureusement, le téléphone a fini par sonner. Claudia a décroché et a répondu à l'appel d'un air absent. Elle a hoché plusieurs fois la tête, puis a raccroché.

– Les Prezzioso ont besoin d'une baby-sitter jeudi, nous a-t-elle annoncé.

Mary Anne a ouvert l'agenda.

– Je vois que Carla est libre ce jour-là. Tu acceptes cette garde ?

Elle a acquiescé et Claudia a rappelé les Prezzioso pour confirmer la date et l'heure. Il y a eu plusieurs appels et chacune a répondu à son tour, mais le cœur n'y était pas. Je n'avais pas imaginé à quel point ma décision allait les affecter. Je n'avais pas imaginé non plus à quel point cela allait m'affecter aussi. Soudain, je ressentais un grand vide.

Cinq minutes avant la fin de la réunion, Kristy a risqué une dernière tentative. Elle a rajusté sa casquette et m'a regardée droit dans les yeux.

– Mallory, je crois que tu as besoin de temps pour réfléchir à tout ça. Donc, pour les deux semaines qui viennent, tu n'auras pas besoin d'assister aux réunions et de faire du baby-sitting, d'accord ?

– Mais j'ai déjà des...

– Ne t'inquiète pas, on s'occupe de tout, a-t-elle continué sans même me laisser finir ma phrase. Comme ça, tu auras le temps d'écrire ton histoire et de souffler. Tu verras peut-être les choses différemment avec le recul.

– Oh, s'il te plaît, Mallory, dis oui, m'a implorée Jessi, qui n'avait jamais eu l'air aussi triste.

Mon regard est allé de Jessi à Kristy. Je n'aimais pas l'idée de faire assumer aux autres mes responsabilités, mais c'était peut-être mieux que de quitter le club.

– D'accord, ai-je fini par murmurer. Je veux bien essayer.

– Super ! a fait Kristy au moment même où le réveil de Claudia affichait six heures. On te retrouve ici dans deux semaines. Je déclare la séance d'aujourd'hui terminée. Merci à vous toutes.

C'est long, deux semaines. C'était comme si je partais pour un voyage au bout du monde en solitaire. Je me sentais triste et seule.

⑩

SAMEDI

Dis donc, Mallory ! Je crois que je viens d'avoir un aperçu de ce que tu vis tous les jours...

Ce matin, maman a appris qu'une de ses amies avait eu une crise cardiaque. Elle est tout de suite partie à l'hôpital avec Jim pour lui rendre visite.

Ils m'ont laissée seule avec David Michael, Emily Michelle, Karen et Andrew. Emily était grognon parce qu'elle avait faim ; Karen et Andrew voulaient jouer dehors, mais il pleuvait à verse et pour couronner le tout, Carver, le nouveau copain de David Michael, est venu à la maison avec ses parents.

Et là, les choses ont commencé à mal tourner...

La maison de Jim, le beau-père de Kristy, est immense. Même avec Kristy, sa mère, ses trois frères, leur sœur adoptive et leur grand-mère, il reste de la place ! Quand Karen et Andrew viennent le week-end, elle est un peu plus remplie.

Kristy adore les enfants de Jim et elle les considère comme ses frère et sœur. Ce samedi-là, elle avait prévu de passer la journée avec Mary Anne et de garder la soirée pour rester avec Karen et Andrew. Elle venait d'enfiler son anorak jaune pour rejoindre son amie quand Jim a fait irruption dans l'entrée. C'est à ce moment-là qu'il lui a annoncé la mauvaise nouvelle.

– Excuse-nous pour le changement de programme, mais on doit aller à l'hôpital de Stonebrook. Quatrième étage, soins intensifs. Tu gardes les enfants pour nous ?

– Pourquoi tu ne demandes pas à Mamie ? a protesté Kristy.

– Elle est au bowling, lui a expliqué sa mère qui s'affairait dans la pièce d'à côté. Et Samuel et Charlie sont déjà sortis.

Kristy a fait la grimace. Elle était déjà en retard pour son rendez-vous avec Mary Anne.

– Quand serez-vous de retour ?

– On ne sait pas encore.

Puis Jim et sa mère sont partis, la laissant plantée là dans l'entrée. Jim ne lui avait même pas dit : « s'il te plaît ». Il s'était contenté de lui donner un ordre en trouvant normal qu'elle annule ses projets.

Emily Michelle était debout dans le couloir avec son ours en peluche dans les bras. Ses parents ne lui avaient même pas dit au revoir. Elle se sentait abandonnée et une grosse larme coulait le long de sa joue.

– Gâteau ! a-t-elle réclamé.

– Oui, ma puce, viens, lui a dit Kristy en la prenant dans ses bras. On va aller dans la cuisine téléphoner à Mary Anne. On prendra un gâteau après. Je crois que cela nous fera du bien à toutes les deux.

Emily Michelle était calmement en train de manger son biscuit, assise sur le plan de travail, quand Karen est arrivée en courant, David Michael à ses trousses. Il la menaçait avec un bocal plein d'insectes vivants.

– Aaaaaah ! Kristy, dis-lui de me laisser tranquille ! hurlait-elle.

– Qu'est-ce qui t'arrive, Karen ? Tu ne veux pas que je te renverse mon bocal de bêbêtes sur la tête ?

Au même moment, Andrew a traversé la pièce avec une serviette de bain attachée dans le dos.

– Attention, voilà Superman ! Je viens sauver le monde !

– Ça va être difficile pour toi, Superman, parce que j'ai des insectes magiques, a répliqué David Michael en levant son bocal comme un bouclier. Ils peuvent neutraliser tous tes pouvoirs !

Emily Michelle a fixé attentivement le bocal et, comprenant enfin ce qu'il y avait dedans, elle a lâché son gâteau et s'est mise à hurler.

– Ça suffit ! On se calme ! a crié Kristy pour essayer de se faire entendre dans un tel vacarme. Vous faites peur à Emily.

D'habitude, cela aurait suffi à faire revenir le calme si... si on n'avait pas sonné à la porte au même moment.

– C'est pour moi ! J'y vais ! a lancé David Michael. C'est Carver Ensign, mon nouveau copain. Il vient jouer à la maison.

– Quoi ? s'est écriée Kristy. Mais je n'étais pas au courant.

Elle s'occupait déjà de quatre enfants toute seule. Cinq, c'était pousser le bouchon un peu loin.

– Maman a dit que c'était d'accord, s'est défendu David Michael en se précipitant à la porte d'entrée.

Andrew et Karen lui ont emboîté le pas, impatients de découvrir une nouvelle tête. Emily Michelle en a oublié de pleurer.

– Descendre ! a-t-elle demandé.

Kristy l'a remise par terre et elles ont suivi les autres dans l'entrée. David Michael a ouvert la porte et Boo-Boo s'est engouffré dans la maison. Il avait été surpris par la pluie et était complètement trempé.

Carver, un petit garçon blond avec des lunettes, était debout sous la véranda avec ses parents.

– Salut, David Michael, a-t-il lancé en se grattant le nez.

– Entre !

David Michael a ouvert la porte en grand, révélant ainsi ses quatre frères et sœurs, son chat Boo-Boo qui faisait sa toilette et sa chienne Louisa, qui venait de les rejoindre, intriguée par le vacarme.

Ils étaient en rang d'oignons, immobiles, comme s'ils posaient pour une photo de famille.

La maman de Carver les a regardés les uns après les autres et a demandé :

– Où sont tes parents, David Michael ?

– Ils ont dû aller à l'hôpital, lui a expliqué Kristy en attrapant Emily Michelle qui voulait sortir. Je suis la grande sœur de David Michael. Je m'appelle Kristy.

Elle s'attendait à ce que la mère de Carver lui réponde : « Enchantée », ou « Bonjour » tout simplement. Au lieu de cela, elle s'est tournée vers son mari en fronçant les sourcils.

– Oh, chéri, je pensais que ses parents seraient là.

– Ce n'était pas prévu, a tenté d'expliquer Kristy, agacée de se voir ignorer de la sorte. Ils ont dû s'y rendre d'urgence, sinon ils vous auraient prévenus.

– Suis-moi, Carver, a répété David Michael. Je vais te montrer la maison. Tu vas voir, elle est immense. Il y a même un deuxième étage.

– Il est peut-être hanté..., a ajouté Karen d'un air mystérieux.

Elle a beaucoup d'imagination et aime bien se persuader que le grenier est hanté par le fantôme de son arrière-grand-père, Ben Lelland.

– Chouette, un fantôme ! s'est enthousiasmé Carver. Allons voir ça de plus près !

– Attends une minute, est intervenu son père en le retenant par l'épaule. Tu sais bien que ta mère et moi, nous préférons qu'il y ait un adulte pour vous surveiller.

Kristy a senti ses oreilles devenir toutes rouges. Pour qui la prenaient-ils ? Une gamine irresponsable ? Elle aurait aimé répliquer qu'elle était une baby-sitter confirmée et même la présidente du Club des baby-sitters, mais elle s'est dit que ce n'était pas la peine.

– Oh, zut ! a fait Carver déçu. Mais est-ce que David Michael peut venir chez nous à la place ?

– C'est une très bonne idée, lui a répondu sa mère en s'agenouillant à ses côtés.

Cette fois-ci, c'était à Kristy d'avoir un doute. Ses parents n'apprécieraient certainement pas que David Michael aille chez des inconnus.

– Je suis désolée, madame, a-t-elle dit d'une voix posée, mais mes parents m'ont confié mes frères et sœurs. Je ne peux pas laisser David Michael partir sans leur permission.

– Quoi ! a protesté David Michael. Tu sais très bien qu'ils diraient oui. Laisse-moi y aller, Kristy ! S'il te plaît...

– Désolée, mais je dois dire non, lui a répondu sa sœur d'un ton ferme.

Les parents de Carver ont dit qu'ils comprenaient et sont repartis sous la pluie.

Avant que la portière de leur voiture se referme, Kristy a entendu Mme Ensign dire à son fils :

– Peut-être une autre fois, Carver. Quand les parents de David Michael seront chez eux.

Kristy a posé sa main sur l'épaule de son frère pour le réconforter.

– Je suis désol...

Mais elle n'a pas eu le temps de finir sa phrase, car il est parti en criant :

– Je ne te parlerai plus jamais !

Il a monté les marches quatre à quatre et s'est précipité dans sa chambre. Un claquement de porte a suivi.

Kristy était découragée.

Ses parents lui avaient demandé de faire du baby-sitting au dernier moment et ils ne lui avaient même pas laissé de consignes.

Puis les parents de Carver l'avaient traitée comme une enfant à qui on ne pouvait pas faire confiance. Maintenant, son frère lui faisait la tête et ne voulait plus lui adresser la parole.

Pour couronner le tout, les autres enfants avaient pris le parti de David Michael.

– Allons jouer dehors, a grogné Andrew. C'est pas sympa ici.

Kristy a jeté un coup d'œil à travers la fenêtre.

– Il pleut à verse, Andrew. Où allez-vous jouer ?

– Dans la boue ! s'est écriée Karen. Laisse-nous sortir, s'il te plaît.

– Dehors ! a renchéri Emily.

En temps normal, Kristy leur aurait donné la permission de sortir. Elle aurait trouvé des imperméables et des parapluies pour tout le monde, mais Emily Michelle venait d'avoir une otite et elle ne voulait prendre aucun risque de rechute.

– J'ai une meilleure idée, a-t-elle dit pour faire diversion. Et si on allait dans le grenier pour voir si le vieux Ben traîne toujours dans les parages ?

La proposition semblait faire l'unanimité. Ils se sont tous précipités dans les escaliers, Karen en tête.

– On doit d'abord s'habiller en chasseurs de fantômes ! a-t-elle déclaré en se retournant vers les autres (Karen adore se déguiser).

Kristy a trouvé que c'était une super idée jusqu'à ce que Karen et Andrew se mettent à se disputer pour savoir qui allait mettre la cape de Sherlock Holmes (qui avait appartenu à Jim) et qui allait tenir la loupe de Mamie.

– Ne vous battez pas, chacun son tour !

Emily Michelle ne voulait pas marcher et n'arrêtait pas de geindre pour que sa sœur la prenne dans ses bras. Kristy commençait vraiment à perdre patience.

La chasse aux fantômes les a occupés pendant un peu plus d'une heure, jusqu'au déjeuner, mais elle a de nouveau eu droit aux chamailleries pour savoir qui voulait manger quoi.

– Bon, je vais faire des sandwichs jambon-fromage pour tout le monde, a-t-elle tranché. Et je ne veux plus rien entendre.

Puis c'est le téléphone qui s'est mis à sonner pendant qu'elle préparait le repas. Elle a dû tout laisser en plan sur la table de la cuisine pour aller répondre.

– Allô, c'est Mary Anne. Tes parents sont rentrés ?

Aux bruits de fond qui couvraient en partie sa voix, Kristy a deviné qu'elle l'appelait d'une boutique.

– Non, pas encore, mais j'espère qu'ils ne vont pas tarder. On est tous de mauvaise humeur.

– S'ils n'arrivent pas tout de suite, je vais t'attendre chez *Bellair*...

Kristy n'a pas laissé Mary Anne finir sa phrase. Elle a poussé un cri en voyant Boo-Boo sauter sur la table de la cuisine et se régaler avec les tranches de jambon.

– Va-t'en tout de suite ! l'a-t-elle grondé en lâchant le téléphone.

Boo-Boo s'est figé en voyant Kristy foncer sur lui, puis il a sauté à terre pour s'échapper. Pendant ce temps, Andrew s'était servi un verre de lait.

Mais, surpris par le cri perçant de sa sœur, il l'a laissé

tomber. Maintenant, il y avait du lait et des éclats de verre dans toute la cuisine.

– Ne bouge pas, Andrew ! a crié Kristy.

– Qu'est-ce qui se passe ? pouvait-on encore entendre dans le combiné du téléphone.

C'était Mary Anne qui s'inquiétait de tout ce vacarme.

– Je suis désolée mais je dois te laisser, lui a dit Kristy en reprenant le combiné. Encore une catastrophe et je dois m'en occuper. On se rappelle plus tard.

Puis elle a pris Andrew dans ses bras pour lui éviter de marcher sur les morceaux de verre.

– Ce n'est pas grave, l'a-t-elle rassuré en essayant de garder son calme. Je vais nettoyer tout ça. En attendant, va dans le salon et ne fais plus de bêtise.

– Mais on a faim ! On veut nos sandwichs.

– Boo-Boo les a dévorés, alors on va manger autre chose. Je vais vous faire des sandwichs au beurre de cacahuète et à la confiture, d'accord ?

– Hourra ! C'est ce que je préfère !

– Super, a fait Kristy.

Mais c'était de plus en plus difficile de garder le sourire. Elle n'en pouvait plus.

« Maintenant, je sais ce que Mallory endure tous les jours, s'est-elle dit en s'agenouillant pour ramasser les morceaux de verre cassé sous le regard apeuré de Boo-Boo. Pour rien au monde je ne voudrais être à sa place. »

En passant l'éponge par terre, elle a essayé d'imaginer ce que c'était que d'avoir tous les jours autant de frères et sœurs à la maison. Elle savait maintenant par expérience qu'il n'y avait pas un instant de répit.

« Je comprends pourquoi Mallory envisage de démissionner du club ! On ne peut pas lui en vouloir. »

Elle a essoré l'éponge dans l'évier puis est restée pensive quelques secondes. Elle avait du mal à envisager le club sans l'un de ses membres et espérait de tout son cœur que Mallory changerait d'avis. Sinon, comment pourrait-elle trouver une baby-sitter digne de la remplacer ?

11

J'ai cherché mes lunettes à tâtons sur la table de chevet. Il était huit heures du matin. Je me suis étirée, contente d'avoir toute la journée devant moi pour travailler à mon histoire.

J'avais fini mes devoirs la veille au soir et j'avais hâte de commencer à écrire *Prise entre deux feux* – c'était le titre que j'avais choisi pour mon histoire. Je me suis redressée dans mon lit et j'ai réfléchi à la couverture de mon manuscrit. M. Dougherty nous avait dit qu'on devait aussi la concevoir et la réaliser. Certains voulaient utiliser du carton tout simple, mais j'avais une meilleure idée. Je pensais faire un collage de photos d'enfants autour de Tess, mon personnage principal. Je pouvais découper des photos dans des magazines ou, mieux, en emprunter dans l'album de famille. L'une des plus drôles est celle où les triplés sont dans leurs chaises de bébé entièrement couverts de purée d'épinards. Mon père a aussi pris une jolie photo de Margot à deux ans, en couche-culotte, debout sur les genoux de maman. Ma préférée reste celle où Nicky est profondément endormi dans le panier à linge, son ours en peluche dans les bras.

J'étais tranquillement dans mon lit en train de penser aux photos que j'allais choisir et à la manière dont j'allais les assembler quand une peur panique m'a saisie. Et si ce week-end en famille ressemblait aux autres ?

– Refaire les lacets, préparer les goûters, faire les courses, calmer les disputes, mettre des pansements ! me suis-je dit à haute voix. Je n'en peux plus !

– Qu'est-ce que tu racontes? s'est étonnée Vanessa, encore à moitié endormie.

– Je dis non ! lui ai-je expliqué en rejetant ma couverture et en m'asseyant dans mon lit. Non à tout le monde. Aujourd'hui, je ne suis là pour personne. C'est comme ça et puis c'est tout. Je n'ai plus le temps.

– Ah bon ?

– La Journée des jeunes auteurs est dans une semaine et...

Mais je n'ai pas fini ma phrase, une idée géniale m'avait traversé l'esprit. Je n'avais pas une minute à perdre. Je me suis levée, j'ai enlevé ma chemise de nuit et enfilé un jean et un sweat-shirt.

Puis je suis partie à quatre pattes sous le lit.

– Qu'est-ce que tu fabriques ?

– Je... Arrgh !

Je m'étouffais à moitié à cause de la poussière. Je me suis dit qu'il fallait que je pense à faire le ménage à fond dans ma chambre dès que la Journée des jeunes auteurs serait passée.

– Je cherche les panneaux jaunes que j'avais gardés, ai-je continué. Ils doivent être quelque part par là.

– Je t'en avais emprunté quelques-uns, tu t'en souviens ? Je les ai rangés dans le placard, a-t-elle fini par me dire après m'avoir laissée m'asphyxier sous le lit.

– Merci de me prévenir ! ai-je grommelé.

Je me suis relevée et j'ai regardé dans le placard. Il y avait effectivement dans un carton le panneau que je cherchais, ainsi que ma boîte de gros feutres.

– Qu'est-ce que tu fais ? m'a redemandé Vanessa en me voyant découper le panneau en deux.

– Tu verras bien, me suis-je contentée de lui répondre.

J'ai pris un marqueur noir à pointe large et j'ai écrit en grosses lettres la même chose sur les deux panneaux, que j'ai reliés avec de la ficelle. Je n'avais plus qu'à passer la tête entre les deux panneaux. Je me suis tournée vers Vanessa.

– Mallory est en grève, a-t-elle lu.

– Voilà, tu as tout compris !

Je suis sortie de la chambre la tête bien droite, prête à affronter le reste de la famille.

– Regardez Mallory ! s'est écriée Claire quand j'ai fait irruption dans la salle à manger.

Mon père a à peine baissé son journal pour jeter un coup d'œil vers moi.

– Tu fais l'homme-sandwich ? a-t-il demandé.

– Mallory est en grève, a lu Byron à haute voix. Qu'est-ce que ça veut dire ?

Je me suis glissée à ma place à table. Comme les panneaux étaient flexibles, j'ai pu m'asseoir sans problème.

– Cela veut dire qu'aujourd'hui je ne ramasse pas les

jouets qui traînent, je ne m'occupe pas de vos disputes et je ne cherche aucun animal perdu.

– Que se passe-t-il ? a voulu savoir maman en posant un plat de crêpes sur la table.

– Mallory ne va pas jouer avec nous aujourd'hui, lui a expliqué Claire en se léchant les doigts pleins de confiture.

– Je fais grève, ai-je annoncé en me servant deux crêpes.

– On ne dit pas avoir la crève plutôt ? s'est étonné Nicky. Mais je croyais que c'était malpoli ? Tu ne vas pas t'occuper de nous parce que tu es malade ?

– Non, je fais grève ; je n'ai pas la crève. Mais cela revient au même, tu as raison. Je vais rester dans ma chambre aujourd'hui et je veux que personne ne me dérange.

– Tu dois rester dans ta chambre ? m'a demandé Margot.

– Je ne dois pas rester dans ma chambre, l'ai-je corrigée. Je veux rester dans ma chambre.

– Tu veux ? a répété Claire, incrédule. C'est n'importe quoi !

Il était évident que mes frères et sœurs ne comprenaient pas ce que voulait dire être en grève.

– Les gens font la grève quand ils veulent que leurs conditions de travail changent, leur ai-je expliqué. Ou quand ils veulent être augmentés.

Jordan me regardait d'un air perplexe.

– Tu veux dire quand ils veulent plus d'argent de poche ?

– Oui.

– D'accord ! a-t-il fait en se croisant les bras sur la poitrine. Eh bien, moi aussi, je suis en grève.

– Attendez une minute, est intervenu papa. Un seul enfant à la fois a le droit d'être en grève.

– Après le petit déjeuner, je vais monter dans ma chambre et je veux qu'aucun de vous ne vienne m'embêter, ni me poser des questions. Je ne serai là pour personne. Je ne répondrai même pas au téléphone.

– Tu veux être tranquille, quoi ! a fait mon père en repliant son journal et en le posant à côté de son assiette. Je crois que le message est clair pour tout le monde.

– Bien.

J'ai bu une gorgée de lait et j'ai adressé un grand sourire complice à mon père. Lui au moins me comprenait. Margot réfléchissait. Elle a secoué la tête, l'air renfrogné.

– C'est pas juste, a-t-elle déclaré. Mallory a le droit de rester dans sa chambre toute la journée et elle aura plus d'argent de poche.

J'ai écouté en silence mes frères et sœurs se chamailler le temps du petit déjeuner et je me suis demandé si tous les membres d'une famille pouvaient être un peu dérangés. A les entendre, il semblait bien que oui.

Une fois le repas fini, je me suis dépêchée de monter m'isoler.

– A ce soir ! leur ai-je lancé en m'en allant.

– Pauvre Mallory ! ai-je entendu Claire murmurer. Elle est en grève. Pas de dessins animés, pas de jeux, rien.

Une fois seule dans ma chambre, je me suis installée à mon bureau pour écrire mon histoire. J'ai entendu des pas devant ma porte mais personne n'est venu me déranger.

J'ai travaillé quatre heures d'affilée à peaufiner chaque phrase. C'était merveilleux ! Je me sentais enfin dans la peau d'un écrivain.

12

SAMEDI

Je dois admettre que ça nous a fait tout drôle de recevoir un coup de fil des Pike pour un baby-sitting. Surtout que c'était urgent. Ils avaient besoin de nous dans l'heure...

Carla a écrit « nous », parce qu'ils voulaient deux baby-sitters ! Ce qui est encore plus bizarre... On se demandait bien où était passée Mallory.

Elle nous avait pourtant dit qu'elle resterait chez elle tout l'après-midi. Mais en ce moment, avec Mallory, il faut s'attendre à tout...

On a donc passé un après-midi très mouvementé chez les Pike.

Et Mary Anne et moi, nous avons découvert ce qui était arrivé à Mallory. Waouh !

Je ne pouvais pas deviner que mes parents allaient sortir ! Ils ont dû appeler le Club des baby-sitters pour faire garder mes frères et sœurs. J'étais tellement concentrée sur mon histoire que je n'ai même pas entendu les filles arriver à la maison.

– Tu crois qu'il est arrivé quelque chose à Mallory ? s'est inquiétée Mary Anne.

– Je ne pense pas, lui a répondu Carla en jetant ses longs cheveux blonds en arrière. Mme Pike nous l'aurait dit au téléphone.

C'est mon père qui est allé leur ouvrir.

– Bonjour, les filles ! Merci d'être arrivées aussi vite. Ma femme et moi, nous avons reçu un appel de la bibliothèque. Il y a une réunion d'urgence du comité. Nous devons absolument y aller.

– J'espère que rien de grave n'est arrivé à la bibliothèque, a dit Mary Anne en entrant dans la maison.

– Oh, ce n'est pas comme si elle avait pris feu, l'a rassurée mon père. Je pense que ce doit plutôt être un problème d'ordre financier.

Mes deux amies se sont contentées de hocher la tête en signe de sympathie. Elles ne savaient pas quoi lui dire. Ce n'était pas évident de comprendre le fonctionnement d'une bibliothèque.

– Mallory est dans sa chambre, leur a annoncé mon père.

– Elle est là ? s'est étonnée Carla. Mais alors, vous voulez dire qu'il vous faut trois baby-sitters aujourd'hui ?

Mon père a eu un petit rire.

– Non, non. Mallory travaille sur son histoire et elle nous a demandé de ne pas la déranger. C'est pour cela que nous vous avons appelées.

Ma mère est sortie de la cuisine en fourrant un paquet de mouchoirs dans son sac à main. Elle a remercié Mary Anne et Carla et leur a tendu une feuille de papier.

– Voici les coordonnées de l'endroit où vous pouvez nous joindre. Il y a de la pizza, du jus d'orange et des fruits dans le réfrigérateur. Les garçons savent qu'ils n'ont pas le droit de jouer avec leur arc et leurs flèches dans la maison. Margot sait qu'elle n'a pas le droit de jouer avec mon maquillage et Vanessa doit se reposer un peu parce qu'elle a attrapé froid.

– Comment arrivez-vous à vous souvenir de tout ça ? lui a demandé Carla, admirative.

– Question d'habitude..., a répondu ma mère en enroulant une écharpe autour de son cou.

Mes parents étaient prêts à partir quand ma mère s'est retournée et a ajouté :

– Une dernière chose : les enfants m'ont demandé de vous dire que vous y étiez.

Puis elle a refermé la porte derrière elle.

– On y est ? a fait Carla sans comprendre.

– Oui, ça doit vouloir dire que les enfants jouent à cache-cache et qu'on est collées, a suggéré Mary Anne.

Des gloussements se sont fait entendre dans le salon.

– Je me demandais justement où ils étaient tous passés..., a murmuré Carla en se dirigeant vers le salon sur la pointe des pieds. Venez ! Où êtes-vous les enfants ?

Mais elle n'a eu que des gloussements étouffés en guise de réponse. Elle a mis un doigt sur sa bouche, puis a désigné le canapé d'un air entendu. Mary Anne a fait un signe de tête pour lui dire qu'elle avait compris et lui a montré à son tour le placard.

Puis elle a fait semblant de s'inquiéter :

– Peut-être qu'ils se sont tous enfuis de la maison ?

– Ou peut-être qu'ils se sont fait kidnapper ? a renchéri Carla.

– Oh, j'espère que non..., a soufflé Mary Anne en posant la main sur la poignée du placard.

– En même temps, ça voudrait dire qu'on a la pizza pour nous toutes seules !

Au même moment, elle a ouvert la porte du placard et Carla a contourné le canapé.

– On vous a eus ! ont-elles crié en chœur.

Les enfants ont bondi hors de leur cachette en criant à tue-tête. Les triplés étaient déguisés en Indiens et Nicky et Margot en cow-boys.

– Youpi ! Vous êtes nos prisonnières ! a braillé Adam.

– Non ! Vous êtes *nos* prisonnières ! a corrigé Nicky en s'agrippant aux genoux de Mary Anne.

– Mais on est arrivés avant vous ! a fait Byron en attrapant le poignet de Carla.

– Même pas vrai ! a crié Nicky.

– Si ! a dit Jordan en attrapant l'autre poignet de Carla.

Mary Anne a tapé dans ses mains pour les faire taire.

– Vous êtes tous arrivés en même temps !

– Alors, vous êtes nos prisonnières à nous tous, a conclu Margot en passant une corde imaginaire autour de Carla et Mary Anne.

– Ouais ! se sont exclamés les garçons en poussant des cris de guerre et en dansant en cercle autour des filles.

Vanessa les observait, confortablement installée dans le fauteuil, un livre ouvert sur les genoux.

– Et si on les enfermait au cachot ? a suggéré Jordan en se croisant les bras sur la poitrine.

– Oh non ! a crié Mary Anne, qui jouait le jeu. Ayez pitié de nous, pas le cachot !

Nicky s'est gratté la tête comme pour réfléchir.

– On n'a qu'à les congeler !

– Les congeler ? a répété Vanessa depuis son fauteuil. On ne congèle pas des prisonniers.

– Bien sûr que si ! a-t-il rétorqué en mettant ses poings sur les hanches et en fixant sa sœur d'un air de défi.

– Non, ça ne se fait pas, a-t-elle insisté.

– Tu veux parier ?

– D'accord. Je parie un million de dollars.

– Attendez un instant, les a coupés Mary Anne. Je crois qu'on a un petit problème.

Les enfants se sont immédiatement tus et se sont tournés vers elle.

– Combien d'enfants y a-t-il avec nous ?

Carla s'est mise à compter à voix basse en les montrant tour à tour du doigt.

– Six.

– Et combien est-on supposées en garder aujourd'hui ?

– Sept. Oh, non ! On a perdu Claire !

Claire est la plus jeune de la famille et mes amies, en baby-sitters confirmées, savaient qu'elles ne devaient pas la quitter des yeux.

– Bon, on va tous se mettre à la recherche de Claire, a ordonné Mary Anne. On cherche partout et le premier qui la trouve la ramène dans la cuisine.

– Est-ce qu'on aura une récompense ? a demandé Nicky.

Mary Anne et Carla se sont consultées du regard.

– Oui. De la pizza.

– Génial ! s'est exclamé Byron. Allons-y !

Puis ils se sont dispersés dans la maison en courant.

– Je vérifie les chambres, a lancé Margot en montant les marches quatre à quatre.

– Bien, mais n'en profite pas pour jouer avec le maquillage de ta maman ! lui a rappelé Carla.

Margot s'est arrêtée en pleine course, puis a fait la moue avant d'acquiescer :

– D'accord.

Vanessa a refermé son livre et s'est levée.

– Je vérifie derrière la maison.

– Et moi, devant, a déclaré Mary Anne. Carla, tu pourrais peut-être rester ici au cas où un des enfants la trouverait ?

– Je viens avec toi, Mary Anne, a annoncé Nicky en lui prenant la main.

Carla avait beau se dire qu'il n'y avait aucune raison de paniquer, elle était inquiète. Les enfants étaient en train de jouer à cache-cache quand elles étaient arrivées et Claire était peut-être tout simplement encore cachée quelque part. Mais peut-être pas. C'était bien ça, le problème.

Elle a passé la tête dans la cuisine. Aucune trace de la petite fille. Elle était sur le point d'aller voir à l'étage quand elle a entendu un léger bruit. En tendant l'oreille, elle distinguait une voix qui chantonnait. Cela venait du couloir du fond qui menait à la salle de jeux.

– Entrez dans la danse ! Tournez, dansez, chantez ! Entrez dans la danse... da da da di dou dou, fredonnait une voix haut perchée.

Carla s'est approchée. Claire était assise par terre avec une pince à linge dans chaque main, en train de les faire tournoyer sur sa jambe comme si c'étaient des poupées.

– Salut, toi ! Comment s'appellent tes amies ?

– Je te présente Milly et Tilly, a répondu la petite fille d'une voix solennelle.

– Et quel est leur nom de famille ?

– Bêbête gluante.

– Tu voudrais inviter Milly et Tilly à déjeuner avec nous ? On va manger une pizza.

– C'est leur plat préféré.

Claire s'est levée et a suivi sa baby-sitter dans la cuisine. Carla s'est souvenue que les autres étaient toujours à la recherche de Claire, alors elle s'est installée en bas des escaliers pour crier :

– C'est bon ! Je l'ai retrouvée.

Mary Anne a passé le message à Vanessa et aux garçons. Elle les a aidés à enlever leurs chaussures toutes sales. (Ils en avaient profité pour jouer dans la boue.) Puis elle les a emmenés dans la salle de bains se laver les mains avant de se mettre à table.

Rien de plus facile à manger qu'une pizza surgelée, pensez-vous. Eh bien, chez les Pike, rien n'est simple. Il a fallu enlever les anchois pour Jordan, les oignons pour Nicky et le bord pour Margot. Sans oublier qu'il a aussi fallu couper en petits morceaux la part de Claire. Une fois tout le monde servi, Carla et Mary Anne étaient épuisées. Elles ont regardé mes frères et sœurs manger en silence.

– Quand j'aurai des enfants, a déclaré Carla, je voudrais un garçon et une fille. Je crois que deux, c'est suffisant.

– Moi aussi. Je ne sais pas comment M. et Mme Pike s'en sortent.

Après le déjeuner, les enfants les ont aidées à débarrasser la table et à mettre les couverts sales dans le lave-vaisselle. Pendant que Carla leur proposait de jouer à la chandelle dans le salon, Mary Anne passait un dernier coup d'éponge sur la table pour s'assurer qu'il ne restait plus aucune miette. Puis elle a pensé que ce serait sympa de monter me voir dans ma chambre.

Grave erreur.

Je ne m'attendais tellement pas à être dérangée que j'ai sursauté quand elle a toqué à ma porte.

– Quoi ? ai-je grommelé.

On aurait pu croire que c'était la énième fois qu'on venait m'embêter.

Pourtant, personne de ma famille ne s'était aventuré à le faire, pas même Vanessa avec qui je partage la chambre.

Mary Anne a eu un mouvement de recul en entendant mon ton agressif.

– Mallory ? a-t-elle demandé timidement. C'est Mary Anne.

– Mary Anne ?

J'ai repoussé ma chaise en arrière.

– Qu'est-ce que tu fais ici ? Entre.

Elle a ouvert la porte mais s'est contentée de passer la tête à l'intérieur de la pièce.

– Excuse-moi de te déranger, mais Carla et moi, nous gardons tes frères et sœurs, alors j'ai eu envie de te faire un petit coucou pour voir si tout allait bien.

– Vous faites du baby-sitting ici ?

Je n'en revenais pas. Mary Anne m'a raconté toute l'histoire.

– Je pense que tes parents ont appelé le Club des baby-sitters pour ne pas te déranger.

– Oh, je n'étais pas au courant. C'est vraiment gentil de leur part.

Mary Anne a fait un pas en arrière, comme si elle avait peur que je lui claque la porte au nez.

– Je suis contente de voir que tu as parlé à tes parents et que les choses se sont arrangées. Tu dois te sentir mieux.

J'ai suivi son regard et j'ai vu ce qui l'avait fait hésiter. C'était mon panneau « Mallory fait la grève » posé contre le lit. J'ai eu subitement honte de moi.

– Je ne leur ai pas parlé, ai-je dû avouer. Je me suis levée ce matin en décidant de me mettre en grève pour la journée. J'ai fabriqué ce panneau, je leur ai dit que je devais travailler à mon histoire et j'ai demandé que personne ne vienne me déranger.

Mary Anne est venue s'asseoir sur mon lit.

– Tu veux dire que, dès que tu auras fini d'écrire ton histoire, les choses redeviendront comme avant ?

Elle venait de mettre le doigt sur le problème. J'avais compris, en essayant de trouver du temps pour écrire, que mes parents m'en demandaient trop. Ils trouvaient normal que j'assume tout sans rien dire. Cela ne leur venait pas à l'esprit que je n'étais pas toujours à leur disposition pour faire le ménage, la cuisine, les courses ou pour garder mes frères et sœurs.

– Mallory, tu devrais discuter de tout ça avec tes parents.

Ils sont vraiment adorables et je suis sûre qu'ils comprendront. Si tu veux, Carla et moi, nous resterons un peu plus longtemps tout à l'heure et tu pourras leur parler quand ils rentreront.

J'ai suivi le conseil de Mary Anne, et je n'ai pas eu à le regretter. Dès que mes parents sont rentrés, je leur ai demandé si on pouvait avoir une petite discussion dans ma chambre. Ce n'était pas évident au début mais, une fois lancée, j'ai pu leur dire tout ce que j'avais sur le cœur. Cela m'a fait un bien fou.

– Je vous aime tous très fort, vous savez, ai-je enfin conclu, mais c'est juste que j'ai besoin d'un peu de temps pour moi.

Mes parents se sont longuement consultés du regard.

– Mallory, a fini par dire maman, nous sommes très fiers de tes résultats scolaires, de ta façon de nous aider à la maison et de tes activités de baby-sitter. Je crois que nous avons oublié de te le montrer.

– Et tu as raison de dire qu'on t'en demande parfois trop, a ajouté papa en me serrant dans ses bras. Nous sommes désolés. Nous allons essayer de ne pas recommencer. Du moins, pas trop souvent…

– Tu sais ce qu'il te faut ? m'a demandé maman en m'embrassant sur le front. Moi, je sais : un jour rien que pour toi. Une journée spéciale Mallory !

– Qu'est-ce que tu veux dire ? ai-je demandé, intriguée.

– Tu as besoin d'un jour de repos. Un jour rien que pour toi, où tu n'aurais pas besoin de t'occuper de tes frères et sœurs, ni de nous.

– Waouh ! Je crois que ça me plairait.

– Choisis un jour, m'a dit mon père en me montrant du doigt le calendrier accroché au-dessus de mon bureau. Et il est à toi.

Je n'ai pas été longue à me décider. J'étais sur le point de finir mon histoire et j'étais contente de ce que j'avais écrit.

- Ça pourrait être demain ? ai-je demandé, tout excitée.

– Va pour demain ! s'est exclamé papa en passant un bras autour de mes épaules et l'autre autour de celles de maman. Je déclare solennellement que demain sera la Journée spéciale Mallory.

C'est difficile de décrire ce que j'ai ressenti à ce moment-là. J'étais tellement émue que je ne savais plus si j'avais envie de rire ou de pleurer. Alors, j'ai ri et j'ai pleuré à la fois.

13

Dimanche matin. La Journée spéciale Mallory commençait. Je mourais d'impatience. J'étais tellement excitée que je n'arrivais même pas à choisir ma tenue.

Je m'étais déjà changée trois fois avant d'opter finalement pour une jupe et une veste en jean, un collant rouge vif, des baskets et des boucles d'oreilles arc-en-ciel fabriquées spécialement par Claudia.

Mes parents avaient dit que j'étais libre d'organiser ma journée comme je le souhaitais. J'avais le droit de faire tout ce que je voulais. Et je voulais aller faire du shopping au centre commercial. Je voulais aussi que Jessi vienne avec moi. Après tout, une journée spéciale ne l'est vraiment que si on la passe avec sa meilleure amie.

Mes parents ont demandé à Carla et Mary Anne de revenir garder mes frères et sœurs. Heureusement, elles étaient libres toutes les deux.

Après une demi-heure passée à courir dans tous les sens pour s'assurer que les enfants avaient tous pris leur petit déjeuner et qu'ils avaient mis lcs couverts dans le lave-vaisselle, nous étions prêts à partir.

Cela m'a fait drôle. C'était la première fois que je me retrouvais seule dans la voiture avec maman et papa. J'avais l'impression d'entrer dans le monde des adultes. J'avais la banquette arrière pour moi toute seule... mais pas pour longtemps, parce qu'on devait faire un crochet pour récupérer Jessi avant d'aller au centre commercial.

Elle m'attendait sous la véranda et portait une nouvelle tenue mauve. Elle était vraiment jolie et faisait plus grande que d'habitude. On voyait que c'était une danseuse à sa façon de se tenir. Quelle élégance ! Quel port de tête !

– Je suis tout excitée ! m'a-t-elle confiée en entrant dans la voiture. J'ai vidé ma tirelire rien que pour aujourd'hui. J'ai envie d'acheter plein de trucs !

– Moi aussi. Allons-y !

On a papoté et ri tout le long du chemin. Le centre commercial Washington est à une demi-heure de route en dehors de Stonebrook. C'est le plus grand de tout le Connecticut. Il y a cinq niveaux et un nombre incroyable de boutiques. Je crois qu'un week-end entier ne suffirait pas pour les faire toutes. Mais Jessi et moi avions l'intention d'en faire le plus possible.

Mes parents nous ont déposées devant l'entrée principale.

– Amusez-vous bien, les filles, nous a lancé maman. On se retrouve à midi pour le déjeuner.

– Où ?

Je m'attendais à ce que ma mère me donne des instructions précises, comme elle le fait d'habitude, mais elle m'a souri.

– C'est ta journée, aujourd'hui. C'est à toi de choisir.

Jessi et moi, nous nous sommes regardées et nous avons crié en même temps :

– On veut manger à la *Casa Grande* !

On adore la cuisine mexicaine, surtout les plats recouverts de *guacamole*. En plus, dans ce restaurant les *burritos* sont délicieux.

– D'accord, a fait mon père. On vous retrouve dans deux heures !

Il y avait des enfants partout ; j'ai pris la main de Jessi pour ne pas la perdre et je me suis frayé un chemin jusqu'à *Cadofou*, une de mes boutiques préférées. Sur le chemin, on est passées devant la bijouterie où on s'était fait toutes les deux percer les oreilles. Je n'ai pas pu m'empêcher de glousser.

– Qu'y a-t-il de si drôle ? m'a demandé Jessica.

– Je me rappelle la fois où Claire et Margot ont vu une fille se faire percer les oreilles. Quand la dame a appuyé sur la gâchette du pistolet à faire des trous, Claire a poussé un hurlement. On aurait dit qu'elle venait de se faire tirer dessus ! Ensuite, Margot a fait savoir à tout le monde qu'elle allait se mettre à vomir.

Jessi s'est mise à rire aussi.

– Je me demande si elles se feront percer les oreilles un jour !

– Pour Margot, c'est certain. Elle adore se maquiller et se

déguiser. Mais je crois que Claire en garde encore un trop mauvais souvenir. Elle est très douillette, tu sais.

Une jolie paire de boucles roses en forme de nœud a attiré mon attention.

– Mais cette paire-ci lui plairait à mon avis, ai-je ajouté.

En pensant à mes sœurs restées à la maison, j'ai eu un pincement au cœur. J'étais même un peu triste. Elles auraient adoré faire du shopping avec nous...

On a continué à se balader dans la galerie principale. Une musique tonitruante s'élevait d'un stand au milieu des arcades. Il y avait une foule rassemblée tout autour. On s'est avancées pour voir ce qui s'y passait. Il y avait un garçon qui jouait du synthé, un grand brun qui tenait un micro et un blond très mignon qui faisait la démonstration d'une planche à roulettes bizarre.

J'ai donné un coup de coude à Jessi et lui ai montré le stand d'un signe de tête.

– Regarde, on dirait un skate-board. Nicky en serait fou !

– Écoute, ils vont chanter une chanson !

Le grand brun a mis un genou à terre, comme s'il allait se mettre à chanter quelque chose de génial. Et tout à coup il s'est mis à réciter :

– La Planche à Bascule, c'est vraiment le top ! Tu joues chez toi, tu joues à l'école, et hop !

Jessi et moi, nous nous sommes mises à pouffer.

Le chanteur nous a entendues et il nous a lancé un regard glacial, ce qui a fait hurler de rire Jessi.

– Arrête ! Il nous fusille du regard !

– Je ne peux pas m'en empêcher ! Planche à Bascule, c'est vraiment trop ridicule comme nom.

– Tu peux sauter, tu peux danser! Sur la Planche à Bascule, c'est chouette, plus rien ne t'arrête! continuait de brailler le chanteur pendant que l'autre garçon illustrait ses propos en exécutant les figures correspondantes.

Puis il s'est jeté à genoux au moment où le chanteur a fait:

– C'est extra cool, c'est le top! Ce bidule, c'est la Planche à Bascule!

Jessi riait tellement qu'elle en avait le hoquet. J'ai dû la traîner pour nous éloigner du stand. Son hoquet est passé aussitôt. Mais elle n'a pas pu s'empêcher de continuer à fredonner: «Ce bidule, c'est la Planche à Bascule». On s'est amusées à inventer la suite en rimes. Ça donnait des choses comme: «La Planche à Bascule, tu montes dessus, t'as l'air ridicule!»

On est enfin arrivées à la boutique *Cadofou.* Je suis allée directement voir les boucles d'oreilles.

– J'ai toujours voulu avoir des boucles avec des petites perles.

– Des girafes et des éléphants! s'est écriée Jessi en me montrant des pendants. C'est trop mignon!

J'ai jeté un coup d'œil par-dessus son épaule et j'ai vu une paire de flamants roses vraiment craquante.

– Et si on s'achetait toutes les deux des boucles d'oreilles en forme d'animaux?

J'en ai pris une paire et je l'ai portée à mon oreille pour voir l'effet que cela faisait.

– Ouais! Bonne idée!

Jessi a pris les girafes et moi les flamants roses. On a tout de suite payé nos achats avant de changer d'avis. La vendeuse nous a préparé deux jolis paquets roses. Puis on est allées dans la boutique de vêtements d'à côté. On a passé une heure à essayer des jupes, des pulls, des petits hauts, des jeans... enfin, toute la boutique, quoi ! Jessi a finalement choisi un T-shirt avec un dragon dessus et moi un gilet avec des petits boutons en forme d'étoile.

C'était une folie, mais c'était aussi tellement agréable. Notez que j'ai su rester assez raisonnable, je n'ai pas craqué pour la jolie jupe évasée qui allait si bien avec mon gilet... Il faut dire qu'il ne restait plus grand-chose de mon argent de poche si durement gagné.

En sortant du magasin, nous nous sommes consultées du regard.

– Où on va maintenant ?

Il y avait des boutiques de chaussures, de disques, de bonbons, de cartes postales, des restaurants... J'en avais la tête qui tournait. On ne pouvait pas dire qu'on n'avait pas le choix ! Je réfléchissais en regardant en l'air quand un magasin au niveau supérieur a attiré mon attention.

– Allons chez *Zingy* !

C'est une boutique qui vend des vêtements très originaux. D'ailleurs, les vendeurs valent le détour aussi. Celui qui nous a accueillies ne faisait pas exception à la règle. Il avait les cheveux courts noirs avec le dessus teint en rouge vif, et le symbole de paix rasé sur le côté. Il se tenait, le pied posé sur le pare-chocs d'une décapotable rouge pétant garée en plein milieu de la boutique (il n'y avait pas toute la voiture, mais juste l'avant).

– Je peux vous aider ?

Comme je me sentais un peu bête, j'ai répondu sans réfléchir :

– Mon amie cherche des bottes en cuir, du genre solide.

– Pas de problème.

Il nous a fait signe de le suivre au fond du magasin.

– Qu'est-ce qui te prend ? a soufflé Jessi dans son dos.

J'ai posé un doigt sur mes lèvres pour la faire taire.

– Regarde-moi ça ! ai-je fait en lui montrant une paire de bottes avec une coque en métal devant. Ça doit peser une tonne.

– Mais non, a dit le vendeur en se retournant vers nous. C'est beaucoup moins lourd que ça n'en a l'air.

– Mon amie aimerait en essayer une paire, s'il vous plaît, lui ai-je demandé. Pointure 36.

– Je vais les chercher en réserve, j'en ai pour une minute.

Il a disparu derrière un mur en fausses briques et Jessi s'est tournée vers moi, les yeux écarquillés.

– Mais qu'est-ce que tu fabriques, Mallory ? Je ne veux pas de bottes !

– Je le sais, mais j'ai toujours voulu savoir quel effet cela faisait d'avoir ce genre de chaussures aux pieds.

– Alors pourquoi ce n'est pas toi qui les essaies ?

J'étais sur le point de lui répondre quand j'ai vu l'heure affichée sur la montre au-dessus de la caisse. Il était midi moins cinq !

– Oh non ! Il nous reste cinq minutes pour aller à la *Casa Grande* et c'est au niveau 5.

– Et les chaussures alors ?

Je l'ai prise par le bras et l'ai entraînée dehors sans même prévenir le vendeur.

– On reviendra plus tard. Peut-être...

On s'est dépêchées de prendre l'escalator pour descendre au dernier niveau où se trouvent tous les restaurants. Mes parents étaient déjà arrivés et nous attendaient patiemment.

– On dirait que vous avez dévalisé le centre commercial ! nous a taquinées papa en voyant nos sacs.

– Oui, heureusement que c'est l'heure du déjeuner, sinon on se serait ruinées ! lui a dit joyeusement Jessica.

On a tous commandé des *burritos*. J'ai raconté à mes parents l'histoire du stand de démonstration de la Planche à Bascule. On a tous beaucoup ri. J'étais en train de boire quand Jessi a imité le chanteur; j'ai éclaté de rire et l'eau m'est remontée dans le nez. J'ai dû faire une drôle de tête, parce que Jessi et mes parents étaient morts de rire.

– Ça, c'est le genre de chose que Jordan aurait pu faire ! a dit maman en me tendant une serviette en papier.

– Vous savez, ça fait bizarre d'être ici toute seule. D'abord, je suis tombée sur une paire de boucles d'oreilles que Claire aurait adorée; puis, en passant devant une librairie, j'ai vu un recueil de poèmes d'Emily Dickinson qui m'a fait penser à Vanessa. Vous croyez qu'elle aimerait avoir ce livre ?

Ma mère m'écoutait en souriant.

– Je suis sûre que oui.

J'ai avalé la dernière bouchée de *burrito* et j'ai bu une gorgée avec précaution.

– Il me reste un peu d'argent. Peut-être que je vais lui acheter ce livre pour la remercier d'avoir supporté mon humeur massacrante.

Jessi me regardait d'un air perplexe.

– Je sais, je sais... Je devrais faire un cadeau aux autres

aussi parce que j'ai été désagréable avec tout le monde ces derniers temps... Hé, mais j'ai une idée géniale !

– Quoi ?

– Je dois y réfléchir encore un peu, me suis-je contentée de répondre. Je t'en parlerai ce soir.

Une fois le repas fini, nous sommes rentrés à Stonebrook et mes parents nous ont emmenées au cinéma.

J'ai pensé à mon idée tout le long du chemin du retour, puis durant tout le film, et même pendant qu'on prenait des *milk-shakes* chez le glacier. Je me suis rendu compte que j'avais passé une journée vraiment spéciale, mais qu'il me manquait quelque chose d'important. Le reste de ma famille.

Je savais que Claire et Margot auraient adoré aller voir la boutique de peluches, que Nicky aurait aimé la démonstration de la Planche à Bascule et que les triplés auraient insisté pour jouer dans la salle de jeux vidéo.

C'est vrai que la vie à dix est parfois tumultueuse, mais elle est aussi pleine de rebondissements et de surprises.

On a déposé Jessica chez elle avant de rentrer à la maison.

Mary Anne nous a accueillis à la porte, l'air épuisé.

– Comment s'est passée ta journée ? lui ai-je demandé.

– C'était mouvementé...

– Et bruyant, a ajouté Carla en passant la tête hors de la cuisine.

J'ai pouffé de rire.

Quand elles sont parties, j'ai réuni mes frères et sœurs dans le salon. J'avais quelque chose d'important à leur dire.

J'ai pris Claire sur mes genoux et je me suis éclairci la voix avant de commencer :

– J'ai passé une super journée. Mais il me manquait quelque chose.

– Tu as perdu tes gants ? m'a demandé Claire.

Je l'ai serrée dans mes bras pour la remercier de sa sollicitude.

– Non, ce qui me manquait, c'était vous.

Jordan a fait une drôle de tête.

– Nous ?

– Vraiment ? a renchéri Byron.

– Oui, vous tous.

– Tu nous as manqué aussi ! m'a dit Nicky.

J'ai marqué une pause, puis j'ai continué :

– J'ai une surprise pour vous !

– Qu'est-ce que c'est ? a voulu savoir Margot. Dis-le-nous ! Dis-le-nous !

Je lui ai ébouriffé les cheveux, amusée.

– Si je vous le dis, ce ne sera plus une surprise. Faites-moi confiance, on va bien s'amuser !

– Quand est-ce qu'on aura la surprise ? a demandé Adam.

– Je ne peux pas vous le dire non plus. Mais attendez-vous à ce que ce soit... bientôt !

14

La Journée des jeunes auteurs. Enfin! Je me suis réveillée le samedi matin avec dans le cœur un étonnant mélange d'excitation, d'impatience, de peur et de joie. Je ne tenais plus en place.

Je pensais à mon exemplaire de *Prise entre deux feux*, qui devait reposer sur une table de présentation dans la grande salle du collège. Encore quelques heures d'angoisse et je saurais ce qu'en avaient pensé les juges. Après quatre semaines de travail intensif et de frustration, j'allais enfin savoir quel était le meilleur texte de fiction toutes catégories des classes de sixième. Une véritable agonie. En m'habillant, j'ai essayé de penser à autre chose qu'au concours. M. Dougherty avait organisé toute une série d'activités annexes et j'ai tenté de me concentrer dessus. Je me souviens à peine de mon petit déjeuner. Tout s'est passé dans une espèce de brouillard où je n'ai pas arrêté de parler. Une vraie pipelette. J'ai monopolisé la conversation durant tout le petit déjeuner, puis dans la voiture sur le trajet de l'école.

– Pam Reed, l'auteur de *Bradley ou la grande poursuite*, va faire un discours devant tout le monde, ai-je annoncé à ceux qui voulaient bien m'écouter.

Nicky et Margot étaient en train de se chamailler et les triplés faisaient des grimaces aux enfants de la voiture d'à côté ; seuls Vanessa et mes parents avaient l'air concernés.

– Puis il y aura la remise des prix (là, ma voix a tremblé en abordant ce sujet sensible). Ensuite, tout le monde pourra consulter les manuscrits présentés au concours, pendant que certains d'entre nous (dont je faisais partie) s'occuperont des ateliers de l'après-midi. Après, Pam Reed va dédicacer son livre à la bibliothèque. C'est génial, hein ?

J'avais emmené avec moi un exemplaire de son roman pour qu'elle me le dédicace.

Mon père a garé la voiture dans le parking de l'école. Alors qu'il faisait une manœuvre, Nicky s'est écrié :

– Regardez ! C'est Jessi.

Effectivement, elle semblait nous attendre.

– Laisse-moi descendre ici, papa, ai-je demandé.

Jessi a couru vers moi.

– Mallory ! La salle des fêtes de l'école est pleine à craquer. Les élèves ont dû amener toute leur famille.

Ce n'était pas ça qui allait me mettre à l'aise...

– Super ! ai-je dit en essayant d'être enthousiaste. Monsieur D. doit être aux anges.

– J'ai réservé deux places pour nous au premier rang. Allez, viens !

– On va essayer de trouver des places au fond pour te voir recevoir ta récompense, mon cœur, m'a lancé maman par la fenêtre de la voiture.

– T'es la meilleure ! m'a encouragée papa.

Si seulement j'étais aussi sûre de moi ! Jessi n'avait pas exagéré, la salle des fêtes était comble. J'avais presque envie de m'enfuir. Des camarades de classe m'ont fait un signe de la main pour me saluer, mais j'étais trop anxieuse pour m'arrêter et leur faire la conversation. Jessi et moi avons rejoint nos places face à l'estrade.

Au bout de quelques minutes, on a baissé les lumières et les gens ont fait le silence. Deux garçons ont poussé des hourras et ont sifflé. Quels frimeurs ! Ils faisaient décidément tout pour se faire remarquer.

Le proviseur, M. Page, s'est avancé sur le devant de l'estrade, tandis que M. Dougherty et les autres professeurs de lettres s'asseyaient en arc de cercle derrière lui.

– Je vous souhaite la bienvenue à la Journée des jeunes auteurs.

Applaudissements. Je me suis affaissée dans mon siège.

J'avais l'impression que tout le monde pouvait entendre les battements de mon cœur. M. Page a annoncé dans les grandes lignes comment la journée allait se dérouler et, avant même que je m'en rende compte, M. Dougherty l'avait remplacé au micro.

– J'ai le grand privilège de vous présenter notre invitée spéciale. Elle a reçu de nombreuses récompenses pour sa contribution à la littérature de jeunesse. Je voudrais ajouter que, en plus d'être un auteur remarquable, Pam Reed est aussi une femme merveilleuse.

– On dirait qu'il la connaît intimement, m'a murmuré Jessi à l'oreille.

– Bien sûr qu'il la connaît ! lui ai-je expliqué avec fierté. Lui aussi est un écrivain connu.

J'ai essayé d'imaginer l'effet que cela faisait d'être un auteur renommé...

– Sans plus attendre, je vous demande d'applaudir Pam Reed !

Tout le monde l'a acclamée et il y a eu d'autres sifflements. Pam Reed est montée sur l'estrade pour prendre la parole. Elle portait un tailleur noir et une grande étole en soie rose. Elle avait les cheveux mi-longs d'un roux soyeux et un regard pétillant. J'avais décidé de m'habiller comme elle... du moins, si je survivais à la prochaine demi-heure. Mes nerfs étaient sur le point de craquer.

Je dois avouer que je n'ai pas réussi à suivre son discours. Elle a pourtant parlé de choses très intéressantes, et nous a raconté son parcours personnel et comment elle avait réussi à faire publier son premier roman. Mais je n'arrivais pas à penser à autre chose qu'à mon histoire et au concours.

– Comment tu te sens ? m'a glissé Jessi pendant le discours.

– Bien. Pourquoi ?

– Ben... Tu as l'air un peu tendue.

Elle m'a montré mes mains complètement crispées sur mes genoux. Je ne m'en étais même pas rendu compte, mais j'avais les articulations toutes blanches. Je me suis efforcée de me détendre en prenant une grande inspiration et en étirant mes doigts. En vain.

Pam Reed a conclu son discours en nous encourageant à écrire.

– Je suis impatiente de pouvoir vous rencontrer cet après-midi à la séance de dédicace.

Elle a eu droit à une ovation. Puis M. Page est venu nous présenter une troupe de marionnettes qui venait de New York. C'était un petit spectacle sur l'influence de la lecture sur l'imaginaire. C'était très drôle mais je crois que j'ai ri un peu fort tellement j'étais nerveuse. Une fois la représentation finie, M. Dougherty est revenu sur la scène. Il a décacheté une enveloppe et a ajusté ses lunettes. Pendant ce temps, deux professeurs installaient une table sur sa droite. Ils y ont déposé avec précaution des rouleaux de papier fermés par un ruban rouge. Jessica m'a pris la main et l'a serrée fort.

– C'est le grand moment, Mallory.

J'ai dodeliné de la tête tout en fixant droit devant moi.

M. Dougherty a annoncé les gagnants des différentes catégories : le meilleur poème, la meilleure illustration, le meilleur récit de science-fiction et la meilleure pièce de théâtre. Chaque fois, l'heureux élu s'avançait sur l'estrade pour recevoir son prix. La fille qui a gagné dans la catégorie de la meilleure énigme policière a trébuché et a failli s'étaler devant tout le monde. Il y a eu des rires étouffés. J'étais paralysée par une nouvelle crainte : et si je gagnais un prix et que je me ridiculisais devant tout le collège ?

Puis, après ce qui m'a semblé être une éternité, M. Dougherty a annoncé le meilleur texte de fiction toutes catégories des classes de sixième. Il a souri en parcourant l'assemblée du regard.

– Le jury a eu particulièrement du mal à choisir un gagnant parmi les excellents manuscrits remis.

– Mauvais signe..., ai-je murmuré en m'enfonçant encore plus dans mon siège.

Jessi me tenait toujours la main. J'ai détourné mon regard de l'estrade. C'était trop dur. J'ai fermé les yeux tout en me concentrant sur la voix de M. Dougherty.

– Nous étions tous d'accord pour dire que les histoires proposées étaient originales et écrites avec beaucoup de style. Une, toutefois, a retenu particulièrement notre attention...

Mon cœur battait tellement fort que je n'entendais plus rien d'autre que lui. J'ai eu un frisson d'effroi en pensant subitement à Rébecca, une des filles de l'atelier d'écriture. Elle avait remis son texte avec une semaine d'avance et avait passé le reste du temps à nous toiser d'un air suffisant alors qu'on commençait tous à paniquer sérieusement. La couverture qu'elle avait faite était superbe. On aurait dit un travail de professionnel. Et moi qui avais rendu mon manuscrit la dernière... Ma couverture avait piètre allure à côté de la sienne.

J'ai eu une illumination. Il était évident maintenant que Rébecca allait remporter le premier prix. Pourquoi n'y avais-je pas pensé plus tôt ? Comment avais-je pu imaginer avoir la moindre chance face à elle ?

Je continuais de voir les lèvres de M. Dougherty bouger, mais je ne comprenais pas un mot. C'était comme si on passait une cassette au ralenti.

– J'ai donc l'honneur de décerner le prix du meilleur texte de fiction toutes catégories à...

Je n'ai entendu qu'un tonnerre d'applaudissements. Je me suis tournée vers Rébecca mais j'avais beau la chercher du regard, je ne l'ai pas vue se lever pour aller chercher sa récompense. Au même moment, Jessi m'a sauté au cou.

– Tu l'as eu ! Tu l'as eu ! criait-elle tout excitée.

– Je l'ai eu ? ai-je répété incrédule. Tu en es sûre ?

– Oui !

Je ne savais plus quoi dire. Je ne pouvais même plus bouger et je serais restée clouée sur ma chaise si mon amie ne m'avait pas encouragée et à moitié poussée dans l'allée.

– Vas-y ! Dépêche-toi !

Cela faisait quatre semaines entières que je ne pensais qu'à gagner ce concours, et maintenant que j'apprenais ma victoire, je n'arrivais pas à y croire.

Je suis montée sur l'estrade d'un pas hésitant. M. Page m'a serré la main et Pam Reed en personne m'a remis le prix. M. Dougherty me souriait d'un air ravi. Il s'est approché de moi et m'a murmuré :

– Je savais que tu en étais capable, Mallory. Tu es un véritable écrivain maintenant.

Je crois que ses mots m'ont fait autant plaisir que le prix.

– Merci.

Je me suis tournée vers l'auditoire, impressionnée de voir autant de monde m'applaudir. Il y a eu des flashs. J'ai aperçu ma famille debout au fond de la salle avec toutes mes amies. Ils m'acclamaient et me faisaient des signes de la main.

J'avais un sourire tellement crispé que j'en avais mal à la mâchoire. Je crois que je me souviendrai de cet instant toute ma vie.

Jessi m'attendait au pied de l'estrade. On a foncé retrouver mes parents pour leur montrer mon prix. Papa a dû prendre une centaine de photos de moi avec le certificat déplié.

Ensuite, on est allés aux ateliers et on a appris plein de choses. Il y en avait un qui s'appelait « Une image vaut mille mots », animé par un illustrateur professionnel. Il nous a montré comment on pouvait allier les mots et les images dans l'élaboration d'une histoire. Un deuxième atelier nous expliquait les différentes étapes de la publication d'un ouvrage. Je n'y avais jamais pensé en tenant un livre fini dans mes mains. La dame qui nous décrivait ce processus complexe était une éditrice d'une grande maison d'édition new-yorkaise.

La cafétéria était ouverte et aménagée spécialement pour présenter les manuscrits du concours. Ils étaient classés par taille, des poèmes aux récits plus longs. Tous avaient des couvertures colorées et attirantes. Ils étaient distingués par la couleur des pastilles correspondant aux prix décernés par les membres du jury. Bleu pour la mention honorable, rouge pour les troisièmes places, argent pour les deuxièmes places et or pour les premiers prix.

Mon livre était exposé sur une table près de la fenêtre.

– Regarde, il est juste là ! s'est écriée Vanessa. Je suis sûre que des milliers de personnes l'ont lu !

– Il n'y a pas des milliers de personnes aujourd'hui ! lui ai-je dit en souriant.

Mais je rayonnais de fierté parce que, effectivement, mon livre semblait avoir été pas mal manipulé.

La journée s'est merveilleusement bien passée. Tout d'abord, Pam Reed m'a dédicacé son dernier roman, puis elle m'a écrit un petit mot de félicitations sur mon livre.

Elle m'a souhaité de réussir une belle carrière d'écrivain et m'a donné de bons conseils. On a parlé de la difficulté de traduire avec des mots nos sentiments et nos émotions. Elle m'a traitée comme un écrivain à part entière !

En rentrant à la maison, j'ai de nouveau réuni mes frères et sœurs dans le salon.

– Il est temps de vous parler de la surprise que je voulais vous faire.

– Ouais, super ! s'est exclamée Claire.

– J'ai eu une journée rien que pour moi et j'ai adoré. Mais, le week-end prochain, Jessi et moi allons vous emmener passer votre journée à vous !

– Une journée rien que pour nous ? a répété Margot.

– Oui. Il y aura plein de surprises. Je voulais juste vous prévenir qu'il vous faudra vous habiller en aventuriers...

– Tu veux dire comme Indiana Jones ? a fait Jordan en écarquillant les yeux.

– Oui, si on veut. Un jean et des baskets feront l'affaire. Parce qu'on ne sait pas sur quel terrain va se dérouler l'aventure ! Il vous faudra aussi un blouson et un sac à dos.

– Et qu'est-ce qu'on doit mettre dans les sacs ? a voulu savoir Margot.

– Un journal, un sac en papier, et quelque chose avec quoi vous pouvez faire de la musique.

– Comme quoi ? a-t-elle encore demandé.

Je leur ai adressé un sourire mystérieux et j'ai attendu un peu avant de répondre :

– Servez-vous de votre imagination...

15

– On est les aventuriers du bout du monde ! Toujours partants, toujours vaillants ! On est les aventuriers du bout du monde !

Jessi et moi marchions en tête de notre petite troupe. Mes sept frères et sœurs nous suivaient en chantant à perdre haleine. On faisait un tel vacarme que des voisins sont sortis sur le pas de leur porte pour voir ce qui se passait. Dès qu'ils nous ont aperçus, en file indienne et habillés pour une mystérieuse expédition, ils ont souri et sont rentrés chez eux.

Je suppose que c'était de ma faute si on faisait autant de bruit, mais je trouvais ça agréable et je ne voulais pas que cela s'arrête. Je venais de passer une des meilleures semaines de toute ma vie. Pendant cinq jours, les professeurs et les élèves – même ceux que je ne connaissais pas –

m'avaient arrêtée dans les couloirs pour me féliciter. M. Dougherty avait même demandé à l'atelier d'écriture de me faire une ovation quand j'étais entrée en classe. J'étais très émue. Mais le plus important, c'était mon retour au Club des baby-sitters.

Quand j'étais allée chez Claudia pour la réunion du lundi, j'étais un peu nerveuse, mais Kristy m'avait tout de suite mise à l'aise.

– Tu nous as beaucoup manqué, Mallory.

– Vous aussi, lui avais-je répondu en m'asseyant à ma place habituelle à côté de Jessi. Je voulais aussi vous présenter mes excuses pour m'être montrée si désagréable. Je crois que j'ai été un peu trop susceptible.

– Ne recommence plus ! m'avait taquinée Kristy en faisant semblant de me gronder. Ou tu auras un gage, comme te mettre sur la tête et manger des vers de terre !

– Ou bien même des anguilles rôties de *Chez Maurice*, avait plaisanté Claudia avant d'éclater de rire.

On s'était toutes mises à chercher ce qu'il y avait de plus dégoûtant à manger. On riait tellement qu'on en avait les larmes aux yeux. Puis le téléphone avait sonné et tout avait repris son rythme normal. Je m'étais adossée contre le lit et j'avais parcouru mes amies du regard. J'étais contente que les choses soient redevenues comme avant.

Si au Club des baby-sitters rien n'avait changé, il n'en était pas de même à la maison. Après ma longue conversation avec mes parents, ils s'étaient concertés et avaient décidé que, si j'avais besoin de tranquillité pour faire mes devoirs ou écrire mes histoires, je pouvais m'isoler dans leur chambre et utiliser leur bureau. Incroyable, non ? Pour couronner le tout, ils m'avaient dit que je pouvais mettre un petit écriteau à la porte qui disait : « Ne pas déranger ». Comme ça, personne ne viendrait m'embêter. Papa l'avait annoncé officiellement à toute la famille lundi soir après le dîner.

Bien entendu, maman m'avait dit qu'ils continueraient à me demander de participer aux travaux ménagers et à garder mes frères et sœurs, mais seulement si j'étais disponible. Cela voulait donc dire que si j'avais de nouveau un projet d'écriture important et que j'avais besoin d'un peu de temps pour moi, je pourrais le prendre ! C'était vraiment génial de leur part.

Ne pas être obligée de garder tout le temps mes frères et sœurs me permettait de mieux les apprécier. C'est pour cela que j'avais hâte de leur offrir une journée spéciale. J'y avais réfléchi toute la semaine avec Jessica. On s'était creusé la tête pour trouver des activités amusantes.

On s'était donné rendez-vous samedi matin à sept heures chez moi. Jessi était pile à l'heure, avec un sac plein de fournitures et des surprises qu'elle avait concoctées de son côté. On s'est dépêchées d'aller au parc préparer le terrain avant de revenir chercher mes frères et sœurs. Ils nous attendaient tous les sept devant la porte, en jean, baskets et blouson, comme je le leur avais recommandé.

– Je suis contente que tu sois de retour, m'a lancé maman depuis la cuisine. Cela fait un quart d'heure qu'ils sont plantés là.

J'avais un sifflet autour du cou (je l'avais trouvé dans le garage, au fond d'un tiroir) et une casquette sur la tête comme Kristy. J'avais pensé que cela me donnerait l'air d'un chef d'équipe. J'ai donné un coup de sifflet avant d'annoncer :

– Bonjour à tous ! Vous êtes prêts pour l'aventure ?

– OUI ! se sont-ils tous exclamés en chœur.

Margot et Claire ont dû se boucher les oreilles tellement les triplés criaient fort. Mais elles gardaient le sourire.

– Bon, ai-je continué. Notre première étape sera la salle de jeux, où vous allez compléter votre tenue d'aventurier.

Ils se sont aussitôt précipités dans la maison. Un instant, j'ai eu peur que, emportés par leur enthousiasme, ils se tordent la cheville ou qu'ils se bousculent. Heureusement, rien de tel ne s'est produit.

Jessi a pris en charge le début des opérations.

– Les enfants, prenez votre papier journal et regardez-moi faire. On va vous fabriquer des chapeaux d'aventurier.

– Ooouuuuuaaaais ! a hurlé Nicky.

Ils étaient tous tellement excités qu'ils n'arrivaient pas à dire les choses autrement qu'en criant.

– Vous pouvez vous choisir un nom d'aventurier qui va vous servir toute la journée, d'accord ? leur ai-je proposé en les aidant à fabriquer leur chapeau. On est dans un monde imaginaire où tout est possible.

Nicky a choisi de s'appeler Frodo, comme notre hamster. Les triplés se sont rebaptisés Robin des Bois, Petit-Jean et frère Tuck. Vanessa a choisi Emily Dickinson. Elle a visiblement apprécié le livre que je lui avais offert ! Margot a opté en toute simplicité pour la reine Margot.

Claire, qui avait du mal avec son chapeau, a finalement réussi à le plier correctement et me l'a tendu.

– Écris mon nom dessus, s'il te plaît !

– Comment veux-tu qu'on t'appelle ?

– Mallory, m'a-t-elle répondu avec un grand sourire.

J'ai eu un mouvement de recul.

– Non, ne t'inquiète pas, m'a-t-elle rassurée. Pas Mallory la méchante sorcière. Juste Mallory.

J'étais très émue et j'en avais les larmes aux yeux. Je me suis agenouillée et je l'ai serrée fort dans mes bras.

– Aïe ! a-t-elle fait pour me taquiner.

– Vous êtes tous prêts ? a demandé Jessica.

– OUI ! ont-ils tous répondu en se levant.

Jessi et moi sommes parties, à la tête de nos aventuriers en herbe. Premier arrêt : le cirque miniature qui se tenait dans le jardin des Braddock. J'ai sorti mon porte-monnaie pour payer l'entrée à tout le monde : c'était cinq cents par personne.

– Oh, super ! Un cirque ! s'est exclamée Claire.

Quelques enfants du quartier s'étaient réunis pour monter un cirque. Buddy Barrett jouait le dompteur, assisté de Fred son chien, qui faisait un fauve plutôt court sur pattes (c'est un basset artésien). Matt Braddock était Thor, l'homme invincible ; il soulevait à bout de bras un balai avec deux ballons rouges attachés à chaque extrémité. Mais ce numéro a vite tourné court quand Byron a marché par mégarde sur un des ballons et l'a fait éclater. Le clou du spectacle était présenté par Liz Barrett qui faisait des acrobaties vêtue d'un justaucorps rose.

Même si c'était un cirque amateur, mes frères et sœurs ont applaudi chaque numéro comme s'ils assistaient au plus grand spectacle du monde. Puis Jessica s'est levée, s'est tournée vers eux et a annoncé :

– Maintenant, c'est à nous d'entrer en scène.

Elle s'était préalablement mise d'accord avec Mme Braddock.

– A nous ? s'est exclamée Vanessa. Qui ça, nous ?

– Nous tous, ai-je précisé. Prenez tous les sacs en papier que je vous avais demandé d'apporter. Jessi va vous donner à chacun un feutre. Je voudrais que vous me dessiniez votre animal préféré sur le fond du sac.

– Mais qu'est-ce qu'on va faire ? a voulu savoir Adam.

J'avais dessiné une tête de vache sur mon sac, j'ai passé ma main dedans et je lui ai fait bouger la bouche :

– Un spectacle de marionnettes !

– Est-ce qu'on peut jouer aussi ? ont demandé les autres enfants.

– Bien sûr !

Je leur ai tendu des sacs que j'avais apportés en plus. Les enfants se sont étendus dans l'herbe et se sont appliqués à leur dessin. Jessica a vérifié que tout le monde avait fini avant de dire :

– On a besoin d'une scène. Notre théâtre, ce sera l'abri de jardin. C'est l'endroit idéal.

– Super ! ai-je convenu. Et si on inventait une chanson pour présenter chaque animal ? Mais pour cela, il nous faut un orchestre. Tout le monde sort son instrument de musique de son sac à dos !

On a dirigé la formation la plus délirante qui soit. Nicky et Margot avaient pris des grelots, Vanessa un harmonica en plastique, Claire une petite trompette en jouet, Jordan un pipeau, et Adam avait fabriqué des cymbales avec deux moules à tarte en aluminium. C'est Byron qui a trouvé l'idée la plus originale en assemblant un tuyau d'arrosage et un entonnoir pour faire un tuba.

Le résultat a été épatant.

Nicky s'est lancé le premier. Il s'est accroupi dans l'abri de jardin en levant le bras bien haut pour que sa marionnette atteigne l'encadrement de la fenêtre. L'orchestre a entamé un morceau tonitruant et il nous a présenté son lézard en vers !

Puis petit à petit plusieurs tortues, un lion, une girafe, deux ours et un brontosaure l'ont rejoint. Toute cette ménagerie ne tenait pas dans l'abri de jardin, alors les enfants se sont assis devant la fenêtre, les uns à côté des autres. Ils étaient vraiment trop mignons !

– C'est encore mieux comme ça, a constaté Jessi. Ils peuvent mieux voir les marionnettes des autres et se donner des idées.

Une fois tous les animaux présentés, ils ont fait une révérence en faisant un pas en avant et la chanson s'est finie. Nous les avons applaudis de tout cœur.

– C'était super génial ! a fait Liz Barrett. Qu'est-ce qu'on fait maintenant ?

– On aimerait rester avec vous, ai-je dû lui dire, mais nos aventuriers doivent se remettre en route. L'aventure continue !

– C'est vrai ? s'est exclamée Margot. Je n'arrive pas à y croire !

– Pourquoi pas ? lui a demandé Jessi en lui refaisant son lacet.

– C'était déjà tellement bien que je croyais que c'était tout.

– Pas question ! ai-je protesté. Ce n'est que le début...

J'ai donné un coup de sifflet énergique, puis j'ai ajouté :

– En avant, les aventuriers !

Jessi et moi sommes reparties en tête de notre petite troupe, chapeau sur la tête, marionnette à la main ! Direction le parc, que nous avions rebaptisé le Jardin Secret pour la journée.

– Pourquoi secret ? a voulu savoir Margot.

– Parce qu'il y a des indices cachés dans ce par... jardin, lui ai-je expliqué en prenant un air mystérieux.

– Et vous devez les trouver, a continué Jessi.

– Des indices ? a fait Nicky en écarquillant les yeux. Vraiment ?

– Oui, pour retrouver le trésor !

– On commence par où ? a demandé Vanessa qui ne tenait plus en place.

Il y avait sept petits visages braqués sur nous, buvant la moindre de nos paroles.

J'ai retiré mon chapeau, je l'ai déplié et leur ai donné le premier indice, qui était écrit dessus :

Bienvenue dans le Jardin Secret
Un trésor y est caché
Un peu d'astuce et vous le trouverez
Rendez-vous où les gens vont déguster
Des crêpes au sirop d'érable
C'est un meuble. On l'appelle une...

– Table ! ont crié les enfants à l'unisson.

Puis ils se sont éparpillés en courant de table en table à la recherche du prochain indice. Nous les avons regardés faire avec joie.

– Venir ici à sept heures du matin pour tout préparer n'a pas été une partie de plaisir, mais c'est un bonheur de les voir s'amuser. Cela valait le coup de se donner autant de mal, tu ne trouves pas ?

Jessica était d'accord avec moi.

– J'ai trouvé ! a hurlé Vanessa.

Elle venait de décoller un morceau de papier que j'avais scotché sous une des tables de pique-nique. Elle l'agitait en l'air, victorieuse, attendant que les autres la rejoignent. Puis elle leur a lu à haute voix le deuxième indice. Ils sont restés immobiles quelques secondes, le temps de réfléchir, puis Jordan est parti en courant.

– Je sais où le trouver ! criait-il.

– Où est-ce que tu l'as caché ? m'a demandé Jessi tout bas.

– Dans une poubelle.

Les enfants se sont rués vers les poubelles, puis vers les balançoires, puis vers le gros érable et enfin vers le banc sur lequel était gravé le nom de Barbie. C'était rigolo de les voir aller d'un endroit à l'autre en groupe. J'ai été épatée par leur travail d'équipe. Claire et Margot se tenaient la main tout du long tandis que Nicky et les triplés se dépêchaient pour être toujours les premiers à mettre la main sur les indices qu'ils donnaient à lire à Vanessa. Souvent, Vanessa laissait Claire les déplier. Et même si Nicky aussi voulait le faire, ils ne se sont pas battus pour autant. C'était bien la première fois que je les voyais s'entendre si bien. Une vraie famille, quoi !

Je me sentais toute chose. J'avais de nouveau les larmes aux yeux. Je commençais à être aussi sensible que Mary Anne !

– Je sais ! s'est exclamé Jordan.

Il a pris Claire dans ses bras et l'a portée dans le bac à sable avec lui. Les autres les ont suivis de près. Ils se sont agenouillés et ont creusé à la recherche du trésor. Jordan a trouvé une boîte colorée qu'il a brandie pour la montrer à tout le monde. Tour à tour, ils ont déterré chacun une surprise.

– Regardez ! a fait Nicky en exhibant une petite boîte avec son nom dessus. Il est pour moi !

C'est Jessi qui avait eu la brillante idée de décorer des boîtes de biscuits apéritifs vides et de les remplir de bonbons, d'araignées en plastique et de petits jouets.

Une fois tous les trésors découverts, on a grignoté les friandises et les enfants en ont profité pour examiner en détail le contenu de leur boîte.

– C'est le plus beau jour de ma vie ! a déclaré Claire.

Elle n'était pas la seule à le penser. Une journée de rêve !

On a rangé les cadeaux dans les sacs à dos avant de reprendre la route. C'était l'heure du déjeuner et je les ai emmenés manger des hamburgers et des frites. Sur le chemin, mes petits aventuriers ont pu apercevoir un écureuil qui se faufilait dans les branches des arbres, puis ils ont donné du pain sec aux canards de l'étang. Après le repas, on est passés devant un marchand de glaces ambulant et je leur ai offert un esquimau à chacun.

A la fin de la journée, Jessi et moi étions exténuées, mais ravies de ramener notre troupe d'aventuriers heureux. Le soleil allait se coucher et le ciel était magnifique. Nous nous sommes assis sur les marches du perron pour regarder le soleil descendre vers l'horizon. J'avais Claire sur les genoux et Nicky et Margot étaient blottis contre nous. Les triplés entouraient Jessi et Vanessa était au milieu de nous tous.

J'ai réalisé à ce moment-là que je ne pourrais jamais abandonner le baby-sitting, ou du moins vivre sans enfants. Je ne pouvais pas me passer d'eux.

En plus, c'était une source d'inspiration inépuisable pour un écrivain. Cela tombait bien, M. Dougherty nous avait demandé d'écrire une histoire à partir d'un événement inoubliable. J'avais déjà ma petite idée...

A propos de l'auteur

ANN M. MARTIN

Ann Matthews Martin est née le 12 août 1955. Elle a grandi à Princeton, aux États-Unis, avec ses parents et sa jeune sœur, Jane.

Elle a été enseignante, puis éditrice de livres pour enfants, avant de se consacrer à la littérature. Pour écrire, elle s'inspire d'expériences personnelles, mais aussi de sa connaissance du monde de l'enfance et de l'adolescence.

Tous ses personnages, même les membres du Club des baby-sitters, sont des personnages imaginaires (ainsi que la ville de Stonebrook). Mais beaucoup d'entre eux ressemblent à des gens qu'Ann M. Martin connaît.

Ann M. Martin vit actuellement à New York et ses passe-temps favoris sont la lecture et la couture – elle aime particulièrement réaliser des habits pour les enfants.

Sa série *Le Club des baby-sitters*, dont nous avons regroupé ici trois titres, s'est vendue à plusieurs millions d'exemplaires et a été traduite dans plusieurs dizaines de pays.

Retrouvez

LE CLUB DES BABY-SITTERS

dans quatre volumes hors série :

Nos plus belles histoires de cœur

Mary Anne et les garçons
En vacances au bord de la mer, Mary Anne rencontre un garçon formidable. Le problème, c'est qu'elle a déjà un petit ami. Et elle ne sait lequel choisir…

Kristy, je t'aime !
Kristy, la présidente du club, reçoit de mystérieuses lettres anonymes. Qui peut bien être son admirateur secret ?

Carla perd la tête
Pour plaire à son petit copain, Carla a décidé de changer… et de devenir une nouvelle Carla. Mais ses copines du club ne sont pas vraiment d'accord !

Nos dossiers TOP-SECRET

Carla est en danger

C'est la panique au club. Les événements bizarres se multiplient : coups de fil et lettres anonymes... Les filles sont très inquiètes. Il faut agir vite et démasquer le coupable !

Lucy détective

Lucy et la petite fille qu'elle garde, Charlotte, sont témoins de phénomènes étranges dans une maison abandonnée. Quel secret abritent ses tourelles biscornues ? Serait-ce une maison hantée ?

Mallory mène l'enquête

Mallory entend un miaulement à vous glacer les sangs... dans une maison où, normalement, il n'y a pas de chat ! Les filles partent à la recherche du chat fantôme..

Nos passions et nos rêves

Le rêve de Jessica

Jessi a décroché le premier rôle de son spectacle de danse, mais elle commence à recevoir d'étranges menaces. Malgré la jalousie, elle est prête à aller jusqu'au bout de son rêve...

Claudia et le petit génie

Claudia garde une enfant prodige qui chante, danse, joue du violon... mais elle aimerait elle aussi avoir du temps pour se consacrer à sa passion : la peinture.

Un cheval pour Mallory

Mallory va prendre son permier cours d'équitation, quelle aventure ! Elle a beaucoup de choses à apprendre et à découvrir, même si ce n'est pas toujours facile.

Nos joies et nos peines

Félicitations, Mary Anne
Le père de Mary Anne va épouser la mère de Carla ! Il faut préparer le mariage, déménager... Que de bouleversements en perspectives... mais aussi tant de joies !

Pauvre Mallory
Le père de Mallory se retrouve brusquement au chômage. Heureusement, Mallory a plein d'idées pour faire vivre sa grande famille.

Lucy aux urgences
Lucy ne se sent pas bien du tout : elle n'arrive plus à contrôler son diabète et doit aller à l'hôpital. Mais ses parents et ses amies sont là pour la soutenir.

À paraître :

Amies pour toujours

Maquette : Natacha Kotlarevsky

Loi n° 49-956
du 16 juillet 1949
sur les publications
destinées à la jeunesse

ISBN : 978-2-07-57537-4
Numéro d'édition : 157760
Numéro d'impression : 88108
Imprimé en France
sur les presses de la Société
Nouvelle Firmin-Didot
Premier dépôt légal : février 2006
Dépôt légal : décembre 2007